中公文庫

アリゾナ無宿

逢坂　剛

中央公論新社

目次

『アリゾナ無宿』関連年表

年	月	米国	日本
1865	4	南北戦争終結。リンカーン大統領暗殺。 ジェニファ、ケンタッキー州で元南軍ゲリラに一家を皆殺しにされ、スー族に養育される。	
1867	10	アラスカをロシアより購入。	
	11	このころバッファロー、乱獲でほぼ絶滅。	坂本龍馬暗殺される。大政奉還。
1868	1		鳥羽伏見の戦いで幕府軍敗走。 戊辰戦争。榎本武揚、土方歳三ら箱館政府樹立。
1869	5	ジェニファを養育していたスー族の集落が合衆国第二騎兵隊に襲われ、全滅。ジェニファ、ラクスマンに拾われる。	箱館戦争、明治政府が勝利。土方は戦死とされる（「果てしなき追跡」）。
1871	4	キャンプ・グラントの虐殺。アリゾナでアパッチ戦争勃発。	
1872	6	アイオワ州で最初の列車強盗。	
1873	5	リーヴァイ・ストラトス、ブルージーンズを発売。	
	10		征韓論争。征韓派の西郷隆盛、板垣退助、江藤新平ら下野。
1874	2		江藤新平ら不平士族の叛乱。佐賀の乱。
1875	8	アリゾナ準州ベンスンで、ジェニファ、ストーン、サグワロと出会う。 ストーンをリーダーに賞金稼ぎ《バウンティハンター》のチームを結成（「アリゾナ無宿」）。	
1876	2	プロ野球ナショナル・リーグ発足。	
	3	グラハム・ベル、電話実験成功。	
	4	ストーン、ジェニファ、サグワロ、依頼を受けコマンチ族追跡の旅へ（「逆襲の地平線」）。	
	6	リトルビックホーンの戦い。カスター中佐の第七騎兵隊全滅（「逆襲の地平線」）。	
	10		神風連の乱、秋月の乱、萩の乱、起こる。 このころ明治政府、クラーク博士を札幌農学校に招聘。
1877	2		西郷隆盛ら不平士族の叛乱。西南戦争。
	12	エジソン、蓄音機を発明。	
1878	5		大久保利通暗殺。
1879	8	グラント元大統領、訪日し明治天皇と会見。	
	10	エジソン、白熱電球を発明。	
1881	7	無法者《アウトロー》ビリー・ザ・キッド、ギャレット保安官に射殺される。	
	10	OK牧場の決闘。	
1882	4	無法者《アウトロー》ジェシー・ジェームズ、仲間に殺される。	
1883	9	大陸横断鉄道ノーザンパシフィック鉄道完成。	
	7		岩倉具視死去。
	11		鹿鳴館開館。

『アリゾナ無宿』の世界

(合衆国西部)

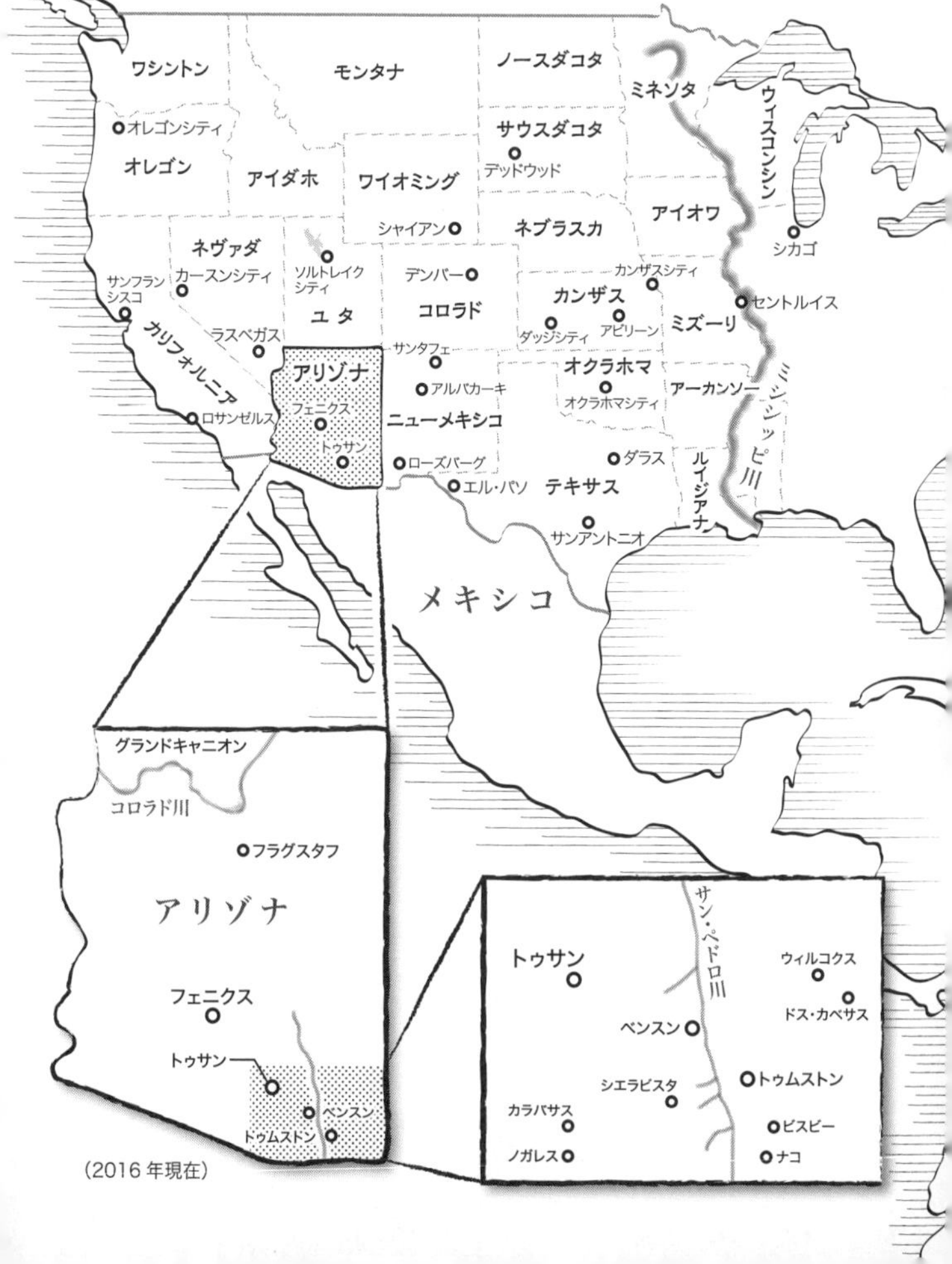

主な登場人物

ジェニファ・チペンデイル（マニータ）……両親をクォントリル・ゲリラに殺され、スー族に育てられた過去を持つ少女。16歳。

トム・B・ストーン……凄腕の賞金稼ぎ《バウンティハンター》。射撃の名手。

サグワロ………………ハコダテから来た正体不明の東洋人。剣の達人。


ジェイク・ラクスマン………農場主。ジェニファの養い親。

ジョン・ブキャナン…………アリゾナ準州ベンスンの保安官。

ハンク・パーキンズ…………同　保安官代理。

ビル・ディレイニー…………同　判事。

ティム・ソールズベリ………同　雑貨店主。

フランク・ローガン…………元クォントリル・ゲリラの隊員。生死を問わず五千ドルの賞金をかけられている。


ラスティ・ダンカン…………お尋ね者。生死を問わず八百ドルの賞金をかけられた男。

マスターマン大佐……………合衆国陸軍ワチュカ駐屯地の司令官。

ベン・キャノン………………アリゾナ準州シエラビスタの町長兼保安官。

クリス・アダムズ……………同　電信係。

ティモシー・マケイブ………お尋ね者。生死を問わず千ドルの賞金がかけられている。

ルイス・オブライエン………元北軍兵士。マケイブを発見、通報する。

クラウチングムーン…………アパッチの戦士。

ロバート・バトラー…………駅馬車の乗客。探鉱師。

メアリ・オズボン……………バトラーの婚約者。

ジェシー・ジェームズ………お尋ね者。有名なジェームズ強盗団を率いる。

ベティ・ノートン……………ウィルコクスの美容師。

ホレイショ・ベネット………ドス・カベサスの電信係。

ナット・コールダー…………かつては腕利きだった、ベテランの賞金稼ぎ。

チャック・ローダボー………三つの銀行を襲い二人を殺害したお尋ね者。

カウボーイ（カウガール）のファッション

コルトSAA (Colt Single Action Army)

通称「ピースメーカー」
装弾数6発、西部開拓時代を代表する回転式拳銃。民間向けの「シビリアン」、砲兵向けの「アーティラリー」、騎兵向けの「キャバルリー」などのバリエーションがある。

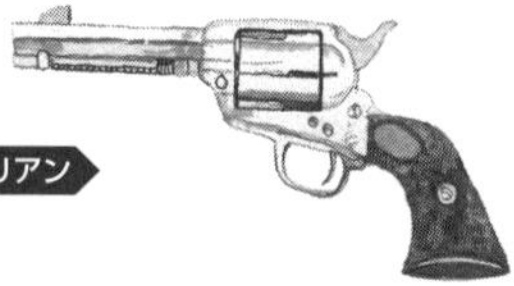

シビリアン

アーティラリー

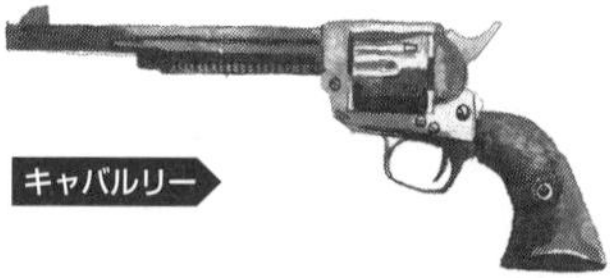

キャバルリー

日本刀

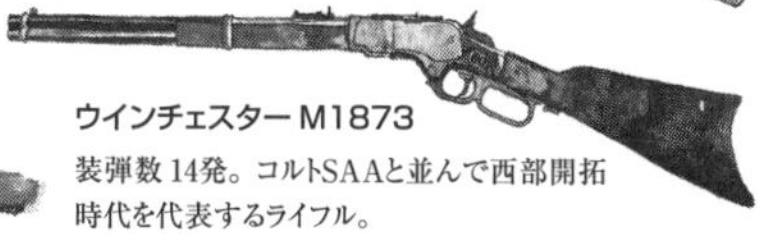

ウインチェスター M1873

装弾数 14発。コルトSAAと並んで西部開拓時代を代表するライフル。

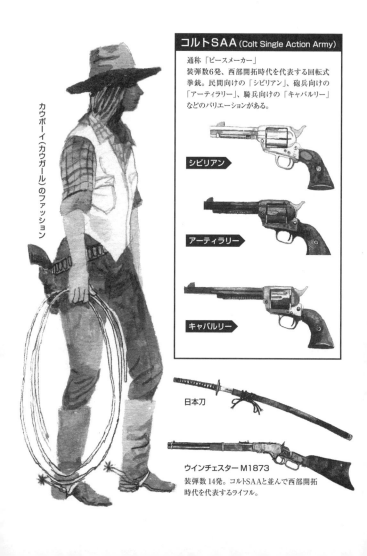

地図・図版　柳田麻里
図版イラスト　浅野隆広
本文イラスト　津神久三

アリゾナ無宿

第一章

I

一八七五年の夏、アリゾナの太陽がもっとも熱く焼けたその日のことは、今でもよく覚えている。

わたしは、あと二か月でやっと十七歳になろうという、世間知らずの少女だった。

その日わたしは、ジェイク・ラクスマンに連れられてベンスンの町へ行き、ラクスマンが〈パンハンドル・サルーン〉の酒場で一杯やっている間に、ソールズベリの雑貨店で買い物をした。

このころ、西部にはまだ鉄道がほとんど敷設《ふせつ》されておらず、旅客や貨物の輸送はもっぱら駅馬車の手に、委《ゆだ》ねられていた。

二年以内に、ロサンゼルスを起点とするサザンパシフィック鉄道が、アリゾナ準州の西端の町ユマまで、延びてくる。その鉄道は行くゆく準州を横断し、トゥサンを経由してこのベンスンにも停車する、という話だった。

そのため、町には鉄道建設の仕事を目当てに、気の早いメキシコ人や中国人、金もうけをたくらむ山師や賭博師《とばくし》など、よそ者がしだいに数を増し始めていた。

ソールズベリの雑貨店は、大工道具や農具からちょっとした衣類、キャンディのようなものまで、なんでも扱っている。わたしは、店主のティム・ソールズベリに有刺鉄線を三束、新しいワイヤーカッター、ハンマー、釘《くぎ》、それに小麦粉、ベーコン、重曹、脱脂綿などを注文した。

自分のために、作業用のシャツとズボンも買う。ふだん身に着けているのと、単に色と柄《がら》が違うだけだ。

メイベルの洋服店へ行けば、小ぎれいなブラウスやスカートを売っているし、ショーウインドーにはきれいなフリルのついた、パーティ用のドレスも飾ってある。

しかし、戸外で土を掘り返したり、家畜のめんどうをみるのが仕事のわたしには、そういう店は用がない。たまたま前を通りかかったとき、ショーウインドーの中をのぞくだけだ。

フリルつきのドレスは、確かに見とれるほどおしゃれなしろものだった。

しかし、それを着た自分を想像するのは、むずかしかった。

ベンスンでは、年に何度かダンスパーティが開かれるが、町から十マイルも離れた農場で暮らす身には、なんの縁もないものだった。だいいち、わたしがそうしたパーティに顔を出すことを、ラクスマンが許してくれるわけがない。

雑貨店を出て、ソールズベリの手を借りながら荷物を馬車に積んでいるとき、その騒ぎが起こった。

〈パンハンドル・サルーン〉のスイングドアがばたんと開き、カウボーイらしいいでたちの男が二人がかりで、一人の男を路上に引きずり出した。

二人のカウボーイは、テンガロンハットの天辺《てっぺん》からブーツの先まで、ほこりまみれだった。

しかも、明らかに酔っていた。

真っ昼間から、仕事もせずに酒を飲むようなカウボーイに、どうせまともな連中はいない。臨時雇いか、ガンマン気取りの無頼漢だろう。

肩をとがらせた髭面《ひげづら》の男が、つかまえた相手を乱暴に小突き回しながら、わめいた。

「くそ、おれのだいじな拍車を蹴《け》飛《と》ばしやがって、とんでもねえ野郎だ」

もう一人の、バファローのようにいかつい体をした大男が、それに同調する。

「そうだ、そうだ。ヘックの拍車を蹴飛ばして、無事でいたやつは一人もいねえ。てめえの足の指を、ナイフで一本ずつ切り落としてやるから、覚悟しやがれ」

二人につかまったのは、黒い帽子に黒革のベスト、黒いシャツに黒いズボンをはいた、華奢《きゃしゃ》な体つきの男だった。

赤銅色《しゃくどういろ》に日焼けした顔と、黒曜石のようによく光る目の持ち主で、年はカウボーイたちよりだいぶ上に見えた。

服装からは、どんな仕事をしている男か分からず、ただの流れ者のようだった。

しかし皮膚の色や目鼻立ちから、わたしはその男がインディアンではないか、と思った。

男はガンベルトをしておらず、拳銃《けんじゅう》を身につけている様子はない。

ただ、背にくくりつけた革鞘《かわざや》の端から、剣の柄《つか》らしきものがのぞいているのが見える。

もっとも、それは騎兵隊が装備しているサーベルの柄と、だいぶ感じの違うものだった。

ヘックと呼ばれた髭面が、黒服の男の上体を背後から抱きすくめる。

「そいつはいい考えだ、ビリーボーイ。この野郎のブーツを脱がせろ」

「よしきた」

ビリーボーイと呼ばれた大男は、黒服の男の足を押さえつけた。ブーツをわきの下に抱え込んで、無理やり脱がせようとする。

ソールズベリは、わたしが注文した荷物を馬車に積み終えると、急に目も見えず耳も聞こえなくなったように、そそくさと店にもどってしまった。ふだんから、争いごとのきらいな老人なので、見て見ぬふりを決め込んだのだ。

わたしは、ほかにだれか止める人はいないかと思って、あたりを見回した。

しかし、真昼の通りには人影がなかった。ただ溶鉱炉の口のような太陽が、じりじりと照りつけるだけだった。

そのとき、騒ぎを聞きつけたらしい町の保安官ジョン・ブキャナンが、事務所から顔をのぞかせた。

三人が争っているのを見ると、通りを渡ってこっちへやって来る。

わたしは、ほっとした。

ブキャナンは三十代半ばの男で、いつも東部風の山高帽に赤いズボン吊《つ》りという格好のため、ちょっと見には頼りなさそうに見える。しかし、実際には恐ろしく度胸のすわった男で、どんな修羅場にも動じたことがない、という評判だった。

ブキャナンは、大声でどなった。

「おい、何をしている。騒ぎを起こすんじゃない」

それを聞くと、二人のカウボーイは申し合わせたように、黒服の男から手を離した。

男は、その場に投げ出されて尻餅《しりもち》をつき、周囲に砂ぼこりが舞い上がった。

ヘックが言う。

「口を出さんでもらいてえな、保安官。これは、男の名誉の問題なんだ」

ブキャナンは、黒服の男に手を貸して立ち上がらせ、ヘックの方を向いた。

「昼間から酔っ払って、相手かまわず喧嘩《けんか》を売るようなカウボーイに、名誉なんかあるものか。酔いをさまして、さっさと牛のいるところへもどれ」

「いや、もどらねえ。そのおたんこなすは、カウンターで酒を飲んでるおれの後ろを通り抜けざま、だいじなブーツの拍車を蹴飛ばしやがったんだ。おかげで、歯車が曲がっちまった。このままで、すますわけにゃいかねえんだ」

そのときわたしは、いつの間にかラクスマンが〈パンハンドル・サルーン〉から出て来て、板張りの歩道に立っているのに気がついた。

ラクスマンは、顔の三分の二をおおい尽くす灰色の髭の中から、低い声で言った。

「わざと蹴飛ばしたわけじゃないぞ、保安官。彼が後ろを通るのを見計らって、そいつの方からブーツを突き出したんだ。最初から、喧嘩を売るつもりだったのさ」

わたしは、ラクスマンがそんなことを言うとは予期していなかったので、少なからず驚いた。

ヘックが、ラクスマンを睨《にら》みつける。

「黙れ、じじい。よけいな口出しをしやがると、おめえもただじゃおかねえぞ」

ラクスマンは、それを無視してわたしのそばにやって来ると、手を差し出した。

「勘定書きをよこせ」

わたしはわれに返って、ソールズベリが書いた伝票を渡した。

ラクスマンは、それが当面もっともだいじな問題だというような顔で、ソールズベリの店にはいって行った。

騒ぎにはもう、目もくれなかった。

ヘックが、拍子抜けしたようにラクスマンを見送る間に、ブキャナンが黒服の男の肩を押す。

「早く行け。ここはおれが引き受ける」

黒服の男は何か口の中でつぶやき、あまり見かけない奇妙なしぐさで頭を下げると、歩道の前の横木につないだ馬の方へ、足を向けた。

「待て。まだ用は終わっちゃいねえぞ」

ヘックがどなり、腰の拳銃に手をかけた。

ブキャナンは、左手でヘックの腕を押さえ込むと同時に、右手で拳銃を抜いた。

長い銃身をすばやく横に振り、ヘックのこめかみをしたたかに叩《たた》きのめす。

ヘックは一声叫んで、地面に転がった。

ブキャナンが向き直る前に、ビリーボーイが大男に似合わぬ機敏さで拳銃を引き抜き、同じように銃身をブキャナンの後頭部に叩きつけた。

お返しをされたブキャナンは、声も上げずにその場にくずおれた。

よほど強く殴られたのか、それきり動かなくなる。

わたしは、荷馬車の陰に体をかがめ、じっと息をこらした。

ヘックが落とした拳銃を拾い、頭を振ってふらふらと立ち上がる。

「くそ、じゃましやがって」

そうののしると、ブキャナンのかたわらに転がった山高帽を、思い切り蹴飛ばした。

うつぶせに倒れたブキャナンの後頭部から、血が流れ始める。

わたしは、保安官代理のハンク・パーキンズが助けに来てくれないか、と事務所の方に目を向けた。しかし、だれも出て来る気配はなかった。

あたりには人っ子一人おらず、通りはしんと静まり返ったままだった。

暑いからではなく、喧嘩の巻き添えになるのを恐れて、みんな引っ込んでしまったのだ。ましてて、頼りのブキャナンがやられたとなると、仲裁にはいる者はいないだろう。

ビリーボーイは、意識を失ったブキャナンの手から拳銃をもぎ取ると、遠くへ投げ捨てた。

馬の手綱を取ったまま、途方に暮れたように立ちすくんでいる黒服の男に、ヘックが声をかける。

「こっちへ来い。おれの曲がった拍車を、歯でくわえてまっすぐにしやがれ。ついでに舌でなめて、きれいにするんだ」

黒服の男が黙っていると、ヘックはいきなり拳銃の撃鉄を上げて、引き金を引いた。

銃声とともに、男の一ヤードほど手前で砂ぼこりが舞い上がり、おびえた馬が脚を踏み鳴らした。

しかし、黒服の男は顔色を変えず、ぴくりとも動かない。

わたしは、すぐにもその場から逃げ出したかったが、なぜか体が言うことをきかなかった。

ラクスマンは、ソールズベリの店にはいったまま、なかなか出て来ない。出て来たとしても、ふだんから拳銃を身につけないラクスマンに、何かを期待するのは無理だろう。

もともとラクスマンは、人の身に何が起ころうといっさい関心を示さない、自分本位の男なのだ。さっきのように、わざわざ保安官に黒服の男をかばう発言をするなど、きわめて珍しいことだった。

ヘックが、銃口を上げる。

「もう一度だけ、言ってやる。こっちへ来て、おれの拍車を直すんだ。言われたとおりにしねえと、今度はてめえの土手っ腹に、風穴があくことになるぞ」

聞き取りにくい汚い言葉は、どうやらテキサス訛《なま》りのようだった。

黒服の男は、ベストの襟に沿ってゆっくりと指を走らせ、その指を唇に当てた。厄よけか何かの、おまじないをするような動きに見えた。

さっきの頭の下げ方といい、今の奇妙な手の動かし方といい、これまでまったく見たことのないしぐさだった。

インディアンではないか、と思ったのは間違いらしい。少なくとも、スー族の男ではない。

ビリーボーイが、いらだった口調で言う。

「おい、聞こえねえのか。返事ぐらいしたらどうだ」

そのとき、どこからか別の声がした。

「それぐらいにしておけ」

2

ヘックが、びくりとして向き直ろうとする。

「おっと、動くんじゃない。背骨に弾《たま》を食らうと、一生歩けなくなるぞ」

わたしは、荷馬車の縁から少し顔をのぞかせて、声のする方を見た。

いつの間にか、ヘックの後方十ヤードほどのところに、見慣れぬ男が立っていた。

その手に、まっすぐヘックの背に向けられた、拳銃が見える。

まるで気がつかなかったのは、男が音も立てずにわたしの背後を抜けて、ヘックの後ろへ回ったからだろう。

男は、天辺にくぼみのついたステットソンの帽子をかぶり、くたびれた鹿皮服《しかがわ》に身を包んでいた。そのいでたちから、一か所に定住しない流れ者であることは、すぐに見当がついた。

帽子からはみ出した、長い金髪が肩のあたりで優雅に波打っているものの、それ以外は全身ほこりまみれだった。長旅の疲れが目立つ。

背はそれほど高くなく、六フィート（百八十センチ）そこそこしかない。

そのかわりに、どっしりした体格の持ち主だった。髪と同じ色の口髭を生やし、丸みを帯びた頰が砂で黄色く汚れている。

ヘックは動きを止めたまま、緊張した声で背後に呼びかけた。

「だれだか知らんが、じゃまをしねえでもらおう。これは、内輪の揉《も》めごとなんだ」

「保安官を殴り倒して、内輪の揉めごともないものだ。いいかげんに、頭を冷やせ。あんたたちが拳銃を収めれば、こっちもこのまま引き下がる。どうしてもやると言うなら、遠慮せずに相手をする。どうだ」

鹿皮服の男は、まるでワイオミングの気候の話でもするような、のんびりした口調で言った。

「あんたはだれだ」

「通りがかりの者だ」

「だったら、立ち止まらずに行っちまいな」

「行く手に、あんたたちが立ち塞《ふさ》がってるから、先へ行けないのさ」

わたしは、ヘックのこめかみから髭に汗が伝い落ちるのを、この目で見た。

ビリーボーイは、さっきから黒服の男に狙《ねら》いをつけたまま、動きが取れずにいる。

どうやら、鹿皮服の男が自分とヘックを結ぶ線の向こう側に位置しているため、拳銃を向けることができないらしい。

ようやく意識を取りもどしたブキャナンが、ごろりと仰向《あおむ》けになって目を開いた。

肘《ひじ》をつき、わずかに上体を起こしかけたが、うまくいかない。それ以上はまだ、無理のようだった。

わたしは、汗ばんだ手で車輪の輻《や》を握り締め、固唾《かたず》をのんで事のなりゆきを見守った。

鹿皮服に背を向けたまま、ヘックがビリーボーイに向かってしきりに、目を上下に動かす。何か、合図を送っているようだ。

わたしには、その意味が分かった。

ヘックは、自分が身を沈めると同時に、ビリーボーイに鹿皮服の男を撃て、と目配せしているのだ。

わたしは、とっさに警告しようとして、思わず体を起こした。

その動きに、ヘックがはっとしたように目をむき、わたしを見る。

次の瞬間、ヘックは突然悲鳴を上げて右の目を押さえ、地面にひざまずいた。

その場に拳銃を投げ出すと、苦痛の声を漏らしながら体を折り曲げる。

何がどうなったのか、分からなかった。

鹿皮服の男も戸惑ったらしく、無意識のように拳銃を下げた。

それを見て、ビリーボーイが反射的に銃口をぐるりと巡らし、鹿皮服に狙いをつける。

そのわずかなすきに、黒服の男がさっと右手を振りかざして、ビリーボーイの方に一歩踏み込んだ。

次の瞬間、頭上の太陽に何かが鋭く一閃《いっせん》したかと思うと、ビリーボーイは呆然《ぼうぜん》とその場に立ちすくんだ。拳銃の撃鉄を上げようとするのに、親指が言うことをきかないらしい。

わずかな間をおいて、ビリーボーイの手首から血がしたたり落ち、足元の砂に二つ、三つと赤い点をこしらえた。

ビリーボーイは唸《うな》り声を上げ、左手で右の手首をしっかりつかんだ。

右手が震えながら開かれ、拳銃は砂ぼこりとともに地上に落ちた。

わたしの目には、ビリーボーイが自分の手首を落とすまいとして、必死に押さえているように見えた。

そのとき、だれか急を知らせに行った者がいるらしく、ショットガンを持った保安官代理のハンク・パーキンズが、血相を変えて通りの向こうから走って来た。

黒服の男は右手を上げ、気がつかないうちに抜いていた例の剣を、背中の鞘《さや》にもどした。パーキンズを見て、鹿皮服の男も手にした拳銃をホルスターにもどし、両腕を広げて敵意がないことを示す。

パーキンズはショットガンを構え、油断なく目を配りながら言った。

「だれも、動くんじゃない。妙なまねをすると、頭を吹き飛ばすぞ」

それから、ブキャナンの上にかがみ込む。

「だいじょうぶですか、ジョン」

そう声をかけると、手を貸して立ち上がらせた。

ブキャナンは、後頭部を押さえて傷痕《きずあと》の具合を確かめ、小さく悪態をついた。

騒ぎが収まったと見たとたん、あちこちの建物の戸口や窓のブラインドが開いて、人びとが恐るおそる顔をのぞかせた。

結局町の住民には、トラブルを解決するのは保安官の仕事であり、そのために高い給料を払っているのだ、という意識があるのだ。

ブキャナンが、いまいましげに言う。

「この二人を、ぶち込んでおけ。おれは、医者へ行ってくる。おれの治療が終わったら、医者を留置場へ回してやる」

パーキンズが、それぞれ目と手首を押さえてうめき声をもらす二人を、保安官事務所の方へ引き立てて行った。

　ブキャナンはそれを見届けると、鹿皮服の男に目を向けた。

「世話をかけたな。おかげで、助かった」

「わたしは、何もしなかった。二人をやっつけたのは、あっちの男だよ」

　鹿皮服の男に言われて、ブキャナンは黒服の男を見返った。

　それから、交互に二人を見比べながら、ぶっきらぼうに言う。

「今日の夕方五時から、ディレイニー判事の係であの二人の、略式裁判を行なう。あんたたちには証人に立ってもらうから、それまでは町を出ないでもらいたい」

　鹿皮服の男は、瞬《まばた》きした。

「今日の夕方。ずいぶん早いな」

「こういう暴力沙汰《ざた》は、片っ端から処理しなければ、きりがないからな。それより、あんたたちの名前を聞いておこう」

　ブキャナンに聞かれ、黒服の男があまり気乗りのしない小さな声で、ぼそりと答える。

「サグワロ」

　わたしの耳には、そう聞こえた。

「サグワロ」

　ブキャナンは、おうむ返しにそう言って妙な顔をしたが、それ以上は追及しなかった。

サグワロは、通常サワロと呼ばれることが多いが、アリゾナ一帯でごく普通に見られる、大型のサボテンのことだ。

どうやら黒服の男は、それを通称にしているらしい。

ブキャナンは、鹿皮服に目を移した。

「あんたは」

鹿皮服の男も、あまり気の進まない口調で応じる。

「ストーンだ。トム・B・ストーン」

ブキャナンは、冗談はやめてくれというように、小さく首を振った。

それを見て、わたしもブキャナンの当惑したわけが、すぐに分かった。

トム・B・ストーンは、続けて書けば〈TOMBSTONE（墓石）〉になる。実際に、そういう名前とは思えないから、おそらく〈墓石〉をもじってつけた、通称なのだろう。

ブキャナンも、その言葉遊びに気づいたに違いないが、何も言わなかった。

自分の拳銃と山高帽を拾い上げると、ドク・マカーシーの診療所の方へ歩き出す。

だれかが、肩に手を置いた。

振り向くと、ジェイク・ラクスマンが立っていた。

置かれた手から、体中におぞけが走る。

「行くぞ。馬車に乗れ」

わたしは、体をよじってラクスマンの手を逃れ、荷馬車に乗った。

ラクスマンは、わたしの隣に腰を落ち着けると、手綱を取って車輪止めをはずした。

鞭《むち》の音とともに、荷馬車が走り出す。

半月に一度のベンスンでの買い出しも、あっけなく終わってしまった。

ラクスマンが、町に必要以上に長居するのを嫌うので、いつも物足りない思いを引きずりながら、帰ることになる。

とはいえ、この日はたまたま思いがけない騒ぎに出会い、いくらか気分が高揚していた。

町を出て一マイルも走らないうちに、だれかが馬で追いかけて来るのに気づいた。

振り向くと、保安官代理のパーキンズだった。

ラクスマンは、荷馬車を道の脇《わき》に寄せて停めた。

追いついたパーキンズが、帽子のひさしに手をかけて挨拶《あいさつ》する。

「やあ、ジェイク。申し訳ないが、保安官の命令でマニータにもう一度、町へもどってもらいたいんですがね」

名前を呼ばれたわたしは、急に胸がどきどきした。

ラクスマンが、大きな肩をすくめる。

「なんのために、だね」

「夕方の略式裁判の、証人になってもらうためです。さっき、表通りで揉めごとがあったのは、ご存じでしょう」

「ああ。保安官が殴られて、怪我《けが》をしたんだろう」

「そうです。マニータに、その証人になってもらいたいんです」

「しかし、よそ者が二人その場にいて、一部始終を見ていたはずだ。マニータがいなくても、証人は十分じゃないのかね」

「ディレイニー判事が、揉めごとの当事者だけでなく、第三者の目撃証人を用意しろ、と言うんです。あの判事は、完璧《かんぺき》主義者ですからね」

「どうせ、酔っ払いの喧嘩じゃないか。せいぜい罰金刑ですむものを、証人など用意することはないだろう」

「酔っていたとはいえ、二人とも拳銃を抜いてるんでね。公務執行妨害、暴行傷害のほかに、殺人未遂がつくかもしれない。もし他州で手配書が回っていれば、何年か食らい込む可能性もあります。略式とはいえ、きちんとした裁判をやらなければならない」

　ラクスマンは、いらだたしげに肩を揺すった。

「わしは夕方までに、家の柵《さく》を直さなけりゃならんのだ。これから町へもどって、裁判が終わるまで時間を取られたら、仕事に差し支える」

「あなたは、家にもどってもいいですよ、ジェイク。わたしが、マニータを町まで乗せて行きます。裁判が終わったら、家まで送り届けますから」

ラクスマンは、しばらく黙ったままでいた。

それから、ゆっくりとわたしを見る。

「ハンクはああ言ってるが、おまえはどうなんだ、マニータ」

わたしは、胸の動悸《どうき》を悟られるのではないかと、はらはらしながら答えた。

「町へもどるわ」

パーキンズが、そうするべきだというように、うなずく。

ラクスマンはため息をつき、わたしを荷馬車から下ろした。

パーキンズの手を借りて、馬の後ろに乗せてもらう。

どこへつかまろうか迷っていると、パーキンズは無造作にわたしの腕をつかんで、自分の胴に回させた。

ラクスマンが、不安げに言う。

「なるべく早くもどしてくれ、パーキンズ。マニータは、まだ子供だからな」

「分かりました」

パーキンズは馬に拍車をくれ、町へ向かって走り出した。

ラクスマンが、わたしたちを見送っていることは分かったが、わたしは振り向かなかった。

十歳のときから、わたしはいつもラクスマンの監視下に、おかれていた。

これまでのおよそ七年間というもの、ラクスマンがわたしから三十分以上目を離したことは、一度もない。農場にいても町にいても、つねにラクスマンはわたしを見張っていた。したがって、いかに判事や保安官の命令とはいえ、わたしが一人で町に残るのをラクスマンが許すとは、予想もしないことだった。

パーキンズにしがみつきながら、このめったにない機会をどう活用したらいいかと、あれこれ想像をふくらませる。

ほどなく、町にもどった。

パーキンズは、保安官事務所の前で馬を止めて、わたしを歩道に下ろした。

五十セント玉を差し出し、やさしい口調で言う。

「これで昼ごはんでも食べて、キャンディでも買いたまえ」

わたしは、人からお金をもらったことがなかったので、途方に暮れて硬貨を見つめた。

パーキンズはわたしの手を取り、硬貨を握らせた。

「遠慮しないでいいよ。これは、証人の日当なんだから」

「ありがとう。ごはんを食べたあとは、どうすればいいんですか」

「午後四時半に、またここへ来てほしい。裁判は、隣の〈コートハウス・サルーン〉で、五時に開廷される。それまで、好きなように過ごせばいい。町でゆっくりすることは、めったにないんだろう」

パーキンズはそう言って、笑いながらわたしのおでこを指でつつくと、事務所の中にはいって行った。

パーキンズは、取り立ててハンサムというわけではないが、人柄がいいのでみんなに好かれている。

正義感が強く、仕事も熱心にやるという評判だ。結婚して一年になる、とだれかに聞いた。

わたしは、レストラン〈オクステイル〉の前まで行ったが、そこでまた途方に暮れた。

レストランはもちろん、農場以外の場所で食事をしたことが一度もないのを思い出し、気後れしたのだった。

そのとき、ぽんと肩を叩かれた。

3

驚いて振り向くと、例の鹿皮服を着た流れ者のトム・B・ストーンが、そこに立っていた。

ストーンは、帽子を脱いで言った。

「やあ。きみは、さっき荷馬車の陰に隠れて、ずっと喧嘩を見ていた娘だね」

この男は、わたしに気づいていたのだ。

「ええ」

「一緒に、食事でもどうかね。中へはいるところだったんだろう」

「ええ」

とまどいながら、わたしは芸のない返事を繰り返し、その場に突っ立ったままでいた。

「だったら、さっさとはいろう」

ストーンは先に立って階段をのぼり、〈オクステイル〉のガラスドアを押した。

店は広く、天井が高い。客の数は、少なかった。

わたしたちは、まともに日の照りつける正面の窓を避けて、いくらか風通しのいい横手の窓のテーブルに、席を取った。

ストーンは自分にビールを、わたしにレモネードを持って来るように、給仕の娘に頼んだ。

その娘はわたしと同年配で、きれいなドレスに真っ白いエプロンを着けていた。

わたしの視線に気づいたらしく、ストーンがからかうように言う。

「きみも家では、ああいう格好をするのかね」

「いいえ」

「どこにいても、そのシャツとズボンか」

「ええ」

ストーンは笑った。

「きみは〈ええ〉と〈いいえ〉しか、話さないようだね。ええと、名前は」

「マニータ」

それが通称だ、ということは言わなかった。

「わたしは、トム・B・ストーンだ。トムと呼んでくれ」

「ええ、トム」

「マニータはスペイン語で、小さな手という意味だね」

「ええ」

「だれがつけたんだい」

「ラクスマン」

ビールと、レモネードが来た。

ストーンは、メニューを見てステーキを注文し、わたしは五十セントで足りるのを確かめてから、豆を添えたベーコンエッグを頼んだ。

ストーンが続ける。

「ラクスマンというのは、さっききみと一緒に荷馬車に乗って行った、髭面の男かね」

「ええ」

「なぜきみだけ、もどって来たんだ」

「保安官代理が、呼びもどしに来たの。裁判に出てほしいって」

「ははあ。証人になれ、と言われたんだな」

「ええ」

「それも、市民としての義務の一つだ。この町に住む以上はね」

「この町には、住んでいないわ」

「家はどこなんだ」

「北へ十マイルほどのぼった、小さな農場です」

ストーンはビールを飲み、少し間をおいて言った。

「ラクスマンは、きみの父親かね」

「ええ。いいえ」

わたしはうろたえ、妙な応答をしてしまった。

ストーンは、よく分かっているというように、微笑を浮かべた。

「なるほど。父親のようなものだが、ほんとうの父親ではない、ということだね」

「ええ」

そんな内輪の話を、それまで他人に質問されたことはないし、わたしから打ち明けたこともなかった。

ストーンと話していると、いつの間にかペースに巻き込まれてしまう。

「無理に聞くつもりはないが、ほんとうのお父さんやお母さんは、どうしたんだ」

わたしはレモネードを飲み、考える時間を作った。

だれにも話さなかったのは、わたしが話したくなかったからではなく、だれも聞く者がいなかったからだ、ということに気づく。

「南北戦争が終わった直後に、わたしたちが住んでいたケンタッキーの家が、元南軍のゲリラに襲われたの。森で遊んでいた、わたしとインディアンの子守以外は、みんな殺されたわ。六つのときのことで、よく覚えてないけれど」

一息に、言ってのけた。

ストーンは、表情を変えなかった。

「ほう、ケンタッキーの生まれか。南北戦争が終わったのは六五年四月だから、そのときに六つだったとすれば、きみは一八五八年か五九年の生まれだな」

「五八年の、十月生まれよ」

「すると、あと二か月で十七歳、というわけか」

「ええ」

ストーンは唇を引き締め、いくらか早口に言った。

「襲ったのは、ウィリアム・クォントリルのゲリラ隊かね」

「そう聞いたわ」

ウィリアム・クォントリルは、南北戦争のころ南軍の残虐《ざんぎゃく》なゲリラ隊長として、悪名を馳《は》せた男だった。

一八六五年四月、北軍の勝利で戦争が終結したあとも、クォントリル一味は北部の町や農園を襲って、虐殺と略奪を繰り返した。

わたしの家も、その犠牲になったのだった。

皮肉なことにクォントリルは、その少しあとに連邦軍の不正規部隊の奇襲を受け、命を落としたという話だ。

注文した料理が来た。

わたしたちは、黙って食べ始めた。

ストーンが、また口を開く。

「クォントリルの一団に襲われたら、一人も生き残らないと言われたものだ。きみが助かっただけでも、運がよかったと思うべきだろうね」

それが慰めにならないことは、むろんストーンも知っていたはずだが、わたしは素直にうなずいた。

ストーンはパンをちぎり、さりげなく質問を続けた。

「それから、どうしたんだ」

「インディアンの子守は、ペチュカという名の気立てのいいおばさんで、スー族の出だったの。ペチュカは、わたしを連れて自分の部族が住む、ワイオミングにもどったわ。グリーンリバーという、大きな川がそばを流れていた」

わたしはそのころ、毎日のようにグリーンリバーのほとりで水浴びをしたり、魚を取ったりしたことを思い出した。

「それから、どうしたんだ」

ストーンが、同じ口調で質問を続ける。

「ペチュカと一緒に、スー族と暮らしたわ。十歳を過ぎるまで、およそ四年間」

暮らしている間は、どれだけの年月が過ぎたのか知らなかったし、また知るすべもなかった。四年間というのは、あとで計算して分かったことだ。

「どうやって、白人の社会にもどったのかね」

「わたしたちの住んでいた村が、騎兵隊に襲われたの。第二騎兵隊。スー族は、皆殺しにされたわ。ペチュカも殺された」

わたしは急に食欲がなくなり、ナイフとフォークを置いた。

インディアンと白人の戦いは、南北戦争が終わったころからいっそう激しくなり、政府側は第六隊まであった騎兵隊の数を、第十隊まで増やした。

インディアンはしだいに追いつめられ、政府と協定を結んで居留地にはいり始めたが、中には徹底抗戦を唱えてゲリラ戦を展開する、強硬派もいた。

むろん、そうしたことを当時のわたしが、承知していたわけではない。みんな、あとになって知ったことだ。

ストーンが、わたしの手を軽く叩く。

「きみは、そのときもまた運よく命拾いした、というわけだ」

「ええ」

「だれに助けられたのかね」

レモネードを飲む。

「ラクスマン。彼はそのとき、第二騎兵隊のスカウト（斥候）をしていたの」

あとから聞いた話では、ジェイク・ラクスマンは南北戦争のときも南軍の斥候として、ずいぶん活躍したらしい。

ストーンは、眉《まゆ》を動かした。

「ほう。スカウトをね」

わたしのおしゃべりは、堰《せき》を切ったように止まらなくなった。

「戦いの間、わたしはテントの中で毛布にくるまって、ずっと震えていた。そうしたら、騎兵隊員の一人がわたしを見つけて、外へ引っ張り出したわ。もう少しで、殺されるところだった。そこへ、ラクスマンがやって来て、助けてくれたの。これはインディアンじゃない、白人の娘だと言って」

「それから、どうしたんだ」

　ストーンは、またさっきの質問口調にもどった。

「それから、ラクスマンはスカウトをやめてわたしを引き取り、あちこち旅をして回ったわ。ワイオミングからコロラド、ユタ、アリゾナと南へくだって来て、二年くらい前今住んでいる農場に、落ち着いたの」

「ラクスマンは、どうしてきみを引き取ったのかね」

「さあ。みなしごだと分かって、かわいそうだと思ったのかも」

　それについて、わたしは真剣に考えたことがなかった。むろん、ラクスマンに尋ねたこともない。

　わたしは特別かわいいわけでもなく、ラクスマンにすれば料理や洗濯をさせるのに便利だ、と考えたにすぎないだろう。

　実際、わたしはラクスマンに引き取られてから、そういった雑用をすべてやらされることになった。

　ストーンは、給仕の娘にコーヒーを二つ頼んだ。

4

コーヒーが来たとき、わたしはふと思い出して言った。

「さっきの、黒い服を着たもう一人の人は、どうしたの」

トム・B・ストーンは、コーヒーを一口飲んだ。

「サグワロか。裁判が始まる時間まで寝てくる、と言って厩舎《きゅうしゃ》の方へ行ったきりだ」

「最初は、あの人のことをインディアンじゃないか、と思ったわ。顔立ちや肌の色が、よく似ていたから。でも、体の動きとかしぐさを見ると、違うみたい」

「保安官事務所で少し話をしたが、彼はインディアンではないようだ。ほとんど口をきかない男でね。東洋人じゃないかな。このところ、鉄道工事を目当てにした出稼ぎの中国人が、増えているから」

「中国人は、ああいう顔をしているの」

ストーンは、あいまいに顎《あご》を動かした。

「まあ、よくは知らないが、ちょっと顔立ちが違うような気もする」

わたしはコーヒーを飲み、話を変えた。

「さっき、ヘックが急に顔を押さえてうずくまったとき、何が起きたのか分からなかったわ。あなたが何かしたの、トム」

「いや、わたしは何もしなかった。サグワロがやったんだ」

「サグワロが、サーベルのようなものを背中から抜いて、ビリーボーイの手首を切ったのは、わたしにも分かった。でも、ヘックに対して何かしたようには、見えなかったわ」

ストーンは親指の爪《つめ》で、口髭をそっとなでた。

「医者の話によると、ヘックの右の目に小さな針が、刺さっていたらしい」

「針ですって。どういうこと」

「どこからか、飛んで来たのさ」

わたしは、好奇心に駆られて乗り出した。

「蜂《はち》にでも、刺されたのかしら」

ストーンは、まっすぐにわたしを見返した。

「サグワロが口から針を吹き飛ばして、ヘックの目に当てたんだと思う」

わたしは、ぽかんとした。

「針を吹き飛ばす。そんなことができるの」

「インディアンの中には、吹き矢を使いこなす者がいる、と聞いたよ」

「ええ、部族によってはね。でも、あのときサグワロは吹き矢らしいものを、持っていなかったわ」

「おそらく、口の中に直接針を含んで、吹き飛ばしたんだろう」

目が丸くなるのが、自分でも分かった。

「いつの間に、針なんかを口に」

わたしはそこまで言って、言葉を途切らせた。

ストーンが姿を現す少し前、サグワロがベストの襟に滑らせた右手の指を、さりげなく唇に当てたのを思い出す。

もしかすると、あのときサグワロは襟に刺した針を抜き取り、口に含んだのではないか。

ストーンはコーヒーを飲み、思慮深い口調で言った。

「あの男なら、そうした技を使いかねないね。ビリーボーイの手首を切ったのも、驚くほどのスピードだった。それも、ただやみくもに切ったわけじゃない。どうせやるなら、手首をそっくり切り落とす方が、ずっと簡単だったはずだ。しかしサグワロは、そうしなかった。これも医者の話だが、ビリーボーイは親指の腱《けん》を断ち切られていたそうだ。人差し指以下、四本の指は自由に動くが、親指はもう一生使えないらしい。つまり、拳銃を抜いても支えられないし、撃鉄を上げることもできないわけだ」

それが事実だとしたら、サグワロはたいした腕の持ち主、ということになる。

拳銃を持っていないのは、そのためかもしれない。

「どこで、そんな技を身につけたのかしら」

「もしかすると、彼は日本《ジャパン》から来た男、つまり日本人《ジャパニーズ》じゃないかと思う」

　確信ありげな口調だった。

「日本。どこにある国なの、それ」

「太平洋の向こうの、中国の近くにある島国だ。十数年前、ちょうどきみが二歳くらいのときだと思うが、その国からやって来た使節を東部のフィラデルフィア、という町で見かけたことがある。髪を妙な風に剃《そ》り上げた、小柄な連中だった。その男たちが、サグワロと同じような形のサーベルというか、剣を持っていたんだ」

　太平洋の向こうと言われても、わたしにはその太平洋さえイメージがわかない。

　とにかく、海が果てしなく広がっていると聞くだけで驚くのに、その向こうにまた別の国があるなどという話は、とても信じられなかった。

　ストーンは、わたしがぼんやりしているのに気づいたらしく、くすくすと笑った。

「まあきみの年では、こんな話をしてもちんぷんかんぷんだろうがね」

　わたしは、話題を変えた。

「サグワロもそうだけれど、あなたの名前も本名じゃないんでしょう、トム」

　ストーンは、笑いを消さなかった。

「どうしてだい」

「だってトム・B・ストーンは、〈TOMBSTONE〉のことだと思うわ」

　ストーンは、真顔にもどった。

「きみは、字が読めるのかね、マニータ」

「ええ。ラクスマンが、教えてくれたの」

　読み書きの訓練こそ、ジェイク・ラクスマンがわたしに施してくれた、ほとんど唯一《ゆいいつ》の功徳《くどく》だった。

　ストーンは、少しの間わたしを見つめていたが、やがて口を開いた。

「本名かどうかは別として、それがいちばん今のわたしに、ふさわしい名前なんだよ」

「あなたは、なんのお仕事をしているの、トム。ただ、旅をするだけなの」

　ストーンは体を少し前かがみにして、内緒話をするようにささやいた。

「わたしは、賞金稼ぎ《バウンティハンター》なんだ」

「バウンティハンター。分からないわ。どういうお仕事」

「指名手配された、賞金つきのお尋ね者をつかまえて、保安官に引き渡す仕事だ。受け取った賞金で、生活しているわけさ」

　わたしは、手を打ち合わせた。

「分かった。わたし、見たことがあるわ。ウォンテッド（お尋ね者）、デッド・オア・アライブ（生死を問わず）っていう、あのポスターね」

　ストーンは苦笑した。

「そう、それだよ。わたしは、そうした賞金つきの悪党どもから見れば、文字どおり〈墓石〉のような存在でね」

「今は、だれを追いかけているの」

ストーンは、わたしが聞き間違えるのを恐れるように、ゆっくりと言った。

「フランク・ローガン、という男だ」

「その人は、何をしたの」

「殺人、強盗、強姦《ごうかん》」

わたしは、顔をしかめた。

「きっと、狼《おおかみ》みたいな男ね」

「それが、そうでもないんだ」

ストーンは、ポケットから折り畳んだ黄色い紙を取り出し、テーブルに広げた。

〈お尋ね者。フランク・ローガン、殺人・強盗・強姦犯人。生死を問わず。賞金五千ドル〉

五千ドルとはまた、気の遠くなるような大金だ。

写真で見るかぎり、フランク・ローガンは少し頬がこけているものの、むしろ穏やかな目をした男だった。右の頬から顎にかけて残る、十字形の醜い傷痕さえ気にしなければ、ハンサムといってもいいだろう。

「このあたりに隠れているの」

わたしが聞くと、ストーンは肩をすくめた。

「もしかするとね。そういう噂《うわさ》を、耳にしたんだ。もっとも、噂を聞いて探しに行くと人違いだったり、逃げたあとだったりする。この八年、ローガンを探し回っているが、まだ一度も出会ったことがない」

「八年も」

わたしは驚いて、コーヒーカップを落としそうになった。

そう言われてみれば、褪《あ》せた色やしわくちゃになった様子から、その手配書がかなり古いものだ、ということが分かる。

「手配書が出てから十年、わたしが探し始めてから八年になる。その間に、賞金がふくれ上がった。最初は、千ドルだった」

わたしはコーヒーを飲み干し、好奇心を丸出しにして聞いた。

「これまで、悪者をどれくらいつかまえて、どれくらい賞金を稼いだの」

ストーンは椅子《いす》の背にもたれ、腕組みをして考えた。

「そうだな。つかまえたのは五十から六十人、といったところだろう。もらった賞金は、ざっと二万ドルになる」

「二万ドル」

思わず大声を出したので、ほかのテーブルにすわっていた客が驚いたらしく、わたしたちの方を振り向いた。

ストーンはそれを気にもせず、情けなさそうな顔をした。

「もっとも、手元に残ったのは、その五十分の一にもならないよ。稼いだ賞金は、次のお尋ね者を探す費用と生活費で、大半がなくなってしまうからね」

わたしは、ふと思いついて言った。

「その、フランク・ローガンが他人になりすまして、このベンスンの町に住んでいる、ということはないかしら」

ストーンの目が、きらりと光る。

「何か、心当たりでもあるのかね」

「いいえ。でもわたしだったら、そうやって追っ手の目をくらます、と思うの」

ストーンは笑った。

「きみは、頭のいい子だ。確かに、名前や身分を偽って暮らす悪党も、ときどきいる。しかし、十年も見つからずにいるというのは、珍しいことだよ」

「見つかるといいのにね」

ストーンはコーヒーを飲み干し、さりげなく言った。

「家にもどったら、ジェイク・ラクスマンにも聞いておいてくれないか。あちこち西部を歩き回ったとすれば、ローガンの噂をどこかで耳にしているかもしれない」

わたしは、あまり気が進まなかったが、うなずいた。

「いいわ」

「あしたの朝、町を出てトゥサンへ向かうつもりでいるが、途中できみの農場に寄らせてもらっていいかね。さよならも言いたいし」

「ええ、いいわ。サン・ペドロ・リバーに沿って、北へ十マイルほどのぼったあたり。カスカベルへ十五マイル、という標識が立っているところを右にはいると、すぐに農場があるわ」

ラクスマンは、家によそ者が立ち寄るのを喜ぶような、愛想のいい男ではない。しかし、気にしないことにした。ストーンは、わたしの客なのだ。

食事代は、ストーンが払ってくれた。

わたしは、生まれて初めて五十セントというお金を、自分のものにすることができた。

レストランを出ると、ストーンは板張り歩道の上で、背伸びをした。

「わたしは町を一歩きして、噂話を仕入れてくる。また夕方、保安官事務所で会おう」

そう言いながら、相変わらず暑い日の照りつける通りに、おりて行った。

5

まだ、午後二時だった。

保安官代理の、ハンク・パーキンズに言われた午後四時半まで、時間はたっぷりある。

わたしは、厩舎のある〈ミーガンズ・ステイブル〉の方へ、ぶらぶらと歩き出した。

ミーガンの仕事は、町の人や旅人の馬を預かってめんどうをみたり、あるいはいらなくなった馬を売買したり、壊れた蹄鉄《ていてつ》を打ち直したりすることだ。わたしも、荷馬車の馬のハミが曲がったのを、直してもらったことがある。

ミーガンは、食事にでも行っているのか、姿が見えなかった。

厩舎をはいったすぐ右手に、干し草が山なりに積んである。

とっつきの囲いの中で、サグワロが乗って来たらしい馬が、飼い葉を食べていた。

干し草の山に上体をもたせかけ、腕を組んで眠るサグワロの姿が見える。

もっとも、帽子を顔に載せているので、ほんとうに眠っているかどうかは、分からなかった。例の、サーベルに似た奇妙な柄の剣は、ライフル銃を入れる長い革鞘に収まったまま、左腕のそばに置いてある。

わたしは、声をかけていいものかどうか迷いながら、少しの間そこにたたずんでいた。

するとその気配を察したのか帽子の下から、サグワロが言った。

「おれに、何か用か」

やはり、眠っていなかったのだ。

サグワロの口調には、明らかな訛りがあった。子守のペチュカの英語が、それとよく似ていたのを思い出す。

「わたし、さっきの喧嘩を見ていたわ」

「知ってる。何の用だ」

「わたしも、喧嘩の証人になるように、保安官代理に言われたの」

「おれがここにいる、とどうして分かった」

「トムに聞いたのよ。トム・B・ストーン。一緒に、食事をしたわ」

サグワロは組んだ腕を解《ほど》き、帽子の縁を持ち上げた。

そばで見ると、サグワロは実際スー族の若い戦士と、よく似ていた。

日に焼けた、なめし革のような肌。

白人にはない、黒い瞳《ひとみ》。後ろで束ねた、黒くて長い髪。

「あなたは、インディアンじゃないわよね」

「違う。なぜ、そんなことを聞くんだ」

「わたし、小さいころスー族と一緒に、暮らしたことがあるの。あなたはスーの戦士に、

ORIENTAL
VOCATE
FFICE
SALOON
OON
DRESS MAKING
NG & FITTING

よく似ているわ」

サグワロの濃い眉が、ぴくりと動く。

「インディアンと似ているおかげで、からまれることが多い。さっきのカウボーイもそうだ」

「そうね」

わたしは同意した。

白人の中には、インディアンを敵視し、忌《い》み嫌い、恐れる者がたくさんいる。

しかしインディアンからすれば、白人こそ先祖伝来の土地に無遠慮に踏み込んで来た、略奪者なのだ。スー族と暮らした四年間は、子供心にも白人の論理の身勝手さを見抜くのに、十分な年月だった。

すでに理屈が分かる年ごろだっただけに、いっときは自分が白人であることを恥じたりもしたが、しんから白人を憎むところまではいかなかった。所詮《しょせん》、白人のわたしがインディアンになり切ることなど、できるわけがないのだ。

そのせいか、ジェイク・ラクスマンに引き取られたあと、六歳以前の白人の生活にもどるまで、さして時間はかからなかった。

サグワロは上体を起こし、帽子をかぶり直した。

「スー族と暮らしたことがある、とはどういう意味だ。インディアンの血が混じっているのか」

「そうじゃないけれど、子守をしてくれた人がスー族の女性だったの」

わたしは問わず語りに、さっきトム・B・ストーンに明かしたばかりの身の上話を、もう一度繰り返した。

一日に二度も、そんな話をすることになるとは、考えもしなかった。

今まで、だれにも話したことがなかったせいか、しゃべるたびに自分の体から澱《おり》が外へ流れ出し、心が軽くなるのが分かった。

話を聞き終わると、サグワロはほとんど表情を変えずに言った。

「その若さからすると、たいへんな人生だっただろうな」

「さあ。ほかの人が、どんな人生を送っているか知らないから、比べようがないわ。それより、今度はあなたの話を聞かせて」

わたしが催促すると、サグワロはとまどいの色を浮かべた。

「話すほどのことは、何もない」

「インディアンでないとしたら、あなたは中国人、それとも日本人」

サグワロの顔が、わずかにこわばった。

「おれに、そんなことを聞いたやつは、これまでだれもいない」

「わたしだって、自分の身の上話をしたのは、今日が初めてよ」

そう、それに嘘《うそ》はない。

サグワロは、途方に暮れたように目をそらした。

だいぶ間をおいてから、ぽつりと言う。

「たぶんおれは、日本人だろう」

「たぶん、とはどういう意味」

「自分でも、覚えてないからさ。おれはどこかで、頭を怪我して気を失った。意識がもどったときは、太平洋を渡るアメリカ船の中にいた。なぜそんなところにいるのか、自分がどこから来てどこへ行こうとしているのか、まったく思い出せなかった。一緒にいた者から、日本のハコダテとかいう港を出航して、アメリカへ向かうところだ、といわれた。おれは、意識を失う前の自分のことを、何一つ覚えていなかった」

何を言っているのか、よく分からない。

わたしはそれまで、自分の過去を忘れてしまうなどという不思議な話を、聞いたことがなかった。アムニージャ(記憶喪失症)という言葉を知ったのは、ずっとあとになってからだ。

「それ、いつのこと」

「ざっと六年前、一八六九年の夏のことだ。まあ、サンフランシスコに着いてからいろいろあったが、あんたには関係のないことさ」

そのことには、あまり触れられたくない様子だった。

「自分の名前とか、いつどこで生まれたとかいったことも、思い出せないの」

サグワロは、厩舎の天井に目を向けた。

「ああ。ただ言葉だけは、なぜか理解することができた。それも、二種類の言葉だ。一つは、とても完璧とはいえないが、今しゃべっている英語さ」

「こっちへ来てから覚えたの」

「大半はそうだが、最初から少しだけ、分かっていた。ほんの、かたことだが」

「それじゃ記憶を失う前に、どこかで習い覚えたのね、きっと」

「そうかもしれない」

「もう一つの言葉は、日本語《ジャパニーズ》でしょう」

「そういうことになるな」

ぶっきらぼうな返事だ。

わたしは、かたわらの革鞘にはいった、例のサーベルに似た剣を指さした。

「その剣も、日本から持って来たの」

サグワロは革鞘を見下ろし、小さく笑った。

「そうらしい。これがおれの、ほとんど唯一の所持品だった。これは剣の一種には違いないが、おれの国では〈カタナ〉と呼ばれる。少なくとも、おれはそう覚えている」

た。

「カタナ」

「そうだ。こういう字を書く」

サグワロは、指先で土の上に〈刀〉という奇妙な、しかし単純な形の文字を書いてみせた。

わたしは感心して、サグワロに目をもどした。

「けっこう、覚えているじゃない。ほんとに、記憶をなくしたの」

サグワロは、自嘲《じちょう》めいた笑いを漏らした。

「特定のものの名前とか、生きていく上で必要なことは、だいたい覚えている。ただ、それ以外のことは、全部忘れてしまった。夢の中に、ときどき古い風景や人の顔が出てくるが、その場所がどこかとか、その人物がだれかということになると、まったく思い出せない」

「お医者さんにかかったら」

「そんな金はない。医者に治せる、とも思えないしな」

「それじゃ、自然に思い出すのを待つしか、方法がないの」

「そうらしい」

「サグワロって、だれがつけた名前」

当惑したように、わたしを見返す。

「あんたは、あれこれ質問するのが好きだな」

　言われて初めて、そのことに気がついた。

「ごめんなさい。わたし、これまでラクスマン以外の人と、めったに話をしたことがないの。だから、ついおしゃべりしてしまうんだわ」

「ラクスマンは、あんたがほかの人間としゃべるのを、あまり好まないのか」

「そうなの。農場は町から離れているし、わたしがほかの人と口をきくのは、買い物に来たときぐらい」

「どうやらラクスマンは、あんたをスー族から助け出した貸しを少しずつ、取り立てているようだな」

　そんな風に考えたことはなかったが、サグワロの言うとおりかもしれなかった。

　わたしは、また質問した。

「あなたは、そのカタナを使う名人なの」

　サグワロは、苦笑した。

「名人かどうか知らないが、自然に体が動くのさ」

「トムは、親指の腱を切るのは手首を切り落とすよりむずかしい、と言っていたわ」

　サグワロの目を、軽い驚きの色がよぎる。

「あの男が、そんなことを言ったのか」

「ええ。でも、それだけじゃないわ。ヘックの目に、小さな針が刺さっていたのは、あなたが口から吹き飛ばしたものだ、とも言ったわ」

今度ははっきりと、畏敬《いけい》の色が浮かぶ。

「あの男は、ただ者ではないな」

「そうよ。賞金稼ぎをして、生活してるんですって」

サグワロは、急に興味を失ったように、唇を歪《ゆが》めた。

「賞金稼ぎか。汚い仕事だ」

「どうして。悪い人をつかまえるんだから、別に汚い仕事じゃないわ」

「賞金を稼ぐために、手段を選ばないやつが多い、と聞いた。丸腰の相手を撃ったり、後ろから襲ったりするそうだ」

「トムは、そんなことをする人じゃない、と思うわ。さっきだって、黙って通り過ぎることもできたのに、あなたを助けようとしたじゃないの」

サグワロは、わたしの見幕に驚いたように、二、三度瞬きした。

苦笑しながら言う。

「そうだな、あんたの言うとおりだろう。あの男は、ただの賞金稼ぎじゃあるまい。おれの吹き針を、見抜くくらいだからな」

「わたしだって、あなたがベストの襟から針を抜き取って、口に入れるのに気がついたわ」

胸を張って言うと、サグワロは顎を引いた。

「ほんとうか」

わたしは、つい目を伏せてしまった。

「というか、あとでそう思っただけだけれど」

サグワロは笑って、ベストの襟に指を走らせた。

その指の先に、小さく光る針が見える。

わたしが裁縫で使う針より、もっと細くて鋭いものだった。

「あんたは、いい観察力をしているな。この針も、日本から持って来たものらしい。布に包まれて、荷物の中に何百本も、はいっていた。それを見たとたんに、おれは無意識のうちに口に含んでしまった。吹いてみると、これが百発百中だ。よほど修行を積んだに違いない」

わたしは笑った。

「まるで、人ごとみたいね」

サグワロも笑う。

「体が覚えているだけで、頭は覚えていない。不思議なことも、あればあるものだ」

わたしがその日、トム・B・ストーンとサグワロの二人と過ごしたそれぞれの時間は、ラクスマン以外の人間と話すことの楽しさを、しみじみと思い知らせてくれた。

午後五時に始まった裁判は、思ったより簡単にすんだ。

ディレイニー判事は、いっぱいに詰まったジャガイモの袋のように太り、卵を産む前のめんどりのようにうるさい人物だった。

判事はストーンとサグワロ、そしてわたしの証言を丹念に検討したあげく、ヘックとビリーボーイにそれぞれ三十日間の拘留と、五十ドルの罰金を言い渡した。罰金が払えない場合は、さらに九十日間の強制労働を命じる、と付け足した。

あとでパーキンズに聞くと、けっこう重い判決だったという。

サグワロにからんだだけならともかく、ブキャナン保安官を銃で殴りつけて怪我をさせたことが、祟《たた》ったらしい。

そのときには、ヘックもビリーボーイもすっかり酔いがさめ、判決が重すぎると言って、しつこく異議を申し立てた。

しかし判事は、耳をかさなかった。

略式裁判がいやなら、陪審員と検事、弁護士をそろえた正式裁判を開くことになるが、その場合はさらに時間と経費がかかるぞ、と二人を脅した。

二人はしぶしぶ、刑に服することに同意した。

そのあと、わたしはストーンとサグワロに別れを告げて、パーキンズに暮れかかった川沿いの道を、農場まで送ってもらった。

6

話を聞き終わるころには、ジェイク・ラクスマンの顔は髭までこわばったように、固くなっていた。

ラクスマンは皿を押しのけ、不安げに言った。

「その、トム・B・ストーンとかいう賞金稼ぎは、明日の朝ここへ立ち寄ると、確かにそう言ったんだな」

「ええ、トゥサンへ行くついでに」

わたしは、ラクスマンの変わりように内心驚きながら、テーブルの上を片付け始めた。

「なぜ、来ないでくれ、と言わなかった。わしが来客を好まぬことは、おまえもよく知っているはずだ」

「でもトムは、あんたがフランク・ローガンの噂を、どこかで聞いたことがあるかどうか、尋ねに寄るだけだわ」

ラクスマンは手で空気を切り裂き、吐き捨てるように言った。

「フランク・ローガンのことなど、わしが知るものか」

わたしは、ことさら意地悪い口調で応じた。

「だったらトムに、直接そう言えばいいでしょう」

ラクスマンが、じろりとわたしを見る。

「トム、トムと妙に親しげに、呼ぶじゃないか。その男と話すのが、よほど楽しかったのだな」

わたしは、表情を変えまいと努力した。

「ただ、世間話をしただけよ。そして世間話だけでも、わたしは楽しかったわ。今まで一度も、おしゃべりをしたことがなかったから」

「無駄話をするより、おまえにはしなくてはならぬ用事が、たくさんあるはずだ。おまえを町に残したのは、わしの間違いだった」

わたしは、重ねた皿を洗い場へ持って行き、水につけた。

「そんなにトムと会うのがいやだったら、朝のうちにどこかへ遠乗りにでも行けば」

そう言いながら、なぜラクスマンがストーンと顔を合わせるのをいやがるのか、理解できなかった。

わたしが、あまりストーンのことを楽しげに、話しすぎたせいだろうか。客嫌いにもほどがある、と思った。

その夜、ラクスマンは珍しく早く自分の部屋に閉じこもり、ごとごとと何か作業を始めた。間を隔てるリビングの闇《やみ》を通じて、その気配が伝わってきた。

わたしたちの家は、丸太を組んで作ったいわゆるログハウスで、ほぼ四十フィート四方の広さがある。

以前そこに住んでいたのは、妻と三人の子供を持つ農夫だと聞いた。

器用な男だったらしく、自分でその家を組み上げたそうだ。

中央の部分を、キッチン兼ダイニング兼リビングルームにこしらえ、その両側を仕切って夫婦の寝室と子供部屋にした、という。

やがて子供が成長するとともに、一つの部屋で兄弟三人寝起きするのが、むずかしくなった。そのため一家は、さらに広い家と土地を求めて移住することになり、この家をラクスマンに売ったのだった。

ラクスマンが、この農場をいくらで買ったかは、聞かされていない。

そもそも、ラクスマンが何をして金を稼いでいるのかさえ、わたしは知らなかった。

小さいながらも、わたしたちはトマトやジャガイモ、大豆の穫《と》れる畑を持ち、乳の出る牛と卵を産む鶏を飼っているので、飢える心配はない。ときどき、余った農作物や牛乳、卵を町へ行って売れば、その他の生活必需品も手にはいる。

ラクスマンは、以前夫婦の寝室だった部屋を一人で使い、わたしは子供部屋をあてがわれた。子供たちがまだ幼かったせいか、夫婦の寝室の半分くらいの大きさだった。

いやだったのは、窓に鉄の格子《こうし》が五インチ（十二・七センチ）幅で打ちつけてあることと、部屋のドアに外から閂《かんぬき》がかかるようになっていて、中からあけられないことだった。

つまり、夜がふけるとわたしは部屋に閉じ込められ、庭にある便所にも行けなくなるのだ。

ラクスマンは、わたしがこの家から逃げ出すのを、恐れていたのだろう。逃げることを、一度も考えなかったわけではない。

ただ、わたしは手元に一セントの金もなく、逃げたところで行く場所がなかった。今さらスー族の村へもどっても、だれもわたしを受け入れてはくれまい。

うとうとしかけたころ、床を踏むかすかな足音を聞いた。

わたしは、急いで飛び起きた。

ドアの羽目板の節穴から、かすかなランプの光が漏れてくる。

わたしはベッドを滑りおり、窓から差し込む星明かりを頼りに、ドアのそばへ行った。

いつにもまして、その夜はラクスマンに触れられるのが、いやだった。

木の取っ手をつかみ、羽目板に全体重をかけて押さえる。はかない抵抗に終わる、と分かっていながら、そうせずにはいられなかった。

ラクスマンは、いくらわたしが必死に羽目板にしがみついても、結局は腕ずくでドアを押しあけ、中にはいって来るのだ。

そうなったら、いくら泣き叫んでも無駄だった。口をきかず、刃向かいもせず、ラクスマンの言いなりになって、早くそれが終わるように祈るしかなかった。

ところが、その夜にかぎってラクスマンは、ドアを押す気配を見せない。

わたしは不思議に思って、羽目板の節穴からのぞいてみた。

天井から下がる淡いランプの光に、テーブルに向かってすわったラクスマンの影が、ぼんやりと見える。

なぜか寝巻姿ではなく、昼間と同じ服のままだった。

それより驚いたことに、ラクスマンは拳銃の手入れをしていた。

撃鉄を上げ、輪胴《シリンダー》を空回りさせる乾いた音が、リビングに流れる。その扱いは手慣れており、昨日今日習得したものでないことが、すぐに分かった。

考えてみれば、ラクスマンは元南軍の兵士なのだ。

とはいえ、ラクスマンがそうやって、拳銃をいじくり回すのを見るのは、記憶するかぎり初めてのことだった。

いや、はなから拳銃を持っていたかどうかさえ、はっきりしない。

ラクスマンは、ガンベルトの弾入れから弾丸を抜き出し、それを拳銃に装塡《そうてん》し始めた。

弾込めが終わると、拳銃をガンベルトのホルスターにもどし、二度、三度と引き抜く。腰にこそ着けなかったが、早抜きの感触を確かめているようだった。

ラクスマンは、拳銃を収めたホルスターにガンベルトを巻きつけ、足元のバッグの中に突っ込んだ。

そのバッグは、わたしはもちろんだれにもさわらせたことのない、ラクスマンがもっともだいじにしているものだった。

ラクスマンは、バッグをテーブルの上に置いた。

やおら立ち上がると、わたしが潜んでいるドアの方へやって来る。

わたしは節穴から目をはずし、あわてて羽目板に体を押し当てた。

「マニータ、聞こえるか」

まるで、わたしがそこに隠れているのは百も承知だ、という口調だった。

わたしは返事ができずに、その場に凍りついた。

「聞こえたら、すぐに服を着替えなさい。わたしたちは、この家を出て行くんだ」

「どうして」

反射的に聞き返し、わたしは唇を嚙《か》んだ。

「理由はあとで説明する。とにかく服を着るんだ。身の回りのものだけ持って、あとは置いていきなさい」

「牛や鶏は、どうするの」

「あとで町のだれかに、農場ごと買ってもらうさ。いいか、すぐに用意するんだ。わたしは、馬車に馬をつけてくる」

節穴からのぞくと、わたしに背を向けて出口のドアへ向かう、ラクスマンの姿が目に映った。

どうやら、本気らしい。

いったいラクスマンの中に、どんな変化が起きたのだろうか。

明朝ストーンが訪ねて来る、と聞いてここを出て行く決心をしたことは、疑いがないように思える。ラクスマンが、なぜストーンと会うのをそんなにいやがるのか、どうしても分からない。

わたしはあまり気が進まず、のろのろと寝巻を脱ぎ捨てて、昼間買ったばかりのシャツとズボンを、身につけた。

ブーツをはき、荷物をまとめる。

といっても、たいしたものは何もない。字を覚えるのに使ったぼろぼろの聖書、ペチュカの形見のドリームキャッチャー（お守り）、ビーズとトルコ石で作ったインディアンの首飾り、なめし革のモカシンくらいだ。

そうしたものを、ズックの袋に詰め込む。

リビングに出たとき、表の庭でかすかな人声がした。

わたしは足を止め、開いたままのドアを見つめた。

ラクスマンが外の闇から、幽霊にでも出会ったような恐ろしげな顔で、ゆっくりと戸口に姿を現した。

その後ろからはいって来たのは、なんとトム・B・ストーンだった。

ストーンは、ラクスマンに拳銃を突きつけ、テーブルの前にすわらせた。

わたしには、見向きもしなかった。昼間、わたしと食事したときとは別人のような、厳しい顔をしている。

ストーンは言った。

「手をテーブルの上に載せて、よく見えるようにしておけ」

ラクスマンは喉《のど》を動かしたが、何も言わずにその命令に従った。

ストーンは、テーブルを挟んだ反対側の椅子にすわり、拳銃を向け直した。

「マニータから、わたしが明日の朝訪ねて来ると聞いて、逃げ出す気になったんだろう。思ったとおりだ」

それを聞いて、わたしはちょっと気分を害した。

昼間ストーンが、わたしと食事をしながら親しげに話をしたのは、何か特別の魂胆があったかららしい。その口ぶりからすると、まるでラクスマンをそういう行動に駆り立てるために、わたしを利用したと言わぬばかりではないか。

ストーンは、ポケットから例の指名手配書を出して広げ、ラクスマンが見えるように掲げた。

「この十年で、だいぶ年を取ったな、ローガン」

7

あっけにとられて、二人を見比べる。

「まさか、トム。この人が、ローガンだっていうの」

わたしの声は、深い井戸に小石を投げ込んだほどにも、二人の関心を引かなかった。

このジェイク・ラクスマンが、お尋ね者のフランク・ローガンだというのか。

とうてい信じられない。いやな男には違いないが、ラクスマンは人殺しをするような人間ではない、と思う。

それに、頰がこけた手配書の整った容貌《ようぼう》の写真と、ラクスマンの髭だらけの丸い顔は、似ても似つかぬ別人にしか見えない。

しかし、トム・B・ストーンが会いに来ると聞いて、急にラクスマンの様子がおかしくなったのも、確かな事実だった。

そもそもこんな時間に、あわててこの家から逃げ出そうとしたこと自体、怪しいといえば怪しい。昼間、壊れた農場の柵を一人で時間をかけて、直したばかりなのだ。

もしかして、ラクスマンはほんとうにローガンなのか。

人殺しはともかく、ラクスマンが強姦の罪を犯した可能性があることは、わたしが身をもって知っている。

だとすれば強盗、殺人を犯しても不思議はない。

わたしは背中に、びっしょり汗をかいた。

黙っていたラクスマンが、ようやく喉を動かして言う。

「だれのことを言ってるのかね。わしはジェイク・ラクスマンだ。ローガンなどという男とは、なんの関係もないぞ」

「そうかな。痩《や》せた人間に肉がつくと、まるで別人に見えることがある。まして、髭などを生やしたら、なおさらだ」

強がりにせよ、ラクスマンは笑った。

「冗談はやめてくれ。鼻も耳も、形が違うじゃないか」

「そんなものは、いくらでも変えられる。だいいち、こんな夜中に逃げ出そうとしたことからして、あんたがローガンだという何よりの証拠だ。わたしと会って、正体を見破られたくなかったんだろう」

「前まえから、もっと地味のいい土地へ移りたい、と考えていたんだ。それがたまたま、今夜になっただけのことさ」

ストーンは、初めてわたしに目を向けた。

「ほんとうか」

わたしは、まだショックから立ち直っていなかった。それに、どう答えたらいいか分からなかったので、黙って肩をすくめるしかなかった。

ラクスマンが言う。

「そのローガンという男は、いったいどんな罪を犯したのかね」

ストーンは、帽子のひさしを少し後ろへずらし、ラクスマンを見た。

「ローガンは、悪名高い南軍のクォントリル・ゲリラの、最後の隊員の一人だった。一味は、南北戦争のあと連邦政府の不正規軍に襲われて全滅した、といわれている。しかしその中で、一人だけ生き残った者がいた。それが、フランク・ローガンだ。ローガンは、クォントリル一味が略奪した金の一部、三万ドルを持ってどこかへずらかった。指名手配されたのは、その直後のことだ。それきり消息不明になったので、今では思い出す者もいない。賞金稼ぎの中で、いまだにしつこく消息を追っているのは、わたしくらいのものだろう」

わたしは、唾《つば》をのんだ。

ストーンも昼間は、そこまで話さなかった。

ローガンが、クォントリル一味のメンバーだったとは、意外だった。

もしそれが事実なら、ケンタッキーのわたしの家を襲った一味の中に、ローガンがいた可能性もあるのだ。

ラクスマンが、わずかに身じろぎして言う。

「そんな悪党と、一緒にしないでもらいたいな。とにかくわしは、ローガンではない。あんたの勘違いだ」

ストーンは、じっとラクスマンを見据えた。

「あんたがローガンかどうかを見分ける、いちばん簡単な方法がある。写真を見て分かるとおり、ローガンの右頬には十字形の傷痕が残っている。それを確かめれば、あんたがローガンかそうでないかは、すぐに分かる」

「わしには、そんな傷痕などない」

断固とした口調だった。

ストーンがまた目を向けてきたが、わたしには答えようがなかった。

ラクスマンは、出会ったときから髭を生やしていたし、これまで一度も剃り落としたことがないからだ。

ストーンは、唇を引き締めた。

「よし。たった今、その髭を剃り落としてもらおう。いやとは言わせんぞ」

ラクスマンがたじろぐ。

「わしに、そんなことをする義務はないし、あんたにそれを強要する権利もない」

「剃らなければ、この場であんたを撃ち殺して、確かめるだけだ。おとなしく剃って、傷痕をわたしに見せれば、あんたをベンスンの保安官に引き渡して、ちゃんと法の裁きを受けさせる」

「もし剃って、傷痕がなかったらどうする」

「そのときは、いさぎよくあきらめるさ。剃刀《かみそり》を持っているか」

ラクスマンは額の汗をふき、その手をテーブルの上に置いたバッグに、そっと載せた。

「ああ、この中にはいっている」

「出せ」

ストーンに言われて、ラクスマンはしぶしぶバッグの留め金をはずし、蓋《ふた》をあけた。

動悸が高まる。

わたしは、さっきラクスマンがその中に拳銃をしまうのを、この目で見たのだ。

ラクスマンが、バッグの中に手を差し入れた。

かちり、とかすかな音がする。

ストーンが拳銃の撃鉄を起こして、ラクスマンに狙いをつけていた。

「気をつけるんだ、ラクスマン。妙なまねをしたら、容赦しないからな」

ため息が出た。

さすがに、プロの賞金稼ぎだけあって、ストーンは用心深い。

ラクスマンは、革のケースと象牙《ぞうげ》の泡立てカップを取り出し、脇に置いた。

それは、ラクスマンが耳の後ろや襟足を剃ったり、伸びすぎた髭を短く刈り込んだりするのに使う、愛用の整髪と髭剃りのセットだった。

カップにパウダーを注ぎ、わたしの方に差し出す。

「湯を沸かして、泡を立てるんだ。それと、蒸しタオルも用意してくれ」

わたしは、言われたとおりにした。

ラクスマンは、その間に革のケースから象牙の柄の剃刀を抜き出し、付属の小さな研ぎ革を伸ばして、何度か刃を往復させた。

用意ができると、ラクスマンは髭に蒸しタオルを当てて、しばらくじっとしていた。

そうするうちにも、わたしはラクスマンがしだいに落ち着きを取りもどし、ストーンの様子をうかがうのに気づいた。

ストーンは、一度起こした撃鉄をもとにもどしたが、油断なくラクスマンを見張っている。その目には、猟犬のような光があった。

ラクスマンは、蒸しタオルをわたしに投げ返すと、やはり象牙の柄の髭剃り用ハケを使って、カップに泡を立てた。落ち着いた手つきだった。

もしラクスマンがローガンなら、こんなに落ち着いてはいられないだろう、と思った。

それとも、何か別の方策を考えているのだろうか。

ラクスマンはわざとのように、傷痕と関係ない顔の左側から剃り始めた。

じらすつもりだったかもしれないが、ストーンはまったく表情を変えない。

半分くらい剃ったとき、ラクスマンがさりげなく言う。

「鏡を見てもいいかね」

ストーンは、好きにしろというように、銃口を動かした。

ラクスマンは立ち上がり、流しの横の壁にかかった小さな鏡の前へ行って、そこで髭を剃り続けた。まるで、これからピクニックに出かけるとでもいうような、のんびりした態度だった。

しかしストーンは、そんなことをいっこう気にする風もなく、だまってラクスマンの背中を見守っていた。

二十分ほどかけて、ラクスマンはようやく髭を全部剃り終わった。

顔を洗い、剃りあとをタオルでくるんだまま、テーブルにもどる。

わたしはどきどきして、ランプに照らされたラクスマンを見た。

ラクスマンは椅子にすわり、おもむろにタオルをどけた。

青あおとした頬の右側にも左側にも、十字形の傷痕は見当たらなかった。

思ったより年を取っていない、というのが最初の印象だった。

髭のないラクスマンを、わたしは初めて見た。

「傷痕があるかどうか、よく見るがいい」

8

わたしは、ほっとしたような残念なような、複雑な気持ちになった。

ジェイク・ラクスマンは、フランク・ローガンではなかったのだ。

トム・B・ストーンは、相変わらず無表情だった。

「なるほど、傷痕がないな。あんたがローガンではないことは、これではっきりした」

その言葉には、なんの感情もこもっていなかった。

人違いをしたことに対する後ろめたさもなければ、せっかく追い詰めた男が別人だと分かった悔しさもない、超然とした態度だった。

ラクスマンが、穏やかな声で言う。

「そうと分かったら、さっさとお引き取り願おうか」

濡《ぬ》れ衣《ぎぬ》をきせられたラクスマンが、このままですませるとは思っていなかったので、わたしはちょっと拍子抜けがした。

　ストーンは、ラクスマンの言葉を聞いていなかったように、静かに続けた。

「そのかわり、あんたはローガンを殺した。そして、クォントリルの金を奪ったな」

　ラクスマンの目が、外へ飛び出るかと思うほど、大きく見開かれた。

「な、何を言う」

　虚をつかれたらしく、うろたえた口調だった。

　わたしも、ストーンの思いもよらぬ反撃に肝をつぶして、その場に立ち尽くした。

　ストーンは言った。

「わたしは、六年ほど前ローガンの妹と出会ったとき、やつにジェイク・ラクスマンという幼なじみがいた、という話を聞かされた。それ以来、ローガンの消息を追うと同時に、ラクスマンという男も探していたのさ。傷痕の目立つローガンが、これだけ探しても見つからないとすれば、すでに死んだとみていいだろう。たぶん、持ち逃げした三万ドルがあだとなって、だれかに殺されたに違いない」

　ラクスマンの、髭を剃り落としたばかりののっぺりした顔が、白瓜《しろうり》のように青ざめる。

「わしが殺した、とでも言うのか」

　わたしはラクスマンが、ローガンの幼なじみだったというストーンの指摘を、否定しなかったことに気づいた。

そう言えば、ラクスマンも南北戦争のときローガンと同様、南軍に属していたのだ。クォントリルの一味ではなかったにせよ、ラクスマンが幼なじみのローガンと接触があった可能性は、十分にある。

ストーンが言った。

「もう一つ、ローガンの妹から聞いた話がある。それは、ローガンが象牙をあしらった髭剃りのセットを、肌身離さずだいじに持っていた、ということだ。今あんたが、髭を剃るのに使ったセットが、それさ。その革ケースに、名前の頭文字が彫ってあるはずだ。見せてみろ」

そこで初めて、わたしは気がついた。

ストーンがラクスマンに髭を剃らせたのは、十字形の傷痕の有無を知るためではなく、その髭剃りセットを持っているかどうかを、確かめるためだったのだ。

ラクスマンは薄笑いを浮かべ、勝ち誇ったように革ケースを上げてみせた。

「確かに、頭文字が彫ってあるよ。しかしそれは、このとおりジェイク・ラクスマンの頭文字、J・Lだ。フランク・ローガンなら、F・Lになるんじゃないかね」

ラクスマンの言うとおり、革ケースに彫られた金の飾り文字は、J・Lになっていた。

ストーンは、一瞬口をつぐんでラクスマンを見つめていたが、やがてはじかれたように笑い出した。

首を振りながら言う。

「語るに落ちる、とはこのことだな、ラクスマン。そのセットは、もともとローガンのものではない。ローガンの父親の、形見なんだ。父親の名前は、ジェレマイア・ローガンという。あんたと同じ、J・Lさ。だからこそ、あんたはそれをローガンから奪って、自分のものにしたのだろう」

わたしは、唖然《あぜん》とした。

ラクスマンの顔が、朱を注いだように赤くなる。もう言い抜けはできない、と悟ったようだ。

ストーンは畳みかけた。

「あんたのそのバッグの中に、ローガンから横取りした金がはいっていることは、この首を賭《か》けてもいい。だいぶ遣ったとしても、まだ一万ドルは残っているはずだ」

「一万二千ドルだ」

ラクスマンは嚙みつくように言い、テーブルの上で拳《こぶし》を握り締めた。

わたしは、この家を買う金がどこから出たのかを、初めて知った。

ラクスマンが肩の力を抜き、一転して弱よわしい声で続ける。

「ローガンの賞金分、五千ドルをあんたにくれてやる。それで文句はないだろう」

ストーンはそれに答えず、聞き返した。

「どうして、ローガンを殺したんだ」

ラクスマンは開き直ったように、ふてぶてしく笑った。

「かかっていた賞金より、あの男が持っていた金の方が、ずっと多かったからさ」

膝《ひざ》の力が抜け、床の上にへなへなとすわり込む。

わたしは人殺しと一緒に、七年間も暮らしていたのだ。

ラクスマンが立ち上がる。

「この中に、金がはいっている。一万二千ドルだ。五千ドル持って、さっさと出て行け」

そう言って、バッグの中に手を入れようとした。

ストーンが、また撃鉄を上げる。

「動くな。バッグを、マニータに渡せ。マニータが、中身を調べる」

ラクスマンは、しぶしぶバッグの取っ手をつかむと、わたしに投げ渡した。

わたしは床にすわったまま、バッグの中に手を差し入れた。

左手に、札束らしきものがさわる。

右手の指先には、ガンベルトにくるまれたコルトＳＡＡの、冷たい銃床が触れた。

わたしは、左手で札束を一つ取り出し、ストーンに示した。

そして右手の親指は、バッグの中で握り締めた拳銃の撃鉄を、ゆっくりと起こした。

かちり、というかすかな音が、リビングに流れる。

ストーンの頬が、ぴくりと動いた。

ラクスマンが、汗をかいた顔をわたしの方にかたむけ、かすれ声でささやく。

「撃て、マニータ。やつを撃つんだ」

ストーンの銃口が、ゆっくりとわたしに向けられた。

ストーンは、固い声で言った。

「やめておけ、マニータ。この男の口車に乗るな」

ラクスマンが、目をきらきらさせながら、なおも言い募る。

「撃つんだ、マニータ。その金は、わしとおまえとで山分けだ。さあ、撃て」

「やめるんだ、マニータ。後悔するぞ」

ストーンの声が、遠いこだまのように耳に響いた。

わたしは、のろのろとホルスターから拳銃を引き抜き、バッグの口から取り出した。

引き金にかかった人差し指に、力を込める。

轟然《ごうぜん》と銃声が鳴り響き、わたしは右手に馬に蹴られたような衝撃を受けて、床に仰向けに倒れた。

はじかれた拳銃が宙を舞い、流しのところまで飛ばされて、床に落ちる。

その銃口が煙を吐いたのは、撃ち飛ばされた拍子に撃鉄がおりたのだ。

ラクスマンが身をかがめ、落ちた拳銃目がけて床に体を投げ出した。

右手で拳銃を握り締め、振り向きざまストーンを狙う。

もう一発銃声が轟《とどろ》き、ラクスマンは膝立ちのまま後ろざまに、吹き飛ばされた。

髭を剃ったばかりの、青白い喉に赤黒い穴があいた。

ラクスマンは、それきり動かなかった。床に、血が広がり始める。

ストーンは立ち上がり、銃口から立ちのぼる硝煙を軽く吹き散らして、拳銃をホルスターにもどした。

わたしは体をがくがくさせ、立ち上がろうともがいた。

ストーンがそばに来て、わたしを軽がると抱き上げる。

足でわたしの部屋のドアを蹴りあけ、ベッドまで運んでくれた。

「ここで休んでいるんだ。わたしは、ラクスマンの死体を片付けてくる。明日の朝、一緒にベンスンへ行って、ブキャナン保安官に事情を話そう」

わたしは、離れようとするストーンの腕をつかんで、引き止めた。

「わたし、あなたを撃とうとしたんじゃないわ、トム」

窓の星明かりに、ストーンの目がきらりと光った。

「分かってるさ、マニータ」

ストーンが、わたしにラクスマンを撃つ理由があるかもしれない、と考えたかどうか分からない。

とにかく、ストーンはわたしにラクスマンを殺させまいとして、拳銃を撃ち落としたのだ。

こうしてこの日、ようやくラクスマンとわたしの長い旅は、終わりを告げたのだった。

第二章

I

翌朝。

トム・B・ストーンとわたしは、荷馬車にジェイク・ラクスマンの遺体と遺品のバッグを載せて、ベンスンの町へ向かった。

道みちストーンは、ラクスマンとわたしの間にどんなことがあったか、聞こうとしなかった。

わたしに気を遣うというよりも、はなから他人のことには興味がない、という様子だった。

ラクスマンは、第二騎兵隊のスカウトをやめてわたしを引き取ったあと、西部をあちこち旅して回った。なぜか、ひとところに居を定めることを、しなかった。長くてもせいぜい半年、短ければ一週間で宿を引き払い、新たな旅に出るという生活が続いた。アリゾナ南部のベンスンの近くに、小さな農場を買ってようやく腰を落ち着けたのが、つい二年前のことだった。

放浪の期間中、わたしはラクスマンにもっぱら炊事や洗濯をさせられ、農場に定住したあとは野良《のら》仕事にもこき使われた。

さらに、そのころからラクスマンは夜が更《ふ》けると、別のものを要求するようになった。子供だと思っていたわたしが、いつの間にかおとなになりつつあることに、気づいたのだろう。

最初にその洗礼を受けたときは、焼きゴテを当てられたかと思うほどの痛さに、大声で叫んだものだった。そんなことにおかまいなく、ラクスマンは以後その儀式を月に一度か二度、繰り返し行なうようになった。

それが始まるたびに、わたしは歯を食いしばって苦痛と嫌悪《けんお》感《かん》に耐え、じっと終わるのを待った。死ぬほどいやだったが、ラクスマン以外に頼る人間のいない身には、拒否するすべがなかったのだ。

しかし一晩たってみると、そうしたいやなことが嘘のように洗い流され、わたしは生まれ変わった気分になっていた。

もっとも、ラクスマンに対する気持ちはその後も長い間、整理できなかった。ひどい仕打ちを受けたのは確かだが、まったく恩義を感じていなかったわけではないからだ。うまく説明できないが、あとで学んだところではアンビバラント（両価的）な感情、ということらしい。

それはともかく、ラクスマンが目の前で撃ち殺されたことについて、思ったほど取り乱さなかったのは、自分でも不思議だった。

わたし個人に対する罪だけでなく、友だちを殺して大金を横取りしたと分かったことが、ラクスマンに抱いていた最小限の情愛までも、奪い去ってしまったのだろう。

ベンスンの町に着くと、ストーンは〈ミーガンズ・ステイブル〉の厩舎に乗り入れ、そこに荷馬車を置かせてもらった。

わたしたちは、バッグだけを持って保安官事務所へ行った。

保安官のジョン・ブキャナンは、前日酔ったカウボーイに拳銃で殴られてこぶを作り、頭に包帯を巻いていた。

ストーンはブキャナンに、前夜の出来事を報告した。

最初保安官は、バッグに詰まった一万ドルを超える大金を見ても、すぐにはストーンの話を信じようとしなかった。ラクスマンは確かに変人だったが、わたし自身あの男をそれほどの悪党とは思っていなかったほどだから、保安官が真に受けないのも無理はなかった。

しかし保安官も、わたしがすべてストーンの言うとおりだと請け合うと、しぶしぶ保安官代理のハンク・パーキンズに命じて、厩舎へ様子を見に行かせた。

パーキンズは、一分もしないうちに息を切らして事務所へ駆けもどり、ストーンの話が事実であることを告げた。

それを聞いて、ブキャナンもようやく重い腰を上げ、わたしたちと一緒に厩舎へ行って、ラクスマンの死を確認した。

その結果、ドク・マカーシーとディレイニー判事が呼ばれて、略式の検死審問が行なわれた。

ストーンは、ラクスマンの農場で何が起こったかを、包み隠さず説明した。わたしは、それを裏付けるためにただうなずくだけでよかったし、何も付け加える必要はなかった。ストーンが省略したのは、わたしがラクスマンを撃とうとしたことだけだ。ストーンは、ラクスマンが自分からバッグの中の拳銃を抜いたので、やむをえず撃ったと供述した。

証人はわたし一人しかいなかったが、保安官も判事もわたしが嘘をつくはずはない、と判断したようだった。結局、ストーンのラクスマン殺しは正当防衛と認められ、ディレイニー判事は無罪放免を言い渡した。

検死審問が終わると、ブキャナン保安官はラクスマンの遺体を葬儀屋に運ぶよう、パーキンズに命じた。

パーキンズは、荷馬車に乗って出て行った。

それを見届けてから、ストーンはフランク・ローガンの手配書を取り出し、保安官と判事に示した。

「これは十年前、ローガンに対してミズーリ、カンザスの両州と、ワイオミング、ユタ、コロラド、アリゾナの各準州が公布した、賞金つきの手配書です。ここに提出したとおり、わたしはラクスマンがローガンを殺して奪った三万ドルのうち、およそ一万二千ドルを回収しました。したがってわたしは、この中から賞金にあたる五千ドルを受け取る権利がある、と考えます。アリゾナ準州の判事たるあなたに、その支払い申請をしたいと思います」

手配書を一瞥《いちべつ》した判事は、太った体をぶるりと揺すって、ストーンに目をもどした。

「そんな権利が、あんたにあるとは思えんな、ストーン。あんたが仕留めたのは、あくまでラクスマンであって、ローガンではない。ローガンを殺したラクスマンには、あるいは五千ドルを請求する権利が、あったかもしれん。しかし、ラクスマンを殺したあんたがその権利を引き継ぐ、という判例はわしの法律書にはないな」

「ラクスマンは、賞金の五千ドルを手に入れるかわりに、ローガンの持っていた三万ドルを選んだのです。まさか、わたしもラクスマンを仕留めたことを届け出ずに、一万二千ドルを持って逃げればよかった、とおっしゃるつもりではないでしょうね」

「そうしたかったのかね」

判事が聞き返すと、ストーンはわたしを親指で示した。

「そのつもりがあったなら、このマニータを生かしておきはしなかったでしょう」

そう言われて初めて、ストーンは昨夜ラクスマンと一緒にわたしを殺し、金を持って逃げることもできたのだ、という事実に思い当たった。

判事が、仏頂面《ぶっちょうづら》をして言う。

「しかし、五千ドルといえば大金だ」

「わたしが取り返したのは、一万二千ドルだけではありませんよ、判事。ラクスマンが農場を買った金も、奪った三万ドルの中から出ているのです。たいした農場ではないが、その代金も加えれば回収した金の総額は、二万ドル近くになるでしょう。五千ドルは、決して高くないと思いますがね」

ストーンが、そこまで賞金の受け取りにこだわるのは、それが仕事だったからだ。賞金のかかったお尋ね者を捕らえることで、ストーンは自分の生活費と次の仕事への資金を、稼ぎ出していた。それは、雑貨屋が雑貨を仕入れて売ったり、葬儀屋が葬式を執り行なったりするのと、同じことだった。

判事が渋い顔をして、ブキャナン保安官を見る。

保安官は爪を調べるか、調べるふりをしていた。

「ジョン、ちょっと来てくれ」

判事は保安官の肘を取り、厩舎の隅へ引っ張って行った。

一分か二分、額をくっつけ合って、ひそひそ話をする。

ほどなく判事はもとの場所にもどり、ことさら厳粛な口調で言った。

「ストーン。わしはアリゾナ準州の判事として、あんたに特別報奨金を出すことにした。あんたはラクスマンが横領した、合わせて六つの州および準州の財産の一部を、回収してくれた。それに対する報奨金だ」

「いくらですか」

ストーンが聞くと、判事はもっともらしく咳払《せきばら》いをした。

「五百ドルだ」

ストーンの頬が、ぴくりと動く。

「五百ドル。賞金の、十分の一にすぎない」

「さよう。わしの一存で出せる金額は、それが限度だ。もしそれ以上を望むなら、もう一度正式の検死審問を行なうとともに、あんたを裁判にかけねばなるまい。ラクスマンが、実際にローガンを殺した証拠があるのかどうか、またあんたがラクスマンを撃ったのが、ほんとうに正当防衛だったかどうかを、検証する必要がある」

ストーンは、じっと判事を見つめた。

「もう一つ、この一万二千ドルと農場を処分した金が、きちんと準州の金庫にはいるかどうか、確認する必要がありますね」

　判事の顔が赤くなる。

「無礼だぞ、ストーン。あんたは、わしとジョンがこの金をネコババするつもりだ、とでもいうのか」

　保安官は、無断で名前を出されたことに抗議するように、口を開こうとした。

　判事は、急いでバッグを取り上げると、保安官に投げ渡した。

「さっそく、準州の金庫に入金する手続きをしたまえ、ジョン」

「待ってください」

　自分でも気がつかないうちに、わたしは判事に呼びかけていた。

　判事は、山羊《やぎ》が口をきいたとでもいうように、顎を引いてわたしを見た。

「なんだね、マニータ」

「さっきも言いましたけど、わたしはラクスマンがそんな悪党だったなんて、昨日の夜までちっとも知りませんでした。でも今は、ラクスマンがトムに殺されたのは自業自得《じごうじとく》だ、と納得しています。わたしが言いたいのは、ラクスマンのそうした犯罪行為について、わたしにはなんの責任もない、ということです。ただし、ラクスマンが残した農場に関して言えば、その一部をわたしのものだと主張する権利がある、という気がするんですけど」

わたしの演説を、あっけにとられた顔で聞いていた判事は、さも期待に応《こた》えられなくて残念だというように、首を振った。

「遺憾ながら、マニータ。ラクスマンが横領した金で買ったものを、あんたが相続することはできんのだよ。あんたにはこの場で、相続権を放棄してもらわにゃならん。すぐに出て行けとは言わんが、ここ一か月くらいの間に農場を準州政府に返還するよう、申し渡すことになるだろう」

「相続したい、なんて言ってません。それに、もう農場へもどるつもりはないんです。好きなように、処分してくださってかまいません」

判事は、目をぱちぱちさせた。

「まあ、あんたとラクスマンはほんとうの親子ではなし、養子縁組をしたわけでもないと聞いておるから、手続きは簡単だろう。農場の処分は、わしに任せてもらうよ」

わたしは、判事をまっすぐに見つめた。

「一つだけ、お尋ねしたいことがあります。よく分からないけど、たとえ横領したお金で買ったものでも、それを今のようにきちんとした農場に育てたのは、ラクスマンとわたしです。ラクスマンはともかく、わたしが農場の整備発展に貢献した分については、権利を主張できるんじゃないでしょうか」

今あらためて考えると、十七歳になるかならないかの少女の弁としては、なかなかのものだったと思う。おそらく、日ごろラクスマンが町へ来て商談をするとき、話を有利に持っていくために駆使した論法を、いつの間にか身につけていたに違いない。

ストーンが、軽い笑い声を立てた。

「マニータが言うことも、もっともだと思いますね、判事。確かにマニータは、農場についてなにがしかの金銭の給付を請求する、正当な権利を持っているように思えます。考慮してやってくれませんか」

判事は、またまた渋い顔をして、わたしを睨んだ。

「いったい、いくらほしいというんだね、マニータ」

「ラクスマンが、わたしにただ働きをさせた分を入れると、千ドルはほしいわ」

判事は目をむき、保安官も度肝を抜かれたというように、口をあけた。

「そ、それはあんまりだぞ、マニータ。千ドルといったら、このストーンに支払う報奨金の、二倍にもなるじゃないか」

「だったら、報奨金と同じ、五百ドルでもいいです」

むろん、千ドルと言ったのははったりのつもりだが、相手の反応を見てすぐに半額に減らしたところが、いかにも子供らしい駆け引きだった。

しかし、そのあとすぐに次のように付け加えたのは、われながら抜け目がなかったと思う。

「それと、ここへ乗って来た荷馬車も、つけてもらいます。もちろん、馬も一緒に」

2

ディレイニー判事は、その場でしぶしぶトム・B・ストーンとわたしに、五百ドルずつ支払ってくれた。

わたしは、アリゾナ準州政府あてに農場の相続権を放棄する同意書と、給料の未払い金五百ドルを受け取ったという領収証を書いて、判事に手渡した。

ストーンとわたしは、〈ミーガンズ・ステイブル〉を出た。

ハンク・パーキンズが、葬儀屋からもどして来た荷馬車は、とりあえずそこに置いておくことにした。ストーンも、馬を預けたままにする。

外には真夏の太陽が、じりじりと照りつけていた。

ストーンは、保安官事務所の並びにあるファースト・ナショナル銀行へ、金を預けに行くという。大金を持ち歩くのは危険なので、わたしにもついでに口座を作って預けたらどうか、とアドバイスしてくれた。

わたしは言われたとおり、銀行に口座を開設した。手元に百ドルだけ残して、あとの四百ドルをそっくり預けた。

そのあとストーンと連れ立って、食べそこなった朝食兼昼食をとりに、レストラン〈オクステイル〉へ行った。

中にはいると、窓際《まどぎわ》の席にすわっていた黒ずくめの服の男が、顔を上げてわたしたちを見た。

サグワロだった。

わたしはストーンより先に、サグワロに声をかけた。

「おはよう、サグワロ。一緒に食事をしてもいいかしら」

サグワロは肩をすくめたが、いやとは言わなかった。

「やあ、サグワロ。昨日はどうも」

ストーンは気さくに声をかけ、サグワロの向かいの椅子にすわった。

わたしも、二人を左右に見る席に、腰を下ろす。

前日のトラブルは、もとはといえば二人の与太者カウボーイ、ヘックとビリーボーイがサグワロに、因縁をつけたことから始まったのだ。

ストーンは、それを止めようと割ってはいったわけだが、結局サグワロは吹き針と刀で二人を戦闘不能にし、自分で決着をつけてしまった。

例の刀がはいったライフル用の革鞘は、テーブルの横に立てかけてある。

ストーンは、その刀にうなずいてみせた。

「なかなか、いい腕をしてるじゃないか。あれは、日本のサムライのわざだな」

サグワロが、ビリーボーイの親指の腱を寸時に断ち切り、拳銃を撃てないようにしたことを言っているのだ。

「サムライって、なんのこと」

わたしが聞くと、サグワロは何かを思い出そうとするように、宙を見て言った。

「サムライ。その言葉は、聞いたことがある」

ストーンは妙な顔をして、サグワロに言葉を返した。

「あんたの国では、剣を持った武勇の兵士（Soldier of Valor）を、そう呼ぶんじゃなかったのか」

サグワロは、ぼんやりと宙に目を向けたまま、返事をしなかった。

わたしは、かわりに口を開いた。

「サグワロは、自分の名前も生まれた場所も忘れてしまう、不思議な病気にかかっているのよ」

前日ミーガンの厩舎で、その話を聞かされたばかりだった。

ストーンは驚いて、サグワロとわたしを見比べた。

「それは、どういうことかね」

給仕の娘が、注文を取りに来た。

わたしたちはチキンスープと、サグワロが食べているのと同じジャガイモ、卵とソーセージの炒めものを、注文した。

娘は、テーブルに載ったカップにコーヒーを注ぎ、キッチンへもどって行った。

わたしは、前日サグワロと交わした会話をそっくり、ストーンに話して聞かせた。

サグワロは最初、わたしが了解もなくその話を始めたことで、ちょっと眉をひそめた。

しかし、やめろとは言わなかったので、そのまま話を続けた。

わたしは、ストーンやサグワロと親しく話をするまで、おしゃべりがこんなに楽しいものだと思わなかった。

ジェイク・ラクスマンは、わたしが町の人と個人的な会話を交わすのを、ことのほかいやがった。今にして思えばラクスマンは、わたしの言葉の端ばしから自分の過去が漏れることを、恐れていたに違いない。

おしゃべりの楽しさに味を占めたわたしは、どんなことでも話をしたくてしかたがなかった。サグワロから聞かされた話は、わたしにとって格好の話題だった。

ストーンは、わたしが期待したほどには興味を示さなかったが、かといってまったく関心がないわけでもなさそうに、淡々とした態度で耳を傾けていた。

その間サグワロは、まるで他人の身の上話でも聞くように、食事を続けた。

話が終わったときに、スープと料理が来た。

「というわけで、サグワロはたぶん日本のハコダテというところから、アメリカの船で密航して来たらしいの。でも、正確に自分がどこのだれかについては、思い出せないんですって。彼はきっと、あなたの言うサムライに違いないわ。そこに立てかけてある剣は、日本の呼び方でカタナというのよ。字は、こう書くの」

わたしは、サグワロから教えてもらったとおり、指でテーブルクロスの上に〈刀〉と書いてみせた。

サグワロが、感心したようにわたしを見る。

「物覚えがいいな」

「わたし、一度見たことは、忘れないたちなの」

サグワロはコーヒーを飲み、唐突に言った。

「あんたと一緒に暮らしていた、ラクスマンという男がこのストーンに撃ち殺された、という話を耳にした。ほんとうかね」

サグワロが知っているとすれば、すでにその噂は町中に流れた、ということだ。

「ええ。それがどうしたの」

わたしが応じると、サグワロは小さく首を振った。

「その話しぶりからすると、あんたはラクスマンの死をせいぜい、飼っている豚が死んだくらいにしか、考えていないように見える。しかもあんたは、ラクスマンを殺した当の男と一緒に、朝飯を食べているわけだ。おれには、あんたの気持ちが分からんな」

わたしは、フォークを持つ手を止めた。

そのとき、あらためてラクスマンが死んだことを、実感した。

わたしは、独りぼっちになったのだ。

しかし不思議なことに、相変わらず悲しいとか寂しいとかいう気持ちは、わいてこなかった。

ただ頭の上の重しが取れて、体が十倍も軽くなったような気がするだけだ。考えてみると、わたしにとってはラクスマンが死ぬより、飼っている豚が死ぬ方がショックだったかもしれない。

もっとも、それを口にすることはできなかった。

ストーンが、とりなすように言う。

「マニータには、マニータなりの思いがあるのさ。人が口を出すことじゃない」

サグワロは、ストーンに目を向けた。

「どういう男だったかは別として、ラクスマンはこの娘の保護者だったのだ。その男を、あんたは殺してしまった。この小娘には、身寄りがないと聞いている。これから、どうやって生きていけ、というんだ。せいぜい、場末の淫売《いんばい》宿に身を沈めるのが、落ちじゃないかね」

実際には、ひどく訛りの強いかたことの英語だったが、サグワロはおよそそのようなことを言った。

ストーンが、口元を引き締める。

「十六歳といえば、もうおとなだ。自分の生き方は、自分で決めるだろう」

わたしは言った。

「昨日も言ったけれど、あと二か月で十七歳よ」

サグワロが首を振る。

「十六でも十七でも、小娘に変わりはない」

「わたしの生き方は、わたしが決めるわ」

ストーンがうなずくのを見て、わたしはすかさず続けた。

「トムと一緒に、賞金稼ぎをするのよ」

ストーンは、口に入れようとしたジャガイモを、テーブルの上に落とした。

サグワロもあっけにとられて、カップを持ったまま動きを止める。

ストーンは、ジャガイモを床に払い落とし、ナプキンで口元をぬぐった。

うろたえた口調で言う。

「自分が何を言ったか、分かってるのか」

「分かってるわ。賞金稼ぎをするのよ、あなたと一緒に」

わたしが繰り返すと、ストーンは鼻で笑った。

「ばかを言うんじゃない。この仕事は、わたし一人で十分だ」

サグワロも、そのときだけはストーンの肩を持って、あとを続けた。

「そのとおりだ。賞金稼ぎになるくらいなら、淫売宿へ行く方がまだましだ」

ストーンは、それを聞いていやな顔をしたが、何も言わなかった。

「どうして。お尋ね者をつかまえてお金をもらうのは、別に悪いことじゃないと思うわ。背中を撃ったり、丸腰の人を撃ったりさえしなければ、だれにも責められないはずよ」

急に思いついたわけではない。

前夜、ストーンがラクスマンの死体を片付ける間、ベッドの中で一人考えを巡らして、決めたことなのだ。

ストーンとサグワロは、申し合わせたように視線を交わした。

ストーンが、いかにもわざとらしい感じで、話題を変える。

「あんたの吹き針は、たいしたものじゃないか、サグワロ。それから、カタナのわざもな。日本で、身につけたのか」

サグワロも、すぐにそれに乗った。

「たぶん、そうだろう。覚えてはいないが」

「日本語は、話せるんだろうな」

「ああ、話せる。話す相手さえ、いればな」

ストーンが、なるほどというようにうなずく。

「あんたは間違いなく、サムライの出だろう。素人には、あのようにカタナをすばやく扱うことは、できないからな」

「あんたの拳銃の腕も、たいしたものらしいな。ラクスマンの喉を、正面から撃ち抜いたそうじゃないか。葬儀屋が、町の人にそう言い触らしているのを、この耳で聞いた」

「あれは、撃ちそこないだ」

ストーンはにべもなく言い、ジャガイモを口に入れた。

サグワロもわたしも、興味を引かれてストーンを見る。

ストーンは、肩をすくめた。

「人に銃を向けたときは、もっとも命中率の高い腹から胸のあたりを、撃たなければならん。一発で仕留められなくとも、とにかく体のどこかに当たりさえすれば、攻撃力を奪うことができるからな。ラクスマンを撃ったときも、わたしは胸をねらったつもりだった。ところが、ラクスマンの動きが思ったより早かったために、狙いが狂ったのだ。もしはずれていたら、わたしがやられるところだった」

それほどきわどい勝負だった、とは思わなかった。

サグワロがわたしを見て、取ってつけたように言う。

「賞金稼ぎというのは、そんな具合にいつも死と隣り合わせの、危険な仕事なんだ。十六や十七の小娘にもできる、家事や畑仕事とはわけが違うのさ。あきらめた方がいい」

一呼吸おいて、わたしは聞いた。

「あなたは、何をしてお金を稼いでいるの、サグワロ」

サグワロは、突然弾が飛んできたのに驚いたらしく、顎を引いた。

「いろいろだ。鉄道工夫をしたり、農場で壊れた柵を直したり、牧場で牛の世話をしたりと、仕事はいくらでもある」

そう言ってから、急いで付け加えた。

「ただし、助手のいらない仕事ばかりだ」

「仕事の口がないときは、どうするの」

「そのときは、カタナのわざを見せて見物料を取る」

「どんなわざ」

「その場になってみなければ、何をするか決められない」

ストーンが口を開く。

「あんたがカタナを抜くスピードは、そこらの早撃ち自慢と比べても、遜色《そんしょく》がない。しかし、相手がカタナの届く範囲にいなければならない、という致命的な弱点がある。あんたのわざを一度でも見たやつは、そばに近づくまで撃つのを待ってはくれんだろう」

サグワロは、冷笑を浮かべた。

「おれは、拳銃使いに対抗しようなどと考えたことは、一度もない。おれのカタナは、身を守るためのものだ。拳銃使いと腕比べをしたり、まして人を傷つけたりするためのものではない。あんたの拳銃とは、わけが違う」

「わたしの拳銃も同じだよ、サグワロ。お尋ね者をつかまえるときも、相手が暴れたり発砲したりして抵抗しないかぎり、使うことはない。もっとも、黙ってお縄につく物分かりのいいお尋ね者は、これまで一人もいなかったがね」

「あんたも、早撃ち自慢の一人じゃないのか」

「早撃ちかもしれないが、自慢するつもりはない。単にこれまで、わたしより早い男に出会ったことがない、というだけの話だ」

「いずれ、出会うことになるさ。ただしそれを悟るのは、あんたが死ぬときだ」

「だろうね」

　わたしは、二人の話に割り込んだ。

「わたしは早撃ちでもないし、カタナを使うこともできない。でも何かをして、ご飯を食べなくちゃならないわ。わたしは、あなたたち二人と関わったおかげで、天涯孤独の身になったのよ。わたしが、自分の力でお金が稼げるようになるまで、あなたたちのどちらかが、あるいは二人が一緒に力を合わせて、わたしのめんどうを見る義務があると思うわ」

サグワロが、人差し指を立てる。

「この町に、婦人服を売っている店があったぞ。あそこへ行って、お針子に雇ってもらったらどうだ」

「この町から、離れたいの。町の人たちが、ラクスマンとわたしのことをどう噂していたか、あなたたちは知らないでしょう」

「ラクスマンとあんたが、ほんとうの親子ではないという話は聞いたよ、マニータ」

わたしはコーヒーを飲み干し、サグワロをまっすぐに見た。

「もう一つ、わたしをマニータと呼ぶのは、これっきりにして」

3

トム・B・ストーンが、ぴくりと眉を動かす。

「どうしてだ。いい名前だと思うがね」

わたしは、肩をすくめた。

「わたしも、嫌いじゃないわ。だけど、昨日も言ったとおりマニータは、ラクスマンがつけた名前なの。今日から、もとの名前にもどします」

ストーンは興味深げに、わたしの方に乗り出した。

「ほう。きみの本名は、なんというんだね」

「ジェニファ・メアリ・アン・マーガレット・アレクサンドラ・チペンデイル・シスネロス」

ストーンもサグワロも、わたしが早口言葉を言ったとでもいうように、ぽかんとした。

サグワロが、困った顔で言う。

「そのうちの、どれがあんたの名前なのかね」

「全部よ。チペンデイルが、イギリスから伝わった父方の名字で、シスネロスがスペインから出た、母方の名字なの」

ストーンは、苦笑しながら言った。

「ジェニファからアクレサンドラまでのうちで、どの名前を呼んでほしいのかね」

「ジェニファでいいわ。メアリ・アンとマーガレットとアレクサンドラは、祖母と曾祖母《そうそぼ》の名前から取ったらしいの」

「わかった。これからは、ジェニファと呼ぶことにする。それでいいかね」

「いいわ、トム。わたしは、一緒に旅をしながらあなたの食事を作ったり、破れた服を縫ったりします。そのかわり、あなたはわたしにお給金を払うのよ」

ストーンは、顔を引き締めた。

「連れて行く、とは言ってないぞ」

DRUGSTORE
ALHAMBRA

「いやだと言っても、ついて行くわ。わたしは旅慣れているし、馬に乗るのも得意なの」

「きみが一緒だと、足手まといになる。賞金稼ぎの仕事は、遊びじゃないんだ」

わたしは、とっておきの微笑を浮かべた。

「あなたは、わたしを連れずにこの町を出ることは、できないわ」

ストーンは瞬きして、わたしの顔を見直した。

「それは、どういう意味だ」

「あなたが、わたしを連れて行くと言わなければ、わたしはこれから保安官事務所へ行って、ラクスマンはゆうべあなたに撃たれたとき、拳銃を持っていなかったと言うわ。そうしたら、あなたは正当防衛が成立しなくなって、殺人罪で逮捕されるのよ」

ストーンは、あきれたように瞳をくるりと回して、コーヒーを飲み干した。

「本気じゃないだろう。そんなことをすれば、きみだって偽証罪で逮捕されるぞ」

「殺人罪より偽証罪の方が、ずっと罪が軽いもの。あなたが、ユマ刑務所の石畳の数を覚えないうちに、わたしはもう娑婆《しゃば》にもどっているわ」

サグワロが、さもおかしそうにくすくす笑う。

「世間知らずだとばかり思っていたが、なかなかどうしてしたたかな娘っ子だ。あんたの負けだな、ストーン」

そのとき入り口のドアがあき、緑の肘カバーをした電信局のハリー・ニールスンが、体を半分のぞかせた。

ストーンを見つけると、ニールスンはあたふたとテーブルにやって来た。

「トゥサンの電信局から、シエラビスタ発の電信が転送されてきましたよ、ミスタ・ストーン。ラスティ・ダンカンが、姿を現したそうです」

興奮した口調で言い、手にした電信用紙を差し出す。

ストーンは、それにざっと目を通してから、ニールスンに二十五セント銅貨を与えた。

「ありがとう、ハリー。助かったよ」

「どういたしまして。お役に立てて、うれしいです」

ニールスンは銅貨をしまい、またそそくさと出て行った。

ストーンは用紙を畳み、鹿皮服のポケットにしまった。

「ラスティ・ダンカンって、だれなの」

わたしが聞くと、ストーンは無愛想に答えた。

「きみには、関係ないことさ」

「あなたに関係あることは、わたしにも関係があるわ。パートナーですもの」

サグワロが、ぷっと吹き出す。

「さっきは、給金をもらうとか言っていたくせに、いつの間にパートナーになったんだ、マニータ」

わたしは、サグワロを睨んだ。

「マニータって呼ばないで、と言ったでしょう」

サグワロはたじろぎ、奇妙なしぐさで頭を下げた。

「悪かった、ジェニファ」

「いいわ、許してあげる。トムがぐずぐず言うから、パートナーに昇格したの。これ以上反対すると、今度は雇い主になってしまうわよ」

ストーンは腕を組み、つくづくとわたしを見た。

「昨日初めて会ったときは、引っ込み思案のおとなしい娘だと思った。それが一晩で、こんなにも変わるものか」

わたしは、少し考えて言った。

「変わったんじゃないわ。今日から、ほんとうのわたしになったのよ」

ストーンは親指の爪で、口髭をゆっくりとなでつけた。

「きみは本気で、わたしについて来る気かね」

「ええ。鞍《くら》にしがみついてでも」

ストーンの口元に、薄笑いが浮かぶ。

「旅をしている間には、荒野の真ん中で二人だけになることもある。わたしが、ラクスマンと同じ悪い考えを起こさない、という保証はどこにもないぞ」

ラクスマンがわたしに何をしたか、とうに承知しているという口調だった。

わたしは顎を突き出した。

「そうなったら、あなたを殺すわ」

「わたしは、そう簡単に殺されないよ」

「だったら、わたしが死ぬわ」

ストーンは言葉に詰まり、救いを求めるようにサグワロを見た。

サグワロが、さも気の毒そうな顔をこしらえて、口を開く。

「あきらめるんだな、ストーン。この小娘は、本気らしい。しばらく、めんどうをみてやるしかあるまい。賞金稼ぎの仕事が、どれだけつらいものか身に染《し》みて分かれば、黙っていても逃げ出すだろう」

「わたしは、逃げないわ」

頑固に言い張る。

ストーンは考え込み、あきらめたようにため息をついた。

「よし。わたしは、これから床屋へ行って、髭を当たってくる。その間に、きみは雑貨店へ回って磁石、ナイフ、石鹼《せっけん》、食器、タオル、水筒、寝袋、そのほか自分で必要だと考えるものを、買いそろえるんだ。自分のものだから、自分で金を払え。一時間後に、ミーガンの厩舎で落ち合おう」

「それから、どうするの」

「シエラビスタへ向かう」

シエラビスタは、ベンスンから真南に三、四十マイルくだったところにある、小さな町だ。行ったことはないが、ラクスマンが持っていた地図で、見た覚えがある。

「ラスティ・ダンカンは、お尋ね者なのね」

「そうだ。ダンカンにはユタ準州政府から、強盗殺人の容疑で手配書が出ている。賞金額は生死にかかわらず、八百ドルだ」

「電信で知らせてくれたのは、だれなの」

「シエラビスタの、電信局にいる男だ。わたしは、アリゾナ準州の主な町の電信係に鼻薬をきかせて、手配書の出ているお尋ね者が立ち回ったら、すぐに知らせてくれるように頼んである」

「でもあなたは、ひとところに定住しているわけじゃないでしょう。どこへ電信を打てばいいのか、電信係には分からないじゃないの」

前の日からわたしは、自分が知らないことや分からないことを、納得がいくまで質問せずにはいられない、好奇心旺盛《おうせい》な性格だということに気がつき始めていた。

ストーンが、辛抱強く応じる。

「トゥサンの、局留めにしてもらうのさ。半月に一度くらい、トゥサンの電信局に現在地を知らせれば、そこへわたしあての電信を転送してくれる。多少金はかかるが、それも必要経費のうちでね」

「目当ての町へ行くまでに、時間がかかるのが玉にきずね。着くころには、お尋ね者はもう逃げているでしょう」

「わたしが追っていることを、そのお尋ね者に気づかれさえしなければ、三度に一度は間に合うね。連中も、町から町へ流れ歩くことに疲れているから、差し迫った危険がないかぎりは、しばらく居すわるものなんだ」

ストーンは、ポケットから一ドル銀貨を取り出し、テーブルに置いた。

「このテーブルは、わたしのおごりにしよう。ディレイニー判事から、たとえ五百ドルでも引き出すことができたのは、二人のおかげかもしれんからね」

それから、別の銀貨を二枚わたしに差し出す。

「雑貨店のあとで、食料品店に回ってくれ。コーヒー、ベーコン、干し肉、ジャガイモ、豆、そのほか」

わたしは、その先を引き取って言った。

「そのほか、わたしが必要だと考えるものを、買いそろえるのね」

「そうだ。食べ物の金は、わたしが支払う。きみは、料理すればいい。それから、もし食べたければ、キャンディを買ってもいいぞ」

「ウイスキーは、いらないの」

「わたしは、酒を飲まないんだ」

ストーンはにこりともせずに言い、椅子から腰を上げた。

わたしも立ち上がる。

「わたしが買い物をしている間に、逃げ出したりしないと約束して」

ストーンは、思慮深い目でわたしを見た。

「わたしは、約束というものをしない人間なんだよ、ジェニファ。信用してもらうしかないな」

ストーンの目には、どんな感情も表れていなかった。

この男はきっと、足の裏をくすぐられても、笑わないだろう。

「いいわ。もし逃げたとしても、わたしはいつでもさっき言ったことを、実行に移せるのよ。そうしたら、あなたはお尋ね者を追う立場から、追われる立場に変わるんだわ。覚えておいてね」

すわったまま、サグワロが首を振る。

「まったく、きみはたいした娘っ子だよ、マニータ」

「ジェニファ」

わたしが訂正すると、サグワロの浅黒い顔に、かすかに赤みが差した。

「すまん、ジェニファ。今度会うときは、間違えないようにするよ。それからストーン、ごちそうしてくれて、ありがたかった。このところ、持ち合わせが少なくてね」

「いいんだ。あんたはこれから、どこへ行くのかね」

「さあな。どこから来たのか分からない人間が、どこへ行くのか考えても始まらないだろう」

ストーンは苦笑して、ステットソンを頭に載せた。

「またどこかで会おう、サグワロ」

わたしたちは、サグワロをその場に残して、レストランを出た。

4

焼けるような日差しが、通りに照りつけていた。

はす向かいにある、〈パンハンドル・サルーン〉の前の板張り歩道で、カウボーイ風の汚い格好をした男が二人、椅子にすわってたばこを吸っていた。赤いバンダナを首に巻いた男と、メキシコ風のつばの広いソンブレロをかぶった、人相の悪い男たちだ。

トム・B・ストーンは、ほんの一秒か二秒その男たちを眺め、それから通りを歩き始めた。

わたしは、床屋へ向かうストーンの後ろ姿を見送り、ティム・ソールズベリの雑貨店にはいった。

ソールズベリは、白髪頭を悲しげに振りながらぼそぼそと、ジェイク・ラクスマンの死に悔やみの言葉を述べた。

わたしは、しかたなく神妙な顔でそれを聞いていたが、ソールズベリが黙ったとたん口を開いて、機関銃のように品物を注文した。

ストーンが挙げたもののほかに、丈夫そうな革のベストを試着して買い、帽子も顎紐《あごひも》つきの小型のステットソンに替える。

ほしいものがそろうと、その場で支払いをすませた。

それまで、自分の財布というものを持った経験がないわたしは、買い物がおしゃべりと同じくらい楽しいことに、初めて気がついた。

必要と思われるものを全部買っても、まだ二十ドルにもならなかった。

ソールズベリが、不思議そうに質問する。

「こんなにいろいろ買って、どうするんだね」

「農場を出て行くの。あんなところに、一人では住めないから」

あれこれ聞かれるのがいやだったので、そう言い捨ててソールズベリのそばを離れ、店の中をもう一歩きした。

奥のショーケースの中に、拳銃が何丁か飾ってある。

二年かそこら前に売り出され、今ではだれもが持つようになった人気の拳銃、コルトSAAが目についた。シビリアン、アーティラリー、キャバルリーと、銃身の長さの異なる三つのタイプがある。

わたしはソールズベリを呼び、シビリアンを見せてくれるように言った。

ソールズベリは、困ったような顔をした。

「それは、おもちゃじゃないんだがね、マニータ」

「分かってるわ。これから旅に出るので、護身用に買っていくの」

「撃ったことがあるのかね」

「ないわ。持ったことはあるけど」

それも前夜、ラクスマンのコルトSAAを手にしたのが、初めての経験だった。意外に重かった、という印象がある。

「あんたのような、華奢な娘がへたな撃ち方をすると、手首をくじく恐れがあるぞ」

「いいの、練習するから」

ソールズベリは、また悲しそうに首を振った。

わたしは、かまわず続けた。

「ついでに、わたしの腰回りに合うようなガンベルトとホルスター、それに弾も五十発つけてちょうだい」

その分の金を払い足して、今度は食料品店へ回った。

ストーンから渡された二ドルで、買えるだけのものを買う。

シエラビスタまでは、馬をのんびり走らせても、半日とかからない距離だ。それから先のことは、シエラビスタで考えればいい。

雑貨と食料品のはいった袋を抱え、〈ミーガンズ・ステイブル〉へもどった。

ストーンの馬があるのを見て、なんとなくほっとする。ストーンが、嘘をつくとは思いたくなかったが、全面的に信じていいという根拠もない。

わたしは、厩舎の主エド・ミーガンと交渉して、荷馬車の荷台を引き取ってもらい、それに十ドルプラスして鞍とサドルバッグを、手に入れた。フィフィ（きざ男）に乗るのに、それが必要だからだ。

フィフィは、子馬のころからわたしがかわいがって育てた馬で、荷馬車を引かせるにはもったいないほどの、美しい毛並みと抜群のスタイルをしている。

背に毛布をかけ、鞍を載せて腹帯をきりりと締め上げると、フィフィはいかにも張り切ったしぐさで、たてがみを振り立てた。フィフィも、いいかげん荷馬車を引くのに、あきあきしていたのだろう。

わたしは、買い込んだ雑貨を適当にサドルバッグに投げ込み、それを鞍に振り分けた。

キャンバス地の寝袋と、食料のはいった袋は鞍の後ろに結びつける。

ガンベルトは、ホルスターに拳銃を入れたまま、サドルホーン（鞍角）に引っかけた。

腰につけて練習するのは、これから先のことだ。

そうこうするうちに、ストーンがもどって来た。

口髭をきれいに刈り込み、長髪もせいぜい襟にかかるくらいに、短くしている。鹿皮服も、ブラシをかけてほこりを落としたのか、いくらかきれいになった。

そばに来ると、オーデコロンの甘いにおいが、ぷんと鼻をついた。

ストーンは、ひとしきりわたしとフィフィの様子を眺めてから、鞍にかけたガンベルトに触れて言った。

「なんだ、これは」

「わたしの拳銃よ」

「見れば分かる。だが、やめておいた方がいい。自分の足を撃つだけだ」

「撃ち方を教えて。自分の体は、自分で守るようにしたいの」

ストーンは、ステットソンの前びさしを指で押し上げ、猫なで声を出した。

「考えを変える気はないか。もし、この町に残る決心をしてくれたら、今日わたしが稼いだ五百ドルを、そっくり進呈するがね」

「だめ。あなたには、わたしを独りぼっちにした責任を、とってもらうの」

「わたしの巻き添えになって死んでも、だれも悲しんでくれないぞ」

「どんな風に死んでも、悲しむ人なんかいないわ」

ストーンは少しの間、わたしの決心をくつがえす口実を考えているようだったが、とうとうあきらめて自分の馬のところへ行った。

ミーガンに預かり賃を払い、手綱を取って通りに出る。

わたしも、そのあとに続いた。

五分後、わたしたちは町はずれの馬囲いのそばを抜け、いくらか傾き始めた太陽を目標に、とりあえず西へ向かった。

わたしは、ラクスマンと過ごした七年近い沈黙の期間を、際限のないおしゃべりで取り返そうと、うずうずしていた。

一方ストーンは、特別機嫌が悪いようにも見えなかったが、自分からは口をきこうとしなかった。わたしの言うことに、ああ、とか、そうだな、とか、短く応じるだけだった。

道は多少の起伏があったが、ほぼまっすぐ西を向いていた。

ストーンの馬はかたつむりのように遅く、日暮れまでにシエラビスタに着く気があるのか、と不安になる。

「フィフィは、とても足が速くて丈夫なの。速足《トロット》でも全力疾走《ギャロップ》でも、あなたの馬に負けないと思うわ」

わたしが話しかけると、ストーンは顔も見ずに聞き返した。

「なぜその馬を、フィフィと名づけたんだ」

「だって、きざなくらい、様子のいい馬だから。そう思わない」

「見てくれはよくても、走らない馬はごまんといるよ」

「だったら、走ってみましょうよ」

「だめだ。この炎天下で走らせたら、すぐに参ってしまう」

そこで、会話は途切れた。何度話しかけても、こんな調子だった。

町を出てからずっと、のぼったりくだったりの緩やかな一本道が続く。あちこちに、サグワロがユーモラスな形に腕を曲げ、じっと立っている。

そういえばあの日本人は、なぜサグワロと呼ばれるようになったのだろう。前の日にそれを聞いたとき、サグワロは答えなかった。

なぜか、気になる。

五マイルほど進んだとき、小さな岩山が行く手に姿を現した。

少し手前に、左向きの矢印とともに〈シエラビスタへ三十マイル（約四十八キロメートル）〉と書かれた、雨ざらしの札が立っている。

その岩角を過ぎると、イトスギとセイヨウネズが混生する岩場があり、左手から来た道とぶつかるT字形の分岐点に出た。

岩山のすぐ下に、巨大なサグワロが人間のように左右に腕を広げ、ぬっと立っているのが見える。

ストーンは馬を止め、前から決めていたように言った。

「ここで休憩だ」

驚いて、顔を見る。

「でも、まだほんの五マイルくらいしか、来てないわ。わたしは、疲れてないけど」

「わたしの助手になりたければ、言われたとおりにするんだな」

ストーンが馬をおりたので、しかたなくわたしもそれにならった。

ストーンは自分の鞍の革鞘から、ウィンチェスターの七三年型ライフル銃を、引き抜いた。

一八七三年に開発されたこの連発銃は、用心鉄《トリガーガード》を兼ねたレバーを操作することにより、発射と薬莢《やっきょう》の排出を交互に連続して行なえる構造になっている。

その簡便性から、コルトSAAとともに瞬《また》く間に、西部中に広まった経緯がある。

「馬を、岩山の裏側の方へ連れて行って、日陰につないできてくれ」

「日陰なら、その辺にいくらでもあるわ」

ストーンは、怖い顔でわたしを睨んだ。

「一緒に行きたいのか、それとも追い返されたいのか、どっちだね」

わたしはしぶしぶ、二頭の馬の手綱を引いて岩山を半周し、岩陰につないだ。もどって来ると、ストーンはイトスギの根元の岩に横になり、腹の上にウィンチェスター銃、顔の上にステットソンを載せた格好で、もう居眠りを始めていた。

ステットソンの下から言う。

「ジェニファ。この岩山の上にのぼって、町の方角を見張るんだ。もしだれか、道をやって来るのが見えたら、起こしてくれ」

わたしが抗議しようとすると、ストーンは機先を制して続けた。

「助手になるのがいやになったら、さっさと町へ引き返してもいいぞ」

けっこう、いやみな男だ。

腹の中で毒づきながら、わたしはきびすを返して、もう一度馬のところへ行った。つないだ場所のすぐそばに、岩山にのぼる小道があったのだ。

苦労して天辺までよじのぼると、大きな岩棚の間にちょうど人ひとりはいれるくらいの、小さな窪《くぼ》みがあった。わたしはそこに体を滑り込ませ、腹這《はらば》いになって道を見下ろした。そこなら、暑い日差しをまともに受けずに、見張ることができる。

馬を走らせてきた道が、東へまっすぐ伸びている。

起伏があるために、それほど遠くまでは見通せないが、千五百ヤード（約千三百七十メートル）くらいの視界はある。つむじ風でも発生したのか、町の方角に黄色い砂塵《さじん》が渦巻いている。
岩の窪みは温度が低く、妙に居心地のよい場所だった。
前夜あまり寝ていないせいか、いつの間にかうとうとしたようだ。

5

はっと気がついた。
そのときには、馬に乗った男はすでに二百ヤードほど手前まで、近づいていた。
わたしは、あわてて窪みの中を後ろにすさり、飛び起きた。
とたんに、目の前に人がいるのに気づいて、大声を上げそうになる。
トム・B・ストーンは、すばやくわたしの口を手でふさいだ。
「声を立てるな」
わたしが落ち着くのを確かめて、ようやく手をはずす。
「ごめんなさい。つい、居眠りをしちゃったの」
そうささやいたが、ストーンは返事をせずに窪みに体を乗り入れ、道の向こうを見た。
わたしもその肩越しに、やって来る男に目を向けた。
ふと、首に巻かれた赤いバンダナを見て、記憶がよみがえる。

「トム、あれは確か、ベンスンにいた男よ。〈オクステイル〉を出たとき、はす向かいの〈パンハンドル・サルーン〉の前で、たばこを吸っていたわ」

「そのとおりだ。よく覚えていた。一度見たものは忘れないと言ったが、嘘じゃないようだな」

「でもあのときは、二人連れだったわ。もう一人の男は、どうしたのかしら」

「もう少しすれば、分かる」

赤いバンダナの男は急ぐでもなく、のんびりと馬を走らせて来る。ときどき、鞍の上で腰を持ち上げ、背後を振り返るところを見ると、仲間が追いつくのを待っているのかもしれない。

男が近づくにしたがって、ストーンは見つからないようにわたしを後ろへ押しやり、岩陰に隠れた。

男の姿が、見えなくなった。

少しの間、道の反対側に目を向けて待ったが、男はなかなか出て来ない。下の方で、馬が胴震いする気配がする。

どうやら、男はイトスギの岩場のところで、馬を止めたようだ。

ストーンに肘をつつかれ、窪みの中からもう一度のぞく。

ベンスンの方から、別の馬が速足でやって来るのが見えた。

その黒ずくめの服で、遠目にもサグワロだということが、すぐに分かった。

サグワロが、わたしたちと同じ方角を目指すとは思わなかったので、ちょっと驚く。

もっとも、わたしたちはこれから道を左へ南下するが、サグワロはまっすぐ西へ向かうのかもしれない。

サグワロを見守っていると、今度はその後方百ヤードほどのところに、もう一つ馬の影が現れた。

黄色い砂塵の中を、同じ速足でやって来る。

その大きな帽子の形から、赤いバンダナの男と一緒にたばこを吸っていた、ソンブレロの男と見当がつく。

「あなたが言ったとおりよ、トム。もう一人が、あとから来たわ」

わたしがまたささやくと、ストーンは無言でうなずいた。

サグワロが二人の男に、前後を挟み撃ちにされるかたちになると分かって、わたしはいやな予感がした。

背筋に、炎天下の暑さとは関係のない汗が、じわりと噴き出す。

わたしは、ストーンを見上げた。

「何か、いやな感じがするわ、トム。赤いバンダナの男は、この下でサグワロを待ち伏せするみたいよ。後ろからは仲間がやって来るし、このままだとサグワロはやられてしまうわ」

「分かっている。床屋で聞いたんだが、あの二人は昨日もめごとを起こしたヘックとビリーボーイの、仲間の男たちらしいよ。今朝ベンスンに着いて、ヘックたちのことを聞き回っていたそうだ。サグワロにやられたと知って、仕返しをするつもりだろう」

わたしは焦《あせ》った。

「だったら、助けてあげなくちゃ」

「そう思ったら、きみはこの岩山の上から一歩も動かずに、見ていることだ。足手まといに、ならないようにな」

気に障《さわ》る言い方だったが、わたしは不承不承うなずいた。

ここは、修羅場に慣れているストーンに、任せるしかない。

ストーンは、ウィンチェスター銃を両手で握り、岩山を静かにおりて行った。

窪みの隙間《すきま》からのぞくと、サグワロはもう岩の角から五十ヤードほどのところまで、迫っている。

ソンブレロの男が、だいぶ距離を詰めてきた。

わたしは、道路側の岩棚の上に腹這いになって、そろそろと移動した。やや前方に傾いているが、厚みのあるしっかりした岩棚なので、万が一にも崩れたりする心配はない。

念のため、岩に根を張っているブッシュの根元を、しっかりつかんだ。

先の方からのぞき込むと、すぐ目の下に本物の大きなサグワロが、左右に腕を伸ばしている。とがった細かいとげが、陽光にきらきらと光った。

その左下の岩陰に、赤いバンダナの男が拳銃を抜き放ち、待ち構える姿が見えた。実際には、十二、三ヤード程度の高さだったと思うが、上から見るとかなり距離感がある。

右手に目を移すと、何も知らないサグワロが刀を背にくくりつけ、のんびりとやって来る。

背後に近づく蹄《ひづめ》の音に気づいたらしく、サグワロは鞍上《あんじょう》で一度振り返ったものの、そのまま走り続けた。

ストーンの姿を目で探したが、どこにいるのか分からない。

サグワロが、岩角に差しかかる。

赤いバンダナの男が、道に飛び出した。

「待て」

サグワロは手綱を引き締め、その場に馬を止めた。馬が驚き、あとずさりする。

赤いバンダナの男は、銃口を動かして言った。

「両手を上げて、馬からおりろ。後ろにも、仲間がいる。変な気を起こすんじゃねえぞ」

背後から迫ったソンブレロの男が、馬から飛びおりて同じように拳銃を抜き、サグワロの背中にねらいをつける。

わたしははらはらして、早くストーンが出て来るように、と祈った。

しかし、ストーンは出て来なかった。

サグワロは手を上げたまま、右足を前に振って馬の背をまたぎ、道へ飛びおりた。

「何の用だ。金が目当てなら、おあいにくさまだぞ。逆さにしても鼻血も出ない、からっけつでね」

そう言いながら、ベストの襟に指を滑らそうとする。

わたしは、そこに吹き針が仕込んであるのを、知っていた。

しかし、赤いバンダナの男は拳銃の撃鉄を起こし、サグワロに警告した。

「動くんじゃない。それから、おれにいつも歯が見えるように、口をあけておけ。おまえが、怪しいわざを使ってヘックの目をつぶした話は、もう聞いてるんだ。それから、背中の剣にもさわるんじゃねえ。おまえがそいつで、ビリーボーイの手を切ったって話も、ちゃんと耳にはいってる」

上からだと、帽子が邪魔になって顔は見えないが、サグワロの緊張した気配が伝わってきた。吹き針も刀も封じられては、手も足も出ないだろう。

ストーンは、何をしているのだ。

「あんたたちは、あの二人の仲間か」

「そうよ。今朝留置場へ行って、二人に会って来た。おまえに、きっちり挨拶しておいてくれ、と頼まれたんだ」

「どうするつもりだ」

「知れたことよ。ヘックのかわりに、片方の目をえぐり出してやる。それから、ビリーボーイのかわりに、手の指を切り落としてやる。覚悟しやがれ」

ソンブレロの男が、サグワロの背中に銃口を食い込ませる。

赤いバンダナの男は、手にした拳銃をホルスターにもどして、腰の革鞘からナイフを引き抜いた。

わたしは、ストーンに急を知らせようとして、上体を起こした。

その拍子に、手に触れた小石が岩棚の上を滑って、三人の男たちの上に落ちかかった。

はっと見上げた、赤いバンダナの男の目とわたしの目が、まともにぶつかる。

男はナイフを投げ捨て、いきなりわたし目がけて拳銃を抜き撃ちした。

銃弾が岩角にぶつかり、顔にかけらが降りかかる。

わたしは体を縮め、ストーンの名を呼んだ。

そのとたん、しっかりつかんだブッシュの根がずるりと抜けて、わたしは岩棚の上を滑り始めた。

「助けて」

思わず叫んで、どこかにつかまろうと岩に指を立てたが、どこにも引っかかりがない。

わたしは、デンバーまで聞こえそうな悲鳴を上げながら、岩角から滑り落ちそうになった。角の出っ張りに、かろうじて右手がかかる。

その間に、下の方から何発か銃声が聞こえたような気がしたが、はっきりした記憶がない。それどころではなかったのだ。

つかまった出っ張りは、柔らかい砂岩だった。

それは、手の中で少しずつ砕けていき、あっと言う間にわたしは、宙に投げ出された。

もし、そのまま下の岩場にもろに叩きつけられたら、無事ではすまなかっただろう。

転落しながら、わたしは目の前に迫った緑色の太い柱のようなものに、死に物狂いでしがみついた。

むき出しの手や顔に、火の粉を浴びたような激痛が走る。

それでも、わたしはしがみついたものから、手を離さなかった。離せば岩場に激突し、死ぬかもしれないと分かっていたからだ。

とにかく、落ちる体を引き止めるのが、やっとだった。

痛みに耐えながら、怖ごわと目を開く。

6

わたしがしがみついていたのは、岩棚の真下にあったサグワロの幹だった。

そうと気がついたとたん、わたしは安堵《あんど》と恐怖で泣き出した。

サグワロの高さは、ゆうに二十フィートを超える。岩場に落ちるか、このままサグワロと一緒に干からびるか、まさに究極の選択だった。

そのとき、下からストーンの声が聞こえた。

「ジェニファ、じっとしていろ。今、助けてやる」

わたしは、サグワロの無数のとげに肌を刺されながら、叫び返した。

「お願い。早く助けて。もうがまんできない」

「助けてやるから、このまま一人でベンスンの町へ帰る、と約束しろ」

こんなときに、取引を持ちかける人間がいるだろうか。

まったく、とんでもない男だ。

わたしは手足をずらし、自分の力でおりられるかどうか、試そうとした。

むき出しの手のひらはもちろん、薄いシャツを通して腕や胸や腹にも、鋭いとげが突き刺さる。その痛さときたら、すりむいた傷にタバスコを振りかけたよりも、もっとひどいものだった。身動きどころか、息をするのもつらい。

わたしは、腹の中で呪《のろ》いの言葉を吐き散らしたが、口では降参するしかなかった。

「分かったわ、言うとおりにする」

「確かに、約束するか」

「約束は、しない主義なの。信じてもらうしかないわ」

それが、そのときのわたしにできた、ただ一つの抵抗だった。

下の方で、ストーンとサグワロが何か話している。

わたしは、顔がとげに触れないように気をつけながら、恐るおそる下に目を向けた。

サグワロが、幹の下に立って言う。

「おれがこれから、このサグワロを倒す。幹が傾き始めたら、思い切ってストーンに飛びつけ」

わたしには、サグワロが何を言っているのか、よく分からなかった。

サグワロの幹は太く、中には細かい植物繊維がぎっしりと詰まって、たっぷり水分を含んでいる。サグワロは、だれもが想像するよりはるかに重いサボテンで、千ポンド（約四百五十四キログラム）を超えるものも珍しくないのだ。

それを、どうやって倒すというのか。

少し離れた岩場に、ストーンが二つ重ねた毛布を広げて、待機する。その後ろに、馬から下ろした鞍が置いてあるのが、目にはいった。

サグワロが、自分とストーンの距離や角度を測るように、視線を何度か行き来させる。

おもむろに足場を固め、軽く深呼吸をした。

サグワロの右手が、背中の刀の柄にかかったかと思うと、太陽の下で刃がきらりと躍る。

一瞬くらんだ目が、ふたたび見えるようになったときには、刀は今までどおり背中の革鞘に収まり、サグワロは何ごともなかったように、もとの場所に立っていた。

サグワロの幹がわずかに揺れ、わたしはとげの痛さに声を上げた。

次の瞬間、わたしの体は幹と一緒にゆっくりと傾き、岩場に向かって倒れ始めた。

両手を離し、毛布を広げて待ち構えるストーンの腕の中に、無我夢中で飛び込む。

その勢いに負けて、ストーンは岩の上に後ろざまに倒れたが、わたしを離さなかった。

鞍がクッションの役割を果たし、わたしたちの体をうまく受け止めてくれた。

安堵のあまり、わんわん泣いた。

ストーンとサグワロは、おおわらわでわたしをなだめながら、手や顔に刺さったとげを一本ずつ、丹念に抜いてくれた。

どうにか人心地がついたとき、サグワロが二人の男に拳銃を突きつけられたことを、やっと思い出した。

「そういえば、あの二人はどうしたの」

わたしが聞くと、ストーンは少し離れた岩の陰に、顎をしゃくってみせた。

「あそこにいる」

目を向けると、赤いバンダナの男とソンブレロの男が、頭と足をそれぞれ入れ違いにした格好で、岩の下にうずくまっている。

どこか怪我をしたらしく、砂の上に垂れた血が見える。

その向こうに、サグワロの太い幹が楕円形《だえんけい》の切り口をさらして、逆さに倒れていた。

素人目《しろうとめ》にも、みごとなわざだと分かる。あれを、刀の一振りで切り倒したとすれば、なまなかの腕ではない。

倒れた男たちが、みじめな唸り声を上げる。

「あの人たち、生きているの」

「生きてるさ。一人はサグワロに腕を切られ、もう一人はわたしに足を撃たれただけだ」

わたしは、ストーンを睨んだ。

「どこかで、昼寝でもしていたの、トム。あなたが、もっと早く助けに出てくれれば、わたしもこんな目にあわないですんだのに」

ストーンは、薄笑いを浮かべた。

「サグワロの腕を見るために、ぎりぎりのところまで待っていたのさ。さすがのサグワロも、吹き針を封じられてお困りのようだったが、きみが石を落としたおかげで助かった。

あの二人がそっちに気を取られたので、サグワロにカタナを抜く余裕ができたんだ」

サグワロが、憮然《ぶぜん》として言う。

「あんなことがなくても、おれは二人を倒していた。しかし、とにかくあんたには礼を言っておくよ、マニータ」

「ジェニファ」

わたしは訂正したが、それほど悪い気分ではなかった。

二人の与太者は、それぞれの右手首を相手の右足首に手錠でつながれ、まともに立ち上がれない状態になっていた。

ストーンとサグワロは、二人を一頭の馬の背にうつ伏せにかつぎ上げ、その手綱をもう一頭の馬の鞍に結んだ。

二人は、頭と足を入れ違いに馬の脇に垂らしたまま、ののしり声を上げた。

「くそ、今度出会ったら、ただじゃおかねえぞ」

「この礼は、きっとしてやるからな」

ストーンが、楽しそうに笑う。

「この次は、手加減をせずにあの世へ送ってやるから、覚悟しておけ」

そう言って、わたしに目を向ける。

「さてと、ジェニファ。きみは、この男たちを引っ張って、ベンスンへもどるんだ。ヘックたちと一緒に、留置場へぶち込んでおくように、保安官に伝えてくれ。もし、この二人に賞金でもかかっていたら、それは全部きみのものだ」

わたしは立ち上がって、服のほこりを叩きおとした。ズボンの中にも、サグワロのとげが侵入したらしく、太ももがちくちくする。

「わたしは、ベンスンにもどらないわ」

顔を上げて言うと、ストーンは唇を引き締めた。

「さっき、帰ると約束したはずだぞ」

「約束はしない、と言ったでしょう」

「信じてくれ、と言ったじゃないか」

「信じたあなたが、悪いのよ」

黙って聞いていたサグワロが、はじけるように笑い出す。

よほどおかしかったらしく、目から涙がこぼれるほど笑った。

ストーンは、たっぷり十秒間というもの、わたしを睨みつけていた。

それから、とうとうあきらめたように与太者たちを見て、ぶっきらぼうに言う。

「聞いたとおりだ。おまえたちは、二人きりでベンスンへもどることになった。間違っても、馬から滑り落ちないようにしろ。落ちても、だれも乗せてくれないからな」

赤いバンダナの男がわめく。

「こんな格好で、ベンスンへもどれってのか」

「しかたがあるまい。たいした傷じゃないが、早く医者に診《み》てもらうことだ。万が一壊疽《えそ》にでもなると、手足を切らなきゃならんぞ」

「くそ、覚えてやがれ」

「トゥサンに着いたら電信を打って、おまえたちのことを保安官に知らせる。ヘックやビリーボーイと一緒に、留置場で頭を冷やすがいい」

ストーンは、そう言って道へ馬を引き出し、ベンスンの方角へ馬首を向けた。

大声を上げながら、前の馬の尻を帽子で叩く。

馬は、びっくりしてその場で足踏みしたとみる間に、たちまちベンスン目がけて駆け出した。与太者を乗せた馬も、あわてて一緒に走り出す。

その間にサグワロが、わたしたちの馬を引いて来た。

わたしは、ストーンに聞いた。

「ほんとうに、トゥサンへ行くの。ラスティ・ダンカンをつかまえに、シエラビスタへ行くんじゃなかったの」

「あいつらが、追いかけて来るときのことを考えて、嘘を教えたんだ」

サグワロが、馬に乗りながら言う。

「いくらばかでも、そんな単純な手に乗るものか」

「少しでも、時間が稼げればいいのさ。この広い西部だ。今度会うのは何年先か、だれにも分からん。お互いに、覚えているかどうかもな」

ストーンとわたしも、馬にまたがった。

わたしは、サグワロに言った。

「あなたが、どうしてサグワロと呼ばれるようになったか、よく分かったわ。さっきみたいにサグワロを、あっと言う間に切り倒してみせたからでしょう」

サグワロは、わたしを見て片方の眉を上げた。

「そのとおりだ。刀の威力も、まんざらではない。いくら拳銃で撃っても、サグワロは倒せないからな」

その〈サグワロ〉は、まるで自分自身を指しているように聞こえた。

ストーンが馬に拍車をくれ、ゆっくりと走り出した。

T字路を左へ曲がり、シエラビスタの方へ向かう。

サグワロは角まで行き、ちょっとためらうように馬首を一巡りさせたが、同じようにシエラビスタを目指して、勢いよく走り出した。

それを見て、わたしもフィフィの腹を蹴り、二人のあとを追った。

南へ向かうまっすぐな道の先に、黄色い砂塵が舞い上がっていた。

第三章

I

くどいようだが、アリゾナの夏は猛烈に暑い。

いつだったか、空を飛ぶ鳥が熱気に当てられて焼けた岩山に落ち、そのままバーベキューになった、という話を聞いたことがある。それを食べようとしたハイエナが、やけどをしたという落ちまでついていた。

ベンスンからシエラビスタまでは、三十ないし四十マイルの距離だ。

この炎天下を、長時間走り続ければ馬がまいってしまう、とトム・B・ストーンは言った。

愛馬フィフィなら、その程度の距離は休まずに駆け切ると思ったが、走っているうちにわたしの方が、まいってきた。

考えてみると、これまでは農場から十マイルほどのベンスンの町へ、荷馬車を走らせるのがせいぜいだった。一人で馬に乗って、長丁場を経験したことは一度もないのだ。ほかの季節ならともかく、この炎天下を馬で走るのは容易なことではない、と気がついた。

半分くらいの距離を走ったところで、サン・ペドロ・リバーの支流にぶつかった。幅三十ヤードほどの流れで、ほとんどが浅瀬らしくあちこちに河床が見える。岩山を控えた川辺に、天辺の丸いイトスギが何本か生い茂り、日陰を作っている。

ストーンは、馬を止めた。

「ここで少し、休憩する」

正直なところ、わたしはほっとした。

サグワロは無表情だったが、すぐにわたしと一緒に馬をおりたところをみると、やはり足を伸ばしたかったに違いない。

ストーンが手綱を取って、馬を川の浅瀬に引き入れる。

サグワロもわたしも、それにならった。

水を飲ませるだけでなく、こうやって脚を冷やしてやることで、馬の疲れが取れるのだ。

フィフィは、うれしそうに首を上げたり下げたりしながら、水の中で足踏みした。

わたしは帽子に水をすくい、頭と首筋にかけた。

鞍をはずし、フィフィを木陰につなぐ。

わたしたちは、鞍をそれぞれイトスギの根元に置いて、体をもたせかけた。

ストーンが、遠く西の方にそびえる山を、指で示す。

「あの山の端に、日が隠れるまで眠る」

そう言って、ステットソンの帽子を顔の上にずらすと、腕を組んだ。

ほどなく胸が、上下し始める。

賞金稼ぎ《バウンティハンター》という仕事がら、いつでもどこでもすぐに眠れるように、体ができているらしい。

サグワロも、ストーンと同じ格好になり、昼寝を始めた。

わたしは、体こそ疲れていたが気持ちが高ぶり、昼寝どころではなかった。

つい前日までの、ジェイク・ラクスマンとの農場での単調な暮らしが、遠い昔のことのように思われた。今のわたしは、突然荒野にほうり出された生まれたての子馬と、同じようなものだった。

わたしは、ストーンのことを何も知らない。

ストーンが賞金稼ぎで、賞金のかかったお尋ね者を捕らえて生活している、ということは分かる。しかし、それが具体的にどういう手順で行なわれるのか、またその仕事がどの程度の危険を伴うのか、といったことについては何も知らない。

わたしが、発作的にストーンについて行くと宣言したのは、賞金稼ぎの仕事に興味があったからではない。またストーンの人柄に、特別好意を抱いたからでもない。ストーンは、長い間ラクスマンの絶えざる監視のもとに、世間からほとんど隔離されて生きてきたわたしが、初めて本音で話をした相手だといってよい。

その印象は、それまでのわたしの人生観を変えるほど、強烈なものだった。

わたしについて来られて、ストーンが困惑していることはよく分かる。おそらく内心では、どこかで適当にわたしを追い払うか置き去りにしよう、と考えているに違いない。

しかし、わたしとしては少なくとも世間というものに慣れるまで、ストーンと行《こう》をともにしなければならなかった。そうでなければ、サグワロの言うようにどこかの町の淫売宿に、身を落とすしかないだろう。

ストーンに逃げられないためには、わたしが賞金稼ぎの助手として役に立つことを、認めさせなければならない。

これから向かうシエラビスタには、八百ドルの賞金がかかったラスティ・ダンカンという、お尋ね者がいる。

その男をつかまえるのが、わたしの助手としての初仕事になる。何があっても、足手まといにだけはなりたくないし、できればいくらかでも役に立ちたい。

賞金稼ぎに必要な能力とは、いったい何だろうか。

正義感か。勇気か。追跡能力か。

むろん、そうしたものも必要かもしれないが、なんといってもいちばん大切なのは、射撃の腕だろう。相手を倒す腕がなくては、正義感も勇気も役に立たない。

ストーンもサグワロも、すっかり寝入ったように見える。

わたしはそっと立ち上がり、サドルホーンに引っかけたガンベルトを取って、イトスギの茂みにはいった。

そこを抜けると、小さな岩山がある。

河床を伝って、反対側へ回った。大きなサグワロが一本、ぬっと立っている。

二時間ほど前、よんどころなくこの巨大なサボテンに抱きつき、ハリネズミのようになったことを思い出して、また冷や汗をかいた。ズボンの中が、まだちくちくする。手のひらにも、細かい刺し傷が残ってひりひりするが、拳銃を握れないほどではない。

砂地を選んで立つ。

ガンベルトを腰に着け、撃鉄にかかった脱落防止用の革紐《かわひも》をはずして、ホルスターから拳銃を抜いた。

弾がはいっていないことを確認し、拳銃を両手で支えてサグワロに狙いをつける。

左の親指で撃鉄を上げると、シリンダーがカチリ、カチリと小刻みな音を立てながら、六分の一だけ回転した。

撃ち方だけは、見よう見まねで分かっている。

親指をはずし、銃把《じゅうは》を両手でしっかり握った。

銃口を目標に向け、右の人差し指で引き金を絞る。

撃鉄が落ちて、今度はもう少し大きい、金属的な音が響いた。

また、撃鉄を上げる。引き金を引く。

その動作を、何度も繰り返した。

一度拳銃を、ホルスターにもどす。

銃把が、下げた右肘の中ほどにくるように、ガンベルトの位置を直した。

だれに教わったわけでもない。町に来るカウボーイや、ガンマンがつけているガンベルトを見て、なんとなく覚えたのだ。

拳銃を抜き、サグワロに狙いをつける練習をする。

最初は、銃口がホルスターの縁に引っかかり、何度も落とした。

そのために砂地を選んだのだが、一度などはもろにブーツの爪先《つまさき》に落としてしまい、片足でぴょんぴょん跳びはねるはめになった。

練習に熱中していたので、水しぶきと蹄の音がすぐそばに接近するまで、人が来るのに気がつかなかった。

振り向くと、馬に乗った二人の男が河床の水を蹴立《けた》てて、こっちへやって来るのが見えた。

ガンマンか賭博師か知らないが、いずれにしても旅姿の流れ者だった。

二人とも、顔の下半分に黒い髭を生やし、大きなテンガロンハットを深くかぶっているので、人相が分からない。

一人は、黄色いシャツに緑のバンダナを巻いた、瘦せ形の男だった。

もう一人は逆に太った男で、チェックの水色のシャツに黒のバンダナ、ボタンのない茶の革のベストを、身に着けている。

二人は馬を川から上げ、わたしのそばに止まった。

黄色いシャツの男が言う。

「よう、ボニータ（かわいこちゃん）。こんなところで、何をしてるんだ」

わたしは警戒しながら、強気に応じた。

「料理の勉強をしているように見える」

革のベストの男が、大口をあけて笑った。

たばこのヤニで汚れ、しかも二本か三本欠けてなくなった歯が、むき出しになる。

黄色いシャツが、にこりともせずに言う。

「おれはスリム、こいつはファティだ。あんたの名前は」

スリム（瘦せっぽち）にファティ（でぶ）か。どうせ、本名ではないだろう。

「ボニータよ」

スリムと名乗った男は、じろじろとわたしの体を見た。

ラクスマンが、ときどき同じような目でわたしを見たのを思い出して、男が何を考えているか分かった。

それだけで、ぞっとした。

「そんなへっぴり腰じゃ、拳銃は撃てねえぞ。おれが、撃ち方を教えてやる」

スリムはそう言って、馬から飛びおりた。

馬に乗ったまま、ファティが声をかける。

「おい、やめとけよ。そんな暇はねえぞ」

「黙ってろ、ファティ」

スリムは、警戒するわたしを安心させるように、にっと笑ってみせた。

帽子の前びさしの下で、好色そうな目がきらきら光る。

スリムは、サグワロに向かってまっすぐに立つと、わたしに言った。

「よく見てろ。抜き撃ちは、こうやってやるんだ」

撃鉄から革紐をはずし、ゆっくりと身構える。

次の瞬間、スリムは無造作に拳銃を引き抜き、腰だめのまま引き金を絞った。

サグワロの幹に穴があいて、果肉が後ろに飛び散った。三、四ヤードほどの近距離だが、弾は確かに命中した。

目にも留まらぬ、というほどの早業ではなかったにせよ、スリムがいつ撃鉄を起こしたのか、わたしには分からなかった。

それが顔に出たのか、スリムは得意げに言った。

「こんな具合よ。簡単なものさ。やってみなよ、ボニータ」

「いいの。わたしの拳銃には、弾がはいってないの」

「だったら、おれのを貸してやる」

スリムは、指先で拳銃をくるりと半回転させ、銃把をわたしの方に向けて差し出した。

「やめておくわ。手首をくじくといけないから」

ベンスンで拳銃を買ったとき、雑貨店主のティム・ソールズベリに、そう言われた。

「だいじょうぶだ。しっかり握って撃てば、くじく心配はねえ。ほら」

スリムが、なおも銃把を差し出してくるのに、わたしは尻込《しりご》みした。

「いいわ。また今度にする」

「遠慮するなって。おれが手を添えて、撃ち方を教えてやるからよ」

スリムはそう言って、わたしの腕に手を伸ばした。

わたしは自分の拳銃を振り上げ、スリムの頭を殴りつけようとした。

スリムは、すばやくその手をつかむと、背後へねじり上げた。

わたしは必然的に、スリムの体に引き寄せられた。

スリムが、いやらしい笑い声を立てる。

「へへえ、子供だと思ったら、なかなかいい体をしてるじゃねえか」

そのとき後ろの岩山で、ライフル銃のレバーを操作する音が聞こえ、だれかが言った。

「その辺でやめておけ」

2

スリムは、ぎょっとしたようにつかんだ腕を離して、わたしの背後に目を向けた。

わたしも振り向く。

岩の陰から、ライフルを構えたトム・B・ストーンが、半分体をのぞかせていた。

わたしは急いで、ストーンのそばに駆け寄った。

スリムは薄笑いを浮かべ、なんでこんなものを持っているのかといぶかるように、手にした拳銃を見下ろした。

目を上げて、わたしとストーンを見比べる。

「連れがいるならいるで、早く言えばいいじゃねえか」

「これで、分かっただろう。拳銃をしまって、さっさと行け」

ストーンは、ライフルの銃口をスリムに向けたまま、無愛想に命じた。

馬上のファティが、怒ったように言う。

「だから言ったじゃねえか、スリム。早く馬に乗れ」

スリムは、拳銃をホルスターにもどすと、芝居がかったしぐさで肩をすくめた。

「こりゃどうも、おじゃまさま」

スリムが馬に乗るまで、ストーンは油断なくライフルを構えていた。

二人が、河床を走り去るのを待って、やっと銃口を下ろす。

反対側の岩角から、サグワロが姿を現した。珍しく、拳銃を持っている。万一のとき、別の場所からストーンを援護するために、隠れていたらしい。

そばに来ると、サグワロは拳銃をストーンに返した。

ストーンは、それをホルスターにもどして、わたしに言った。

「あまり、めんどうをかけないでくれ。わたしは、昼寝を邪魔されるのが嫌いでね。ほんとうに助手になりたかったら、それをよく覚えておくことだ」

「役に立つ助手になるために、拳銃を撃つ練習をしていたの」

わたしが応じると、ストーンは首を振った。

「よした方がいい。手首をくじくのが落ちだ」

ソールズベリと、同じことを言う。

いきなり、サグワロがわたしの手首をつかんだ。

振り離そうとして、サグワロとわたしは少し揉み合った。

サグワロはすぐに手を離し、まじめな顔で言った。

「だいじょうぶだよ、ストーン。ジェニファは、畑仕事で鍛えてるんだ。手首の力も、なかなか強い。拳銃を撃っても、くじくことはない」

「そういう問題ではない」

ストーンは応じたが、それ以上は言わなかった。

馬のところにもどる。

「出かける前に、コーヒーをいれてくれ」

ストーンは、まるでレストランにでもはいったように、わたしに命じた。

それも、わたしの仕事の一つだということを思い出して、すぐに用意を始める。

石で小さな竈《かまど》を組み立てる間に、サグワロは枯れ草や枯れ枝を拾い集め、ストーンはポットに水を汲《く》んできた。

湯が沸くと、挽《ひ》いたコーヒーをていねいにネルの布で漉《こ》して、二人のカップに注いだ。

一口飲んだストーンは、驚いたように眉を上げた。

「うまいな」

おそらく自分では、挽いた豆をそのまま湯で溶いたようなコーヒーしか、いれたことがないのだろう。

ストーンは、倒れた木の幹に腰を下ろしたまま、わたしを見た。

「弾の込め方を知っているか」

わたしは迷ったが、結局首を振った。

前夜、ラクスマンが拳銃に弾を込めるのを盗み見したが、自分でできるかどうか自信がない。

「弾を持って、こっちへ来い」

弾丸のはいった箱を取り、ストーンのそばに行く。

ストーンは、何も言わずにわたしの右手をつかんで、しげしげと調べた。

あまり丹念に調べるので、恥ずかしくなるほどだった。

サグワロのせりふではないが、わたしの手は畑仕事で荒れ放題に荒れ、ごつごつしている。町の女性の、華奢な手とは比べものにならない。

ストーンが聞く。

「身長はどれくらいだ」

「分からないわ。最近、計ってないから」

たき火の反対側で、サグワロが口を開く。

「おれより二インチほど低いから、ざっと五フィート五インチ、というところだろう」

「そうか。それにしては、大きな手をしているな。指も長い」

わたしは、ストーンの手から指を引き抜いた。

「それがどうしたの。こんな手になったのは、ラクスマンにこき使われたおかげよ」

ストーンは、目を上げた。

「この手なら、コルトSAAを十分に扱える。手首もくじかず、すぐに撃てるようになる。拳銃をよこせ」

言われたとおりにする。

ストーンは左手に拳銃を載せ、右手の親指で撃鉄の右側についている、半円形の蓋のようなものを、横に開いた。

「これが、ローディングゲート（装塡口）だ。ここから、弾を入れる」

撃鉄を半分起こすと、カチリという音がして一度止まる。

「弾を撃つには、撃鉄をフルコックしなければならないが、弾を装塡するときは半分だけ上げるから、ハーフコックという。この状態にすると、シリンダーが自由に回転する。そこで、この装塡口から弾を入れてはシリンダーを回し、入れては回しを繰り返すわけだ」

そう言いながら、自分でやってみせる。

ストーンは、その動作を五回繰り返した。

「これでいい」

「もう一発はいるわよ。コルトSAAって、六連発でしょう」

「そのとおりだが、五発しか入れないのが正しい。それを今から説明する」

ストーンは、わたしの方に体を傾けて、装塡口を示した。

「いいか、今弾のはいっていない空の弾倉が、装塡口にきているだろう」

「ええ」

「ここから、シリンダーを一、二、三、四、と四回音がするまで、四発分回す。次に、撃鉄にかけた親指でフルコックして、さらに一発分回す。そうすると、ちょうど撃針の当たる部分に、空の弾倉がくる。この状態で、親指の力を抜かずに引き金を引き絞り、撃鉄をそのまま静かにもとの位置にもどす。こうしておけば、撃針は空の弾倉に突き出すことになるから、拳銃を落としたりぶつけたりしたとき、暴発せずにすむ。撃鉄を上げれば、新たにシリンダーが回転して、最初の弾が発射位置にくる」

わたしは、すなおに感心した。

「ふうん、それで六連発なのに、五発しか装塡しないのね」

「そうだ。拳銃というのは、きわめて不安定なしろものでね。いくら用心しても、しすぎということはない」

ストーンはもう一度ゲートを開き、拳銃を傾けてシリンダーを回した。ゲートから右の手のひらへ、装塡した弾丸が一つずつ落ちてくる。

「撃ったあとは、こうやって薬莢を取り出す。出にくいときは、銃身の下側についているイジェクター（排莢子）を操作して、薬莢を押し出せばいい」

シリンダーが空になると、ストーンは拳銃をもとの状態にもどして、わたしに返した。

「教えたとおりに、やってみろ」

いつの間にか、サグワロがわたしの後ろにやって来て、のぞき込むのが分かる。

わたしは深呼吸して、ストーンに教えられたとおりに、やってみた。

引き金を絞りながら、撃鉄をもとの位置にもどすときは、さすがに緊張した。数を間違えて、シリンダーの空の弾倉が所定の位置にきていないとき、親指が滑って撃鉄が落ちたりしたら、とんでもないことになる。

ストーンはうなずいた。

「それでいい。緊張するのは当然だし、むしろ緊張しなければならない。人間は、気が緩んだときに失敗する、と相場が決まっているからな」

「今度は、撃ち方を教えて」

わたしがせがむと、ストーンは肩をすくめた。

「標的に狙いをつける。撃鉄を上げる。引き金を引く。それだけのことだ」

「でも、さっきの男は拳銃を腰から抜いて、狙いもつけずに撃ったわ。それも、いつ撃鉄を上げたかも分からないくらい、速かった」

「何を狙って撃ったのかね」

「サグワロ」

サグワロが、そばで身じろぎしたので、付け加えた。

「もちろん、サボテンの方の、サグワロよ。ちゃんと当たったわ」

「ほう。距離は」

「三ヤードか四ヤード」

ストーンは笑った。

「それなら、目をつぶっても当たるだろう。しかし、倍の距離になれば、そうは当たらんよ」

「でも、とにかく速かったの。わたしには、抜きながら撃鉄を起こすなんていう早業は、とてもできそうにないわ」

ストーンは、思慮深い目でわたしを見た。

「できなくていい。へたをすると、自分の足を撃ち抜くだけだ。抜いて、標的を狙い、撃鉄を起こして、撃つ。速く抜いたり、腰だめで撃ったりする必要は、まったくない」

「でも、そうしなければならない相手に出くわす場合も、あるわけでしょう」

「そのような相手には、できるだけ近づかないようにするさ」

「賞金稼ぎをしている以上、そういうわけにもいかないような気がするけれど」

ストーンは、おそらくとっておきの微笑を浮かべて、わたしを見た。

「そう思ったら、ベンスンの町へ引き返すことだな」

わたしは拳銃をホルスターにもどし、足で砂をかけてたき火を消した。

「山の端に、日が隠れたわよ。出発しましょう」

サグワロが、くっくっと笑う。

ストーンは首を振り、馬の背に鞍を載せる準備を始めた。

3

シエラビスタに着いたのは、午後八時ごろだったと思う。

太陽は、すでに遠い山の向こうに隠れてしまったが、空はまだ明るかった。あれほど強かった熱気も、いくらか収まった感じがする。

シエラビスタは、ベンスンよりもはるかに小さな町で、前に地図で名前を見たのが夢ではないか、と思えるほどだった。

それでも、銀行から始まって電信局、ホテル、雑貨屋、酒場、床屋、葬儀屋にいたるまで、ひととおりそろっている。

わたしたちは、まず〈プレストン・ステイブル〉という厩舎に行って、馬を預けた。

ウォーバグ（雑嚢《ざつのう》）だけ持ち、町にただ一軒しかないと厩舎で教えられたホテル、シエラビスタ・インに向かう。

ホテルの前まで来たとき、サグワロはトム・B・ストーンに言った。

「おれはどこか、別のところに泊まる。ここで別れよう」

わたしはすぐに、サグワロが宿賃の持ち合わせがないか、少なくとも贅沢《ぜいたく》をできない理由があるのだ、ということに気づいた。

わたしは、ストーンがなんとかしてやるのでは、と期待して顔を見た。

しかしストーンは、あっさり手を振った。

「それじゃ、またな」

サグワロもまったく表情を変えず、手を振り返して歩き去った。

二人が何を考えているのか、わたしには分からなかった。

ラクスマンの、ねちねちした粘着質の性格に慣らされたせいか、こういう男同士のあっさりした付き合い方を見ると、とまどってしまう。

ストーンは、フロントで部屋を二つ取り、二日分を先払いした。

もし一部屋ですまそうとしたら、わたしは自前で別の部屋を借りるつもりでいたので、ほっとした。

ストーンが、フロントの男に聞く。

「この町には、レストランがいくつあるかね」

男は、蝶《ちょう》ネクタイを軽く指でつまみ、気取った口調で答えた。

「四つあります」

「いちばんうまい店を、教えてくれ」

「当ホテルのレストラン以外なら、どこでも」

男はにこりともせずに言い、カウンターに鍵《かぎ》を滑らせた。

わたしたちの部屋は二階で、並びの二〇一号室と二〇二号室だった。

ストーンは、わたしに手前の二〇一号の鍵を差し出し、きっぱりと言った。

「食費と宿泊費は、すべてわたしが持つ。そのかわり、最初の三か月は給料なしだ。文句があるか」

わたしは、少し考えてから、首を振った。

「ないわ。でも、四か月目からは、どうなるの」

「そのときに考える。それまで続いたら、の話だが」

ストーンは、自分の部屋の鍵をあけた。

「十分後に、ロビーで会おう。顔は洗うな。髪を短くまとめて、帽子の中に押し込んでおけ。それから、拳銃とガンベルトは置いて行くんだ」

不可解な指示だったが、文句を言うのはやめた。

「あなたも、丸腰で外へ出るの」

「わたしは、持って行くさ。一人前の賞金稼ぎだからな」

そう言い捨てて、ストーンは部屋に姿を消した。

十分後。

わたしたちはホテルを出て、町にはいったときに看板を見かけた、電信局へ向かった。

ラスティ・ダンカンが姿を現した、という知らせは最初トゥサンの電信局へ局留めで打たれ、それからベンスンにいるストーンのもとへ、転送されてきたのだった。

電信局は、もう閉まっていた。

ストーンは、この町へ初めて来たわけではないらしく、迷わず横の路地から建物の裏手へ回って、小さな家のドアをノックした。

グレイの地味なドレスを着た、目の大きい中年の女が戸口に出て来た。

「こんばんは、奥さん。ストーンといいますが、ミスタ・アダムズはご在宅ですか」

ミセズ・アダムズは、遠慮のない目でストーンとわたしを見比べ、そっけなく応じた。

「クリスでしたら、〈ワチュカ・サルーン〉に行っています。いつものように」

最後に付け加えた言葉には、明らかに侮蔑《ぶべつ》と諦念《ていねん》の響きがあった。

「それはどうも」

軽く帽子を持ち上げて、そのままきびすを返そうとするストーンを、ミセズ・アダムズが呼び止める。

GRAND
HOTEL
DENTIST
BANK
BUFFET

「お待ちになって、ミスタ・ストーン。クリスに、礼金を払いに見えましたの」

ストーンは、もう一度向き直った。

「そうです。もっとも、それだけではありませんが」

「でしたら礼金だけ、ここで払っていただけませんか。クリスの手に渡ると、カードとお酒で消えてしまいますから」

ストーンは、咳払いをした。

「その場合は、奥さんから確かに礼金を受け取ったという証拠を、いただかなければなりませんな。たとえば、領収書のようなものを」

すると、ミセズ・アダムズはつとストーンに身を寄せ、背伸びをして唇にキスした。

儀礼というには、あまりにも情のこもった、長いキスだった。

わたしは驚き、あっけにとられた。胸がどきどきした。

ミセズ・アダムズは身を引き、何ごともなかったように言った。

「領収書を書きました」

夕闇《ゆうやみ》の中で、ミセズ・アダムズの顔がわずかに上気し、目がきらきら光るのが見えた。

ストーンはもう一度咳払いをしてから、ミセズ・アダムズに五ドル銀貨らしきものを、二枚渡した。

表通りにもどり、ホテルの方に引き返す。

「ミセズ・アダムズに、前に会ったことがあるの」

　さりげなく聞くと、ストーンは少し間をおいて答えた。

「ある。口をきいたのは、初めてだが」

「領収書のかわりに、よくキスされることがあるわけ」

「人さまざまだ。だいぶ前だが、領収書をよこすかわりに、わたしを撃った男がいた。それに比べれば、キスはまだましな方さ」

「撃たれたとき、あなたはどうしたの」

「お返しに、死亡証明書を発行してやった」

〈ワチュカ・サルーン〉の前まで来ると、ストーンは何も言わずに、板張り歩道に上がろうとした。

　肘を取って、引き止める。

「わたしは、どうすればいいの」

「一緒にはいるんだ」

　耳をすますまでもなく、店の中からにぎやかな人声やピアノの音が、聞こえてくる。

「女の子は、酒場にはいってはいけないのよ」

　少なくとも、まともな女性は。ベンスンで、そう教えられた。

「口をきかなければ、女だと分からんよ」

一瞬、ぽかんとする。

三秒後に、ストーンがホテルでわたしに顔を洗うなとか、髪を帽子に押し込んでおけとか言った意味が、やっと分かった。

確かに、わたしは腰回りが華奢な方だし、胸のふくらみもまだ大きくない。シャツにズボンといういでたちなら、少年と間違えられてもしかたがないだろう。

あまりおもしろい気分ではなかったが、何も言わずストーンについて階段をのぼった。

格好をつけて、ストーンのあとからサルーンにはいろうとすると、スイングドアが跳ね返ってきて、顔にぶつかりそうになった。

あわてて上げた肘に、ドアががつんと当たる。

だれかが、笑ったような気がした。

それを無視してドアを突きのけ、ストーンのあとを追う。

肘から腕の先までじんとしびれたが、なんとか顔に出さずにがまんした。

店の中は、充満したたばこの煙と安っぽいアルコールのせいで、農場の豚小屋よりもひどいにおいがした。それだけで、足がすくみそうになる。

わたしは、かかとを蹴飛ばすくらいストーンにぴたりとくっつき、一緒にカウンターまで行った。酔っ払いのわめき声、酒場女の嬌声《きょうせい》があちこちに飛び交い、そこに狂ったようなピアノの音がかぶさる。

子供のころ、一緒に暮らしていたスー族の集落が騎兵隊の奇襲を受けて、大混乱に陥った。

わけもなく、そのときのことが思い出されて、鳥肌が立った。

カウンターは、金や銀の鉱脈を試掘する探鉱師《プロスペクター》らしい男たちで、鈴なりの盛況だった。服が泥だらけなので、すぐに分かるのだ。

ストーンは、そうした男たちの後ろをゆっくり歩きながら、バーテンダーの背後の大きな鏡にも、目を配った。

わたしは虚勢を張り、酒場の中をゆっくりと見回した。

いちばん奥のテーブルに、紺の制服を着た騎兵隊の一団が陣取り、談笑している姿が見える。近くに、砦《とりで》か駐屯地があるのだろう。

その隣のテーブルでは、町の有力者らしい身なりのいい男たちが、酒場の女を相手におだをあげている。

奥さん連中を含めて、まともな女性が酒場に立ち入ることはないから、男たちはだれに遠慮する必要もない。精一杯、はめをはずせるという寸法だ。

わたしは、二階に続く階段のそばのテーブルでカードに興じる、四人の男たちに目を移した。

その中の一人を見て、すぐに探しているクリス・アダムズだ、と見当がついた。

というのは、その男は緑色の前びさしだけの日除《ひよ》け帽をかぶり、腕に同色の肘カバーをつけていたからで、そんな格好をするのは電信係くらいのものだった。

おそらく、仕事が引けるが早いか家にも帰らず、ここへ直行したのだろう。

わたしはストーンの背中をつつき、ポーカーテーブルの方を示した。

ストーンはそちらに目を向け、思わぬ拾いものをしたと言わぬばかりの顔で、わたしを見た。

「アダムズだ。よく分かったな」

さっそく役に立ったのがうれしくて、わたしは胸を張って笑い返した。

ストーンについて、テーブルのそばに行く。

「アダムズ。ちょっと、顔を貸してくれ」

ストーンが声をかけると、アダムズはちらりと目を上げただけで、すぐにカードに視線をもどした。

「どうも、ミスタ・ストーン。三分だけ、待ってくれませんか。今、大勝負の最中でね」

そう言って、親にカードを一枚要求する。

カードの交換が終わると、順に賭け金が吊り上げられていった。

最後に、山高帽をかぶった白髪の老人がコールを宣言して、カードを開いた。

「エースとキングのツーペアだ」

とたんに、アダムズは満面の笑みを浮かべて、カードをさらした。

「わたしは、五から始まるストレートだ。スリーカードでも、勝てやしないぞ」

そう言って両腕を伸ばし、山になったチップを引き寄せにかかる。

すると、いちばん手前にいた禿《は》げ頭の男が、おもむろにカードを開いた。

「あわてちゃいかんよ、クリス。わたしは同じストレートでも、十から始まるロイヤルストレートだ」

アダムズが、凍りついたように体の動きを止め、相手の手札を見つめる。

わたしも、ラクスマンの相手をさせられたことがあるので、ポーカーのルールは知っている。

アダムズの負けだった。

4

クリス・アダムズは、空気の抜けた風船のように肩を落として、体を引いた。

「わたしは抜ける。軍資金がなくなった」

ウイスキーのグラスだけ持ち、しぶしぶの体《てい》で席を立つ。

そのあとへ、すぐに別の男がすわって、新しい勝負が始まった。

トム・B・ストーンは、階段の真下のだれもいない暗いテーブルに、アダムズをいざなった。

「これは助手の、ジェニファ・チペンデイルだ」

ストーンが言うと、アダムズは初めて気がついたというように、わたしを見た。

わたしたちは、ぎこちなく挨拶を交わした。

アダムズは、シダの葉裏のように顔色の悪い馬面《うまづら》の男で、年は四十歳くらいだった。

ストーンが口を開く。

「電報を読んだよ、アダムズ。ラスティ・ダンカンが、この町に姿を現したというのは、間違いないだろうな」

ポケットから手配書を出し、アダムズの目の前に突きつける。

そばからのぞくと、ほとんど一本につながった眉の下で、ひどく間隔の狭い二つの目が残忍に光る、中年男の似顔絵が描いてあった。額が広く、髭は生やしていない。

アダムズがうなずく。

「間違いありません、この男です。今は口髭を生やしていますが、一度見たら忘れられない顔ですからね」

「あんたが、トゥサンに電信を打った日付は、確かおとといだったな」

「ええ。いつ、ごらんになったんですか」

ストーンは、手配書をしまった。

「昨日、ベンスンからトゥサンに照会の電信を打ったところ、今日の昼ごろ転送されてきた。ところで、ダンカンはまだこの町にいるのか」

アダムズの目を、一瞬狡猾《こうかつ》そうな色がよぎる。

「ええ、まだいますよ」

「今、どこにいる」

アダムズは、ものほしげに舌なめずりをした。

「礼金の方は、だいじょうぶでしょうな」

「約束は守る。ダンカンをつかまえたら、払ってやる」

ストーンは、すでにミセズ・アダムズに金を渡したことを、言わなかった。

アダムズが、首を振る。

「いや、今いただいておきましょう。もし、あんたがダンカンにやられでもしたら、取りっぱぐれますからね」

ストーンは苦笑して、ポケットに手を入れた。

「十ドルだったな」

「二十ドルにしてください。ダンカンをつかまえれば、あんたは八百ドル賞金がもらえるんだ。二十ドルくらい、安いもんでしょう」

ストーンは、五ドル銀貨を二枚出して、テーブルに置いた。

「この金を取ってポーカーにもどるか、あんたが勇敢にもダンカンのことを知らせてくれた、とわたしが大声で触れ回るのを黙って見ているか、どちらを選ぶね」

アダムズは顔色を変え、喉仏《のどぼとけ》を動かした。

ストーンが続ける。

「われわれの取引は、これが最初ではないし最後でもないよ、アダムズ。今後も、電信一本で小遣いを稼ぎたかったら、欲張らないことだ」

アダムズは、急いでウイスキーのグラスをあけ、銀貨をすくい上げた。

「ダンカンは上で、女と遊んでいます。この町へ来てから、三日間ずっと居続けでね。おりて来るのは、昼飯のときだけです」

そう言い残して、またポーカーテーブルにもどる。

わたしは、アダムズに聞こえないように、低い声で聞いた。

「どうして、お金をあげたの。ミセズ・アダムズに払った、と言えばいいのに」

ストーンは、薄笑いを浮かべた。

「万が一、ダンカンにやられたときのことを考えると、金を持っていてもしょうがないからな。それに、ミセズ・アダムズに渡した十ドルは、キスの代金さ」

「だってあれは、ミセズ・アダムズの方からしたんじゃない」

ストーンが、小さく首を振る。

「子供には、分からないことがたくさんあるんだよ、ジェニファ」

分かる方が不思議だ、と思った。

ミセズ・アダムズは若くもなく、取り立てて美しくもなかったからだ。

そのとき、カウンターの方で罵声《ばせい》が起こった。

振り向くと、酔っ払った探鉱師らしき男の一人がだれかにつかみかかり、床に突き倒したところだった。

「ここは、インディアンの来るところじゃねえ。少なくとも、このキルパトリックさまが仲間と一緒に、酒を飲んでるうちはな。さっさと出て行け」

探鉱師が、しわがれ声でどなるのを聞いて、わたしは倒れた男を見た。

どきりとした。それは、サグワロだった。

わたしは、尻を蹴られた馬のように椅子から飛び出し、サグワロのそばに駆け寄った。

手を貸して、立ち上がらせる。

わたしは、探鉱師を睨みつけた。

「この人は、インディアンじゃないわ。たとえインディアンだとしても、ここにはいってはいけない、という法はないでしょう」

キルパトリック、と名乗った探鉱師は髭もじゃの顔の中で目を丸くすると、初めて金を掘り当てたとでもいうように、わたしを見つめた。

「こりゃ、女だぞ。しかも、まだ娘っこだ。インディアンと娘っこが、酒場にはいって来た。おれは、夢でも見てるのか」

喧騒《けんそう》に満ちた酒場の中が、潮が引くように静かになる。

がんがん鳴っていたピアノも、急に店の雰囲気が変わったのでリズムが狂い、尻切れとんぼのまま音が消えた。

わたしは、キルパトリックと睨み合った。

そのとき騎兵隊のグループの中から、みごとな髭を生やしたかっぷくのいい男が、やおら腰を上げた。それと一緒に、六フィート五インチほどもありそうな大男の隊員が、立ち上がる。

髭の男は大男を従え、腰に吊った蓋つきの拳銃のサックに手をかけながら、ゆっくりと近づいて来た。

サグワロに向かって、居丈高に呼びかける。

「わたしは、ワチュカ駐屯地の司令官、マスターマン大佐だ。おまえがインディアンで、どこかの居留地から脱走して来た者だとすれば、即刻逮捕せねばならぬ。とりあえず、事情聴取のために駐屯地へ、同行してもらおうか」

わたしは、大佐とやらに食ってかかった。

「インディアンではない、と言ったでしょう。この人は、日本人なんです」

大佐は、顎を引いた。

「日本人だと」

「そう、日本人ですよ、大佐」

いつの間にか、後ろに来ていたストーンが、助け舟を出してくれた。

大佐が、ストーンに目を移す。

「きみはだれだ」

「ストーンという者です。この二人は、わたしの連れでね」

大佐は疑わしげに、わたしたち三人を見比べた。

「この男が、日本人だという証拠は、あるのかね」

ストーンは、口髭を親指の爪でなでた。

「ここ十数年の間に、日本の外交使節団が何度もわが国を訪れていることは、もちろんご承知でしょうね、大佐」

「むろんだ。わたしも一度、日本の外交使節団の閲兵式に、列席したことがある」

「では、その使節たちがサムライと呼ばれていて、一種のサーベルを腰に差していたことを、ご記憶でしょう」

「覚えているとも。彼らはそのサーベルを、かたときも手放さなかった」

そのとき、ずっと沈黙を保っていたサグワロが、初めて口を開いた。

「なぜなら、それはサムライのスピリット（魂）だからだ」

マスターマン大佐は驚いて、サグワロに目を向けた。

「英語を話すのか、おまえは」

「話す。日本で習った」

過去を失ったサグワロに、はっきりした記憶はないはずだが、日本人であることを強調するために、そう言ったのだろう。

大佐は、なおも疑わしげにサグワロの顔を見ていたが、ふとその肩先からのぞく刀の柄に目を留め、顎をしゃくった。

「そのサーベルを、抜いてみたまえ」

わたしは、そばから口を出した。

「それは、サーベルじゃありません。カタナ、という日本の武器です。こういう字を書きます」

大佐の目の前で、刀という字を描いてみせる。

大佐はいらだち、サグワロに手を振った。

「では、そのカタナとやらを、見せてもらおう」

サグワロは、鞘の口に結びつけられた紐を引いて、ライフル用の革鞘から刀を取り出した。

間近にそれを見るのは、わたしも初めてだった。

サグワロは、優美にカーブした黒い鞘の口のあたりを、左手で握った。

ところどころ塗料がはげ落ちているが、そのなだらかな曲線にはサーベルとは違った、独特の美しさがあった。鞘の尻には、おそらく装飾と補強を兼ねてはめ込まれた金具が、くすんだ銀色の光を放っている。

サグワロは、左手の親指で刀の鍔《つば》を軽く押し上げてから、右手で柄を握った。

しゃりしゃり、という軽い音とともに、刀身が引き抜かれる。

サグワロは、抜いた刀を優雅な身のこなしで、まっすぐに起こした。

シャンデリアの光を受けて、優美にそった刀身がきらりと光る。

刀は、まっすぐに背筋を伸ばしたサグワロと同様、りんとした雰囲気を漂わせていた。

その気迫に押されたように、大佐をはじめ周囲にいた者は寂として声もなく、刀を見つめた。

やがて、われに返った大佐が軽く咳払いをし、ストーンに言った。

「カタナを持っているだけでは、この男がほんとうにサムライかどうか、分からんだろう。実際に使えるところを、見せてもらわぬことにはな」

ストーンが応じる。

「あなたの部下と刃を交えよ、とでもおっしゃるのですか」

大佐は憮然として、腕組みをした。

「そう言いたいところだが、あいにく今夜はサーベルを持参しておらん。別の方法で、腕前を見せてもらいたい」

5

トム・B・ストーンは、かたわらのテーブルにかがんで、一組のカードを取り上げた。

サグワロに言う。

「わたしがこれを、ばらばらに空中へ投げ上げる。床に落ちるまでに、何枚真二つに切ることができるかね」

サグワロは、少し考えた。

「やったことはないが、十枚は切れるだろう」

今や、酒場中の客がわたしたちを取り囲み、かたずをのんで見守っている。

ストーンは、ポケットから革袋を取り出して、テーブルに投げた。

「この中に、銀貨で五十ドルはいっている。わたしは、サグワロがこのカードのうち二十枚を真二つにする、という方に全額賭ける。受ける者はいないか」

客たちの間に、ざわめきが走った。

なぜストーンが、サグワロの保証した倍の数で賭けを挑むのか、理解できない。

十枚にせよ二十枚にせよ、宙に舞うカードを二つに切り分けるような早業が、可能かどうかも分からない。動かないサボテンを切るのとは、わけが違うだろう。

サグワロが、いささか途方に暮れたような顔で、黒革のベストの襟をつまむ。

それからその指を、さりげなく口元へ持っていくのを、わたしは見逃さなかった。

サグワロは襟に、吹き針を忍ばせているのだ。

客の中から、グレイのフロックコートを着て蝶ネクタイを締めた、縮れ髪の男が進み出た。

男は胸をそらし、重おもしく言った。

「当店のオーナー、ベン・キャノンだ。わたしが、その賭けを引き受けよう」

ベストのポケットから、ストーンと同じように革袋を取り出して、テーブルに置く。

ストーンは、その場のテーブルをいくつかどけさせ、客たちに下がるように言った。

キャノンが、注文をつける。

「カードを投げる役は、わたしにやらせてもらいたい」

ストーンは、肩をすくめた。

「それはかまわんが、天井に向かって派手にばらまいてくれ。ぽいと床に投げ捨てられても、切る暇がないからな」

そう言って、カードを丸ごとキャノンに渡す。

キャノンは、立ったままカードを巧みに開いたり閉じたりして、滑りをよくした。

その間に、サグワロは刀を鞘ごと腰のベルトに差し、柄の頭を左手で押し下げた。

帽子を跳ねのけると、後ろで束ねた髪があらわになる。

「用意はいいか」

キャノンの問いに、サグワロは黙ってうなずいた。

キャノンは虚をつくように、間髪《かんはつ》をいれずサグワロの頭上に向かって、カードを投げ上げた。

一塊になったカードは、頂点に達したとたんくす玉が割れるように広がり、ひらひらと舞い落ち始めた。

そのとたん、サグワロの体がくるりと回転して、白い閃光《せんこう》が稲妻のように周囲を駆け巡った。

舞い散ったカードの数が、急に細かく増えたように見えたのは、目の錯覚ではないだろう。

すべてのカードが床に落ちたとき、サグワロの刀はすでに腰の鞘の中にもどり、当人は息一つ乱さずに、もとの場所に立っていた。

わたしも含めて、酒場中の人間がすっかりその妙技に見とれ、咳をする者もいなかった。

キャノンが、探鉱師のキルパトリックに言う。

「カードを全部、集めてくれ」

キルパトリックは床にかがみ込み、その場に散ったカードを一枚残らず搔《か》き集めると、帽子に入れてキャノンに渡した。

キャノンは、その中から切られていない無事なカードだけを選び出し、屑《くず》になったカードを帽子ごと、キルパトリックに返した。

キャノンは、もったいぶったしぐさでカードを高く掲げ、ワン、ツー、スリーと声を出して数え始めた。

カードは、三十三枚あった。客の間に、どよめきが起こる。

キャノンは言った。

「見てのとおり、無事なカードは三十三枚だ。ただしこの中に、ジョーカーは交じっていなかった。もし帽子の中から、二つになったジョーカーが見つかったら、この男は確かに二十枚のカードを、切ったことになる。ジョーカー入りのカードは、一組五十三枚だからな。しかし、もしジョーカーが交じっていなければ、切った枚数は十九枚にしかならん。確かめようじゃないか」

わたしははらはらして、サグワロの顔を見た。

サグワロは、無表情だった。

そのとき、まわりの客の中にいたカウボーイ風の男が、口を開いた。

「そのバイシクルのカードは、おれたちが使っていたもんだ。ジョーカー抜きでは、おれたちはポーカーをやらねえ。ジョーカーは、帽子の中にある。あんたの負けだよ、キャノン」

心強い味方が現れたので、ほっとした。

キャノンは悔しそうな顔をしたが、あきらめはしなかった。

「念のため、調べてみよう」

キルパトリックから帽子を取りもどし、屑になったカードを一枚ずつ床に捨てていく。

ジョーカーの切れ端は、なかなか現れなかった。

最後に、キャノンは会心の笑みを浮かべて、帽子を逆さに振った。

「このとおり、ジョーカーはどこにもないぞ」

カウボーイが、途方に暮れたように言う。

「そんなはずはねえ。おれたちは確かに、ジョーカーを入れてゲームをしてたんだ」

だれかが、さもおかしそうに笑い出した。

振り向くと、ストーンが喉の奥まで見せながら、大笑いをしている。

みんな、あっけにとられた体で、ストーンを見つめた。

ストーンは笑うのをやめ、サグワロに声をかけた。

「冗談がすぎるぞ、サグワロ。もういいだろう」

それを聞くと、サグワロは上を向いて軽く唇をすぼめ、ふっと吹くしぐさをした。

とたんに、シャンデリアのどこかに張りついていたらしいカードが、二つに割れてひらひらと床に舞い落ちてきた。

キルパトリックが、それに飛びつく。

「おう、こいつは確かに、バイシクルのジョーカーだ」

その声とともに、酒場中が大騒ぎになったのは、無理もないだろう。

だれもがサグワロの肩を叩き、よってたかって酒をおごろうとした。

その騒ぎをよそに、マスターマン大佐と大男の隊員が出番を失ったかたちで、すごすごと自分たちのテーブルにもどって行く。

わたしはそのとき、階下の様子がおかしいことに気づいた二階の連中が、回廊の手すりに集まっているのに気づいた。

男女がほぼ半々で、中には下着の上にローブを羽織っただけの、髪を乱した女もいる。

サルーンの二階が、どのような目的で使われているかを知らぬほど、わたしもうぶではない。

手すりのいちばん端に、さっきストーンがアダムズに見せた手配書の、似顔絵そっくりの男がいた。肌色のつなぎの下着姿で、暗い目を下に向けている。

　アダムズが言ったとおり、口髭を生やしたところが似顔絵と異なるが、この男がラスティ・ダンカンであることは、間違いなかった。

「トム、二階の手すりを見て」

　ストーンは、目を動かさなかった。

「分かってるよ、ジェニファ。そっちを見るんじゃない」

　わたしは、急《せ》き込んで言った。

「どうしてつかまえないの。今なら、武器を持っていないわ」

「そうとは限らない。小型の拳銃でもナイフでも、どこかに隠そうと思えば隠せる。ここで騒ぎを起こして、だれかに怪我をさせたくない。明日まで待とう」

　もう一度二階を見ると、もうダンカンの姿はなかった。

「逃げないかしら」

「逃げたら、また追うだけさ」

　ストーンはこともなげに言い、テーブルの上から二つの革袋を取り上げた。

　キャノンが、悔しそうに声をかける。

「まさか、この手でいつも稼いでるんじゃないだろうな」

「今度は、枚数を三十枚にしてもいいぞ」

キャノンは唇を歪めたが、何も言わなかった。

ストーンは歩き出そうとして、足を止めた。

「ときに、この町に保安官はいるのかね」

キャノンは黙って、フロックコートの前をあけた。

ベストの左胸に、ティンスター（錫《すず》の星＝保安官バッジ）が光っていた。

ストーンは、帽子の前びさしに指を触れた。

「これはどうも、お見それした。ところで、あんたは自分の町にお尋ね者が現れても、野放しにしておくのかね」

キャノンは、ベストのポケットに親指を突っ込んだ。

「騒ぎを起こさないかぎり、この町ではお尋ね者もクエーカー教徒も、同じ扱いだ」

「お尋ね者をつかまえようとして、騒ぎになった場合はどうするつもりだ」

「お尋ね者も騒ぎを起こした者も、留置場にぶち込まれることになるな」

ストーンは、薄笑いを浮かべた。

「それは公平なやり方だ」

キャノンは、顎を引いた。

「さっき、ストーンと名乗ったな」

「そうだ」

「ファーストネームは」

「トムだ」

キャノンの目が、きらりと光る。

「トム・Ｂ・ストーンか」

ストーンの目も、同じように光った。

「どこかで、会ったことがあるかね」

「いや。ただ、そんな名前の小汚い賞金稼ぎがいる、という噂を聞いただけだ」

ストーンは、顔の筋一つ動かさなかった。

「噂というのは、だいたい間違っていることが多い」

「だといいがね。この町へ、だれを探しに来たんだ」

「あんたが知らないなら、言ってもしかたがないだろう」

キャノンは、肩をすくめた。

「騒ぎだけは、起こさんでくれ。明日の朝は、このサルーンで町の定例集会が開かれる。それをぶち壊されたら、町長が怒り狂うぞ」

「こんな町にも、町長がいるのかね」

ストーンが言うと、キャノンは胸を張った。

「このわたしだ」

ストーンは首を振り、わたしを見て顎をしゃくった。

「行くぞ」

わたしたちは〈ワチュカ・サルーン〉を出て、すっかり暗くなった通りをホテルに向かった。

「サグワロは、いつの間にシャンデリアにあのジョーカーを、吹きつけたのかしら。しかもそのときには、もう真二つに切られていたのよ」

「わたしも、危うく見落とすところだった。彼の吹き針の技は、思ったよりすごい」

ホテルの前まで来たとき、背後に足音が聞こえた。

振り向くと、サグワロだった。

ストーンは、ポケットからキャノンの革袋を取り出し、サグワロに投げ渡した。

「その金は、あんたのものだ。ホテルには、まだ空き室があるぞ」

サグワロが、初めて白い歯を見せる。

「すまん。助かった。しかし、泊まるところは別だ」

ストーンは眉を動かし、親指でホテルの入り口を示した。

「それじゃ、せめて飯でも食おうか。町で、いちばんまずいという保証つきの、このレストランでな」

6

よほど疲れていたのか、わたしは窓から差し込む日が顔に当たるまで、寝過ごしてしまった。

あわてて服を身に着け、隣の部屋のドアを叩く。

返事はなかった。

トム・B・ストーンは、わたしに黙って出かけたらしい。

ふと、置き去りにされたのではないかという考えが、頭に浮かんだ。

わたしは焦って、フロントに駆けおりた。

フロントの男は、ストーンがレストランでただ一人朝食をとり、外に出て行ったと教えてくれた。荷物は持っていなかった、という。

それを聞いて、ほっとした。

壁の時計は、すでに午前十時を回っている。

外に出ると、早くも太陽が焼けたフライパンのように、じりじりと照りつけてきた。

驚いたことに、通りには人っ子一人いない。

馬車の轍《わだち》で、あちこちでこぼこになった白い道が、まっすぐ町はずれまで続いている。

そういえば昨夜、サルーンのオーナー兼保安官兼町長のベン・キャノンが、今朝町の定例集会があると言ったのを、思い出した。

わたしは、〈ワチュカ・サルーン〉へ行った。

板張り歩道にのぼって身をかがめ、スイングドアの下から中をのぞく。

数は分からないが、かなり多くの人たちが集まっていた。男もいれば、女もいる。

その、質素でいかにも実直そうないでたちからして、町に根を下ろした商店主や職人が、ほとんどのようだった。少なくとも、探鉱師やカウボーイのような渡り者は、混じっていない。

いや、一人だけ例外がいた。

それは、カウンターにもたれてコーヒーを飲んでいる、ストーンだった。

わたしは、しゃがんだままサルーンの中にもぐり込み、壁に背をつけてすわった。

いちばん奥の壁際《かべぎわ》で、キャノンが手持ち無沙汰《ぶさた》に木槌《きづち》をもてあそびながら、テーブルに寄りかかっている。

今しも、例のミセズ・アダムズが身振り手振りよろしく、熱弁を振るっている最中だった。

「シエラビスタにも、そろそろ教会が必要だと思います。幸いこの町には、まだ人をだましたり傷つけたりする、不心得者はいません。でも、外からいろいろな人がやって来るにつれて、悪徳がはびこるようになります。善良な町民が、そうした誘惑から身を守るためにも、教会を建設しなければなりません」

「そんな金が、どこから出るのかね」

同じテーブルから、声がかかった。

夫の、クリス・アダムズだった。

ミセズ・アダムズは夫の顔を見もせず、なおさら声を張り上げた。

「みんなでお金を出し合って、みんなで建設するのです。建て方は、大工のリンドストロムさんに、指導してもらえばいいわ。ワチュカ山地の森林へ行って、木の切り出しから始めるのよ」

「あれは、準州政府の土地だ。勝手に切り出して、いいわけがない」

アダムズが、独り言のように言う。

ミセズ・アダムズは、それも無視した。

「そのためには、まず木を運ぶ大型の荷馬車が、必要になります。どなたか、そうした荷馬車を調達するのに、心当たりのあるかたはいらっしゃいませんか」

サルーンの中は、静まり返ったままだった。

またアダムズが、口を開く。

「この調子では、今世紀中に教会を完成させるのは、むずかしいだろうな」

ミセズ・アダムズは、憤然として腰に拳を当てると、夫を見下ろした。

「あなたは、黙っていなさい。あなたのような人のために、教会が必要だと言っているのに、分からないの」

そのとき、突然どこかで乾いた銃声がした。

二発、三発、四発。

サルーンの中がざわめき、みんな腰を上げかけた。

キャノンが、緊張した面持ちで椅子を立ち、出口の方に向かおうとする。

そのとき、だれかがどなった。

「動くんじゃねえ」

町の人たちの視線が、いっせいに二階の回廊に向けられる。

いつの間に現れたのか、きちんと服を着たラスティ・ダンカンが、手すりにショットガンを載せた格好で、みんなを見下ろしていた。

「これは、ショットガンだ。一人でも妙なまねをしたら、おまえたちのど真ん中へぶっ放す。何人死ぬか、分からんぞ」

女たちは恐怖に身を縮め、男たちもその場に凍りついた。

どうしていいか分からず、わたしは壁に背中を張りつかせた。

カウンターの方を盗み見ると、ストーンはダンカンに背を向けたまま、静かにコーヒーを飲んでいる。

脅し文句を聞いたはずだが、耳元でカナリヤが鳴いたほどにも、驚いた様子はなかった。

キャノンが、ぬかるみに足でも突っ込んだような姿勢で、ダンカンに呼びかける。

「わたしは、保安官のキャノンだ。妙な考えを起こすと、ただではすまんぞ」

ダンカンは、せせら笑った。

「田舎《いなか》町の保安官が、でかい面《つら》をするな。ここはダッジシティでもなけりゃ、トゥサンでもねえんだ。そのくせ、生意気にも銀行が店をあけていやがる。だから、ちょいとお仕置きをしてやることにしたわけよ。今の銃声を聞いただろう。おとなしく金を渡しゃいいものを、窓口の野郎が逆らったに違いねえ。だから、撃たれたんだ」

それを聞いたとたん、五十がらみの太った女が立ち上がった。

「おお、神さま」

一声叫んだきり、くたくたと床にくずおれる。

近くにいた女たちが、あわてて駆け寄った。倒れたのは、銀行員の家族らしい。

キャノンの喉が、かすかに動いた。

「仲間が、銀行を襲ったのか」

「そうよ。毎月第三日曜日の朝、ここで集会が開かれると聞いたからな。その間、町にはほとんど人けがなくなる。襲ってください、と宣伝してるようなものだぜ」

ダンカンはうそぶき、体を起こして続けた。

「銃を持ってる野郎は、全部テーブルに載せろ」

キャノンは、少しの間ためらった。

しかし、結局はフロックコートの下から拳銃を抜き取り、テーブルに投げ出した。町民の安全を考えれば、しかたのないことだろう。

それを見ると、そこにいる男たちのうち何人かが前に進み出て、同じように拳銃を置いた。

ダンカンが、またどなる。

「たったそれだけか」

キャノンは、怒ったように言い返した。

「ここにいるのは、ふだんから拳銃など持ち歩かない、善良な市民ばかりだ。おまえのような悪党とは、わけが違う」

ダンカンはそれに取り合わず、カウンターに立つストーンに銃口を向けた。

「おい、カウンターのおまえ。上着の下から、ホルスターがのぞいてるぞ。拳銃を捨てるんだ」

ストーンはコーヒーカップを置き、ゆっくりと向き直った。

「ショットガンは、卑怯者《ひきょうもの》が持つ銃だ。もしおまえに根性があるなら、一対一で拳銃の勝負をしてみろ」

それを聞いて、ダンカンは一瞬頬をこわばらせたが、すぐに鼻で笑い飛ばした。

「その手に乗るかよ、くそったれ。こんなど田舎の銀行に、どれだけ金があると思う。せいぜい千ドルもありゃ、御の字ってもんだ。そんなはした金のために、命を張るほどおれもばかじゃねえ」

ショットガンの銃口を巡らし、町の人たちを威嚇《いかく》しながら続ける。

「おまえらの中に、たった千ドルのために命を捨てようってやつが、だれかいるか。いるなら、手を上げろ。おれがこいつで、一発お見舞いしてやるからよ」

ストーンは言った。

「どっちみち、逃げられやしないぞ。男どもを全員殺さないかぎり、捜索隊が組まれるからな」

ダンカンは笑った。

「おれたちは、そんなにのろまじゃねえ。南へ二十マイルも走れば、メキシコ国境だ。国境さえ越えりゃ、おまえたちにはもう手が出せねえ。ひと月ほど遊び暮らして、今度はニューメキシコあたりへ舞いもどる。お望みとあらば、またここの銀行へ挨拶に来てもいいぜ」

そのとき表の通りに、馬の駆けて来る足音がした。

わたしは体をずらし、スイングドアの下から外をのぞいた。

北の方角から、馬が三頭走って来る。そのうち一頭は、空の鞍だった。

近づく二人の男を見て、思わずのけぞってしまった。

二人とも、バンダナで顔の下半分を隠していたが、身につけた黄色のシャツとチェックのシャツで、すぐに正体が分かった。

それは前日、わたしが岩山の陰で拳銃の練習をしているとき、川沿いにやって来た二人の流れ者、スリムとファティだった。

サルーンの前まで来ると、スリムがどなった。

「ラスティ、聞こえるか」

二階から、ダンカンが大声で応じる。

「聞こえるぞ。こっちはだいじょうぶだ。仕事は、うまくいったか」

「上々だ。金庫をあけさせるのに、ちょいと荒療治をしたがな。早く出て来い。馬を引いて来たぞ」

この三人は、仲間だったのだ。

「待ってろ。今出て行く」

ダンカンは身を起こし、ゆっくりと回廊を回り始めた。

階段の上まで来ると、ショットガンを構えて立ちはだかる。

「通路をあけろ。ラスティ・ダンカンさまのお通りだ」

階段の下からスイングドアまで、フロアにいた人たちがさっと身を引く。

わたしもあわてて、手近のテーブルの下にもぐり込んだ。

ダンカンが、ストーンに銃口を向ける。

「拳銃を捨てろ、と言ったはずだ。忘れちゃいねえぞ、おれは」

ストーンは鹿皮服の前をはだけ、ホルスターに右手を伸ばそうとした。

ダンカンが銃口を動かす。

「ばかやろう、左手で取るんだよ、左手で。へたに動くと、蜂《はち》の巣にするぞ」

そのとたん、どこかでみしり、と床の鳴る音がした。

たぶんそれを見たのは、わたし一人だけだったと思う。

二階の奥につながる通路から、サグワロが階段の上にいるダンカンを目がけて、山猫のように突進した。

気配を察したダンカンが、くるりと振り向いて銃口を上げた。

白刃《はくじん》が一閃し、ショットガンが宙に舞い上がる。

轟音《ごうおん》とともに銃口が火を噴き、回廊の羽目板が散弾を浴びて、砕け散った。

発射の反動でショットガンが吹っ飛び、弧を描いて階下のテーブルに落ちる。

ダンカンの叫び声と、ミセズ・アダムズの悲鳴がまるで二重唱のように、ぴったり重なった。

ミセズ・アダムズは、そのまま夫の腕の中に卒倒した。

それもそのはずで、ショットガンの銃床にはダンカンの右腕が、くっついたままだったのだ。

7

「ダンカン、どうした」

外の通りで、スリムのどなり声がする。

ラスティ・ダンカンが、ショックと苦痛にわめき散らしながら、階段をごろごろと転げ落ちて来た。

サグワロに切られた肘から血が噴き出し、階段に敷かれた絨毯《じゅうたん》を赤く染めていく。

気がつくと、トム・B・ストーンは手近の椅子をつかんで振り上げ、横手の窓に投げつけていた。

椅子がガラスを破るか破らないうちに、ストーンは体を丸めてスイングドアの下から、板張り歩道に転がり出た。

すさまじい銃声が、サルーンの外壁を揺るがす。

ひどく長い時間に感じられたが、実際には五秒くらいのものだっただろう。

馬の蹄の音がしたが、それがしだいに遠ざかると、あたりは静かになった。

あまり静かになりすぎたので、間の悪いことにわたしのおなかがくうと鳴る音が、ひどく大きく聞こえた。

誓って言うが、空腹のせいではない。緊張のあまり、胃が縮まったのだ。

真っ先に動いたのは、わたしだった。

床を這いずり、板張り歩道へ出た。

階段の支柱にもたれたストーンが、開いた拳銃の装塡口を手のひらに傾けて、空薬莢を順に取り出す。

日なたに目を向けると、それぞれ肩口と太ももを血に染めて地上に倒れた、スリムとファティの姿が見えた。

そばに拳銃が二つ、転がっている。

二人とも死んではいないらしく、口からかすかなうめき声を漏らす。

馬は、銃撃戦に驚いて乗り手を振り落とし、どこかへ駆け去ってしまった。

ストーンは、使用ずみの薬莢をポケットに落とし込み、ガンベルトのループから新しい弾丸を抜き取って、一発ずつ装塡した。

そのしぐさは、床屋が剃刀を革砥《かわと》でとぐのと同じくらい、自信に満ちたものだった。

わたしの後ろから、町の人たちが一人、二人と恐るおそる顔をのぞかせる。

だれも何も言わなかったが、通りに倒れている二人の悪党を見て、人びとの間から安堵のため息が漏れた。

男たちが数人、銀行の方に走って行く。

ベン・キャノンが顔を出し、残った男たちに声をかけた。

「怪我をした悪党どもを、ドクのところへ運んでくれ」

一時間後。

わたしたち三人は、あと片付けがすんだ〈ワチュカ・サルーン〉の片隅で、キャノンとテーブルを囲んでいた。

キャノンが言う。

「すると、あんたはあのラスティ・ダンカンなる男を、追っていたわけだな」

「そうだ」

ストーンは手配書を取り出し、テーブルに置いた。

キャノンはそれを眺め、独り言のように言った。

「ほう、ユタ準州政府から強盗、強姦、殺人容疑で手配か。賞金は、八百ドルと。つかまった以上、縛り首は間違いないな」

「この手配書のことを、知らなかったのか」

「ああ、知らなかった。知っていたら、やつが町に現れたときに、その場で逮捕していた。そうしたら、この賞金がもらえた」

ストーンが苦笑する。

「いくら州が違っても、保安官の職にある者は賞金を請求できない。そのために、給料をもらっているのだからな」

「民間人がつかまえたことにして、賞金を請求すれば問題はない」

わたしは、キャノンがそれを本気で言ったのかどうか、分からなかった。

「とにかく、ダンカンの傷の治療が終わったら、わたしたちが身柄をもらって行く」

ストーンが言うと、キャノンは顔を見直した。

「どうする気だ」

「州境を越えて、ユタ準州のどこか保安官のいる町へ、連れて行くのさ。そこで、賞金を申請するつもりだ」

「ここからユタの州境まで、ざっと四百マイルはあるぞ。馬を乗り継いで行っても、一週間はかかるだろう。八百ドルのために、そんな長旅をするのか」

「旅には慣れているし、それがわたしの仕事だからな」

キャノンは葉巻を取り出し、ブーツのかかとでマッチをすって、火をつけた。

「すぐには、引き渡せないな。まず、今日の事件について、裁判を開かなければならん。銀行員のフレッチャーが、スリムに射殺されたんだ。スリムはもちろん、ファティもダンカンも共同正犯として、縛り首になるかもしれん。その場合は、ダンカンを引き渡すわけにいかなくなる」

ストーンは、コーヒーに口をつけた。

「裁判はいつだ」

「分からん。トゥサンから、巡回判事がやって来るのは三か月に一度で、最後に来たのはつい二週間前だ。今回は死人が出たから、臨時に回ってもらうように電報を打つつもりだが、それでも一週間か十日はかかるだろう」

それまで黙っていたサグワロが、突然口を開いた。

「おれは、権利を放棄する」

ストーンもキャノンも、それからわたしも驚いて、サグワロの顔を見た。

ストーンが聞き返す。

「なんの権利だ」

「おれが、ダンカンの腕を切って、つかまえた。賞金は、おれのものだ」

しんとなる。

ストーンもキャノンも、そのことをまったく考えなかったらしい。

しかし、自分に賞金を請求する権利があるとするサグワロの主張にも、一理あるように思われた。

だれも何も言わないので、サグワロは続けた。

「ただしおれは、それを請求する権利を放棄する」

ダンカンを倒して、町の人たちの急場を救ったのは、確かにサグワロだった。

ストーンが、スリムとファティを倒すことができたのも、サグワロがダンカンの腕を切り落としたからだ、といってもいい。

ストーンは黙り込み、サグワロの言ったことをしばらく考えていた。

それから、サグワロの主張に反論できないと納得したらしく、自信なさそうに言った。

「何も、権利を放棄する必要はない。あんたが賞金をもらうのは、当然のことだからな」

「いや、おれはいらない。賞金は、町に寄付する。教会を建てる、資金にしてほしい」

ストーンとキャノンは、あっけに取られて顔を見合わせた。

わたしは、手を打って笑った。

「それはいい考えね、サグワロ。ミセズ・アダムズが聞いたら、大喜びするわ」

サグワロは表情を変えず、黙ってコーヒーを飲んだ。

やがて、キャノンのとまどった顔にも、笑いが浮かんだ。

「どうだ、ストーン。何か意見があるなら、聞こうじゃないか。まさか、教会の建設資金を提供するという申し出に、文句をつける人間はいないと思うが」

「ちゃんと、教会が建てられるならね」

ストーンがいやみを言うと、キャノンは頰をふくらませた。

「だれも、猫ばばしたりする者はおらんぞ、この町には。裁判が終わったら、ダンカンの刑の執行を猶予《ゆうよ》して、町の者たちにユタへ護送させる。ダンカンは、どっちみちユタで処刑されるだろうし、われわれの手には賞金がはいる」

ストーンはコーヒーを飲み干し、ふと思いついたように言った。

「スリムとファティに、賞金がかかっていたという報告はないかね」

キャノンは、眉を上げた。

「聞いてないね」

ストーンは、少しの間わたしたちの顔を見回していたが、やがてあきらめたように言った。

「では、行くとするか」

キャノンが立ち上がって、ストーンに握手を求める。

「トム・B・ストーンが、小汚い賞金稼ぎだという世間の噂は、どうやら間違いだったようだ。それを言ったやつに出会ったら、わたしから訂正しておくよ」

ストーンも腰を上げ、力なくキャノンの手を握り返した。

「そうしてくれ」

わたしとサグワロは、ストーンのあとを追ってサルーンを出た。

背後から、キャノンが声をかけてくる。

「好きなだけ、この町に滞在していいぞ、ストーン。ホテル代は、町がもつからな」

ストーンは振り向きもせず、ただ手を上げただけだった。

わたしは、サグワロに話しかけた。

「ゆうべは、どこに泊まったの」

サグワロは目をそらし、その問いに答えなかった。

「ねえ、どうして返事をしないの」

聞き直すと、ストーンがくるりと振り向いて、意地の悪い口調で言った。

「子供が、そんなことを聞くもんじゃない。ただサグワロが、ダンカンの腕を切る前にどこから姿を現したか、思い出してみるといい」

サグワロの浅黒い顔が、わずかに赤くなったようだった。

わたしはサグワロの尻を、思い切り蹴飛ばしてやった。

第四章

I

昼食どき、シエラビスタ・インのレストランは、閑散としていた。

フロントの男によれば、この町でもっとも推奨できないレストランらしいが、その言葉に嘘はなかったようだ。ジャガイモのスープはぬるすぎ、カラスムギのパンは固すぎ、ベーコンエッグは冷たすぎた。

トム・B・ストーンが、向かいにすわったサグワロに声をかける。

「もしあんたが、わたしの仕事を手伝いたいというのなら、今のうちに取り分を決めておこう。その方があとあと、揉めずにすむだろう」

わたしは驚いて、ストーンの顔を見た。

「サグワロを、パートナーにするつもり」

ストーンは、フォークの先をわたしに向けた。

「何か文句があるかね」

「わたしをただで働かせて、サグワロに取り分を出すというのは、不公平だわ」

「きみはサグワロびいきだと思ったが、いつからそうでなくなったのかね」

サグワロが、わたしを横目で見る。

「ゆうべ、おれが〈ワチュカ・サルーン〉の二階に泊まった、と分かったときからだ」

「だって、男の人があいう場所で何をするかを考えたら、いい感じはしないもの」

はっきり指摘してやると、ストーンは親指の爪で口髭をなでながら、からかうように応じた。

「何をすると思うのかね」

わたしは少し、もじもじした。

「子供扱いしないでよ」

ストーンはスープを飲み、真顔で言った。

「わたしも、ときどき利用するがね」

「そういう話は、聞きたくないわ」

ストーンが、にっと笑う。

「それがいやなら、いつでもベンスンの町へもどっていいんだぞ」

わたしを追い払うためなら、ストーンはどんな小さな機会も見逃さないのだ。

「おあいにくさま。わたしは、そばを離れないわ。あなたたちが、ああいう場所に出入りしないように、厳しく監視するつもりよ」

ストーンとサグワロは、顔を見合わせて肩をすくめた。

そのとき、レストランのドアが開いた。

緑色の日よけ帽と肘カバーをつけた、電信係のクリス・アダムズがはいって来る。

アダムズは、わたしたちのテーブルにやって来ると、電信用紙をストーンに差し出した。

「トゥサンからの返事です」

ストーンは朝方、お尋ね者に関する情報が何か届いていないかどうか、連絡の拠点にしているトゥサンの電信局へ、照会の電報を打ったのだ。

用紙にざっと目を通してから、ストーンはアダムズに二十五セント銅貨を渡した。

「ありがとう、アダムズ。ポーカーはほどほどにして、かみさんの教会建設運動に協力してやりたまえ」

アダムズは、肩をすくめた。

「ポーカーで、建設資金を稼ぐつもりなんですがね」

アダムズが行ってしまうと、ストーンは電信用紙をテーブルに置いた。

「カラバサスの電信係から、ティモシー・マケイブが町に姿を現した、と知らせてきた。

マケイブは、ニューメキシコ準州が生死にかかわらず、千ドルの賞金つきで手配している、札つきの悪党だ」

千ドル、という金額に興味を引かれたように、サグワロが口を開く。

「何をやったんだ、そのマケイブという男は」

「強盗、強姦の常習犯だといわれている。もっとも新しいのは一年前、ニューメキシコ準州のラス・クルーセスで、売春婦を絞め殺した事件だ。マケイブは、売春宿を逃げ出したその足で銀行を襲い、保安官代理を撃ち殺して三千五百ドル奪った。それを最後に、消息を絶っていた」

とんでもない悪党だ。

「カラバサスって、どこにあるの」

わたしが尋ねると、ストーンは鹿皮服の内ポケットから地図を取り出し、テーブルに広げた。

しわを伸ばして、隅の方を指で叩く。

「この町から、南西の方角へ直線距離でざっと四十マイル、といったところだ。カラバサスからは、メキシコ国境まで十マイルほどしかない。おそらくマケイブは、ラス・クルーセスからまっすぐ南へくだり、メキシコに身を隠していたのだろう」

サグワロは、地図をのぞき込んだ。

「ほとぼりが冷めるのを待って、またこちら側へもどったというわけか」

「まあ、そんなところだな」

「マケイブは、いつカラバサスに現れたの」

わたしが聞くと、ストーンは電信用紙を取り上げた。

「この電信によれば、つい昨日の夕方のことらしい。まだ間に合うかもしれん」

「それじゃ、すぐに出発しましょう」

ストーンはわたしを無視して、サグワロに目を向けた。

「話をもどそう。わたしの手伝いをする気があるなら、賞金の二十パーセントを渡してもいい」

すかさず割り込む。

「わたしには、最初の三か月間は給料なしだ、と言ったのに」

ストーンは、わたしを睨んだ。

「そのかわり、食費と宿泊費は持つ、と言ったはずだ。それに、サグワロときみとでは働きが違う。自分でも分かっているだろう」

「でも、わたしはあなたたちが仕事をしやすいように、身のまわりの世話をしてあげられるわ。それって、けっこう大切なことだと思うけれど」

「身のまわりの世話なら、自分でもできるがね」

わたしたちがやり合っていると、サグワロが口を挟んだ。

「ストーンが取り分を決めようとしてるのは、おれの方があんたより役に立つ、と考えたからじゃないよ」

サグワロを見る。

「それじゃ、どうしてなの」

「おれが、稼いだ賞金を勝手に寄付したりするのを、防ぐためさ」

わたしは顎を引いた。

なるほど、そういうことか。

昨日、せっかくラスティ・ダンカンを捕らえたのに、サグワロは賞金を町の教会の建設資金に寄付する、と宣言してしまった。

その結果八百ドルの賞金は、ストーンはもちろんサグワロの手に渡ることもなく、そっくり町の懐《ふところ》にはいることになった。

ストーンが、わざとらしく咳払いをする。

「当然だろう。わたしの仕事は、慈善事業ではないからな。それがいやなら、手伝わないでけっこうだ。手伝う気があるなら、わたしの条件をのんでもらう」

「だとしたら、二十パーセントは少なすぎるわ。パートナーなら、半々にすべきよ」

わたしが言うと、ストーンは指を立てた。

「きみは黙っていろ。さもないと」

「いくら脅しても、ベンスンの町にはもどらないわよ」

サグワロは笑い、ストーンに提案した。

「おれは、二十パーセントでいい。ただしジェニファにも、十パーセントやってくれ」

わたしは驚いて、サグワロの顔を見た。

サグワロが、わたしのことを考えてくれていようとは、予想もしなかった。

ストーンは黙り込み、ベーコンエッグをいかにもまずそうに食べた。

ナプキンで口のまわりをふき、あまり気の進まぬ様子でサグワロに手を差し出す。

「契約成立だ」

サグワロは、その手を握り返した。

わたしも、引っ込もうとするストーンの手をつかんで、強引に握手した。

「契約成立ね」

ストーンは手を振りほどき、ため息をついて言った。

「十五分後に、出発する」

シエラビスタからカラバサスまで、直線距離にしておよそ四十マイルある。道のりにすれば、六十マイルくらいになるだろう。それほど遠い距離ではないから、急げばティモシー・マケイブが町を出るまでに、つかまえられるかもしれない。

とはいうものの、現実にはそうもいかなかった。かりに、馬が時速二十マイルで走り続けるとすれば、カラバサスに三時間ほどで到達できる勘定になる。

しかし、わたしの愛馬フィフィでもそれほど長時間を、休まずに走り通すことはできない。

かの有名なポニーエクスプレス(乗馬速達便)ですら、十ないし十五マイルごとに馬の中継地点を設けて、新しい馬に乗り換えなければならなかった。

ちなみにポニーエクスプレスは、わたしが生まれて一年半後の一八六〇年の四月に、東部(ミズーリ州セントジョゼフ)と西部(カリフォルニア州サクラメント)の二千マイルを十日間で結ぶ、画期的な速達便として営業を開始した。

それまでは、駅馬車便で一か月近くかかったそうだから、この便は大いにもてはやされた。

しかし、翌六一年の十月に電信が開通したため、東部と西部の連絡がほとんど瞬時に可能になり、ポニーエクスプレスはわずか一年半でその使命を終えた。

ところで、わたしたちの場合は、替え馬の用意もない。

ストーンの説明によれば、まず真西へ向かって二十マイルほど行くと、トゥサンとメキシコ国境を結ぶ、南北の往還にぶつかる。

そこを左に折れ、ソノイタ・クリークと呼ばれる山あいの川に沿って、しばらく南下する。流れは、峡谷をへて自然に南西に向きを変え、やがて本流のサンタクルス・リバーと一つになる。

カラバサスは、その合流地点にあるという。

ストーンは、日が傾くまでの間はあまり急がずに行く、と宣言した。

シエラビスタを出てほどなく、合衆国騎兵隊のワチュカ駐屯地のそばを、通り抜けた。

一昨夜、〈ワチュカ・サルーン〉で出会った司令官のマスターマン大佐が、たまたまわたしたちを見かけて呼び止め、警告を発した。

「メキシコから、アパッチの一分隊が越境して来たという噂が、耳に届いている。われわれもパトロールを開始したが、あまり国境に近づかない方が身のためだぞ」

大佐は、サグワロの刀の早業をもう一度見たかったらしく、しつこく休憩していくように持ちかけたが、ストーンは体よく断って馬を先へ進めた。

サグワロが、わたしの背後からストーンに声をかける。

「アパッチと出会ったら、どうするつもりだ、ストーン」

先頭を行くストーンは、振り向かずに答えた。

「その心配はない。なんといっても、アリゾナは広いからな」

「そもそもインディアンは、居留地にいるんじゃないのか」

「彼ら全部がおとなしく、白人の言いなりになっているわけじゃない。居留地を脱走した連中もいるし、メキシコとの国境を行ったり来たりして、追跡の手を逃れる連中もいる。ことに、アパッチはほかの部族に比べて気が荒く、手ごわい相手だ」

南北に延びる往還にぶつかったとき、日はだいぶ山の端に傾いていた。

それをきっかけに、ストーンは少しスピードを上げた。

ソノイタ・クリークは、いくつか小規模な峡谷を抜けるほかは、おおむね平坦な道筋だった。流れは、ほとんどが干上がっているか、浅瀬や水溜《みずた》まりになっていた。

わたしたちは、馬と一緒にときどき喉を潤《うるお》すだけで、先を急いだ。

カラバサスに着いたのは、日が山陰に落ちたあとだった。

もっとも、空はまだ明るかった。たぶん午後六時半か、七時ごろだったと思う。

電信局はすでに閉まっていたが、シエラビスタと同じように裏手に電信係の家があり、わたしたちはそのドアを叩いた。

電信係はジョン・ノヴァクといい、縁なし眼鏡をかけた四十がらみの実直そうな、丸顔の男だった。

ノヴァクは家を出て、電信局の裏口からわたしたちを中へ引き入れ、そこで話をした。家族に聞かれたくないようだった。

ストーンは、ポケットから折り畳んだ紙を取り出し、デスクに広げた。

ティモシー・マケイブの手配書だったが、人相書きもなければ写真もついていない。ただ目印として、〈右手ないし左手の甲に、馬の線画の入れ墨あり〉と、書き添えてあるだけだ。

ストーンが言う。

「このとおり、手配書にはティモシー・マケイブの名前と罪状、賞金額しか書いてない。年齢も人相も分からず、目印はどちらかの手の甲に馬の入れ墨がある、というだけだ。あんたはどうやって、その男をマケイブと見破ったのかね」

ノヴァクは唇をなめ、神経質そうにデスクを指で叩いた。

「電信では省きましたが、マケイブを見つけたのはわたしではなく、ルイス・オブライエンという男なのです」

「ルイス・オブライエン」

ストーンが繰り返すと、ノヴァクはうなずいた。

「そう、オブライエンです。オブライエンは、一年前にマケイブがラス・クルーセスで銀行を襲ったとき、その現場にいたということでした。なぜ彼を知っているかといえば、さらにその二年ほど前ニューメキシコ準州のサンタフェで、マケイブを見たことがあるからだそうです。当時マケイブは、駅馬車強盗をやったという噂が立ったり、町の女性に暴行した疑いが出たりしたために、サンタフェを追放になったとか」

「マケイブとオブライエンは、面識があるのかね」

「いいえ、マケイブの方は自分を知らないはずだ、とオブライエンは言っています」

ストーンは、口髭に軽く指を触れた。

「そのオブライエンが、この町でマケイブを見かけた、というわけか」

「そうです。マケイブは、昨日の夕方南の方から馬でやって来て、町にはいりました。それを見たオブライエンが、すぐにわたしのところへ知らせに来たのです」

ストーンの目が、わずかに光る。

「なぜ保安官でなく、あんたに知らせたのかね」

ノヴァクは拳を口に当て、上品にこほんと咳をした。

「この町には、マケイブの手配書が回っていないのです。回っていれば、町の保安官事務所の掲示板に貼《は》り出されるので、すぐに分かります。手配書がなければ、保安官は相手がマケイブだろうとジェシー・ジェームズだろうと、逮捕することができません。そこでオブライエンは、ニューメキシコのラス・クルーセスへ電信を打って知らせるよう、わたしに依頼してきたのです」

「そしてあんたは、ラス・クルーセスではなくトゥサンへ電信を打って、わたしに知らせたわけだ」

「あなたが、ラス・クルーセスより近いところにいる、と勘が働いたのです」

それから、ノヴァクはかすかに頰を赤らめ、つけ加えた。

「正直に言えば、礼金がほしかったということもあります。妻が、東部の新しいドレスをほしがったりして、何かと物入りなのです」

ストーンが、思慮深い笑みを浮かべる。

「むろん、礼金は払うつもりだ。その男が、ほんとうにティモシー・マケイブならね」

ノヴァクも微笑した。

「わたしも、オブライエンの話だけで判断するのは、早計すぎると考えました。そこでゆうべ、〈パパゴ・サルーン〉で酒を飲んでいるマケイブのそばを通り抜けて、手を盗み見したのです。すると右手の甲に、間違いなく馬の入れ墨が見えました。そもそも、ラス・クルーセスの事件で手配書が出たのは、オブライエンが彼の名前と入れ墨の特徴を、当局に告げたからだと聞いています」

ストーンはうなずき、ポケットから五ドル銀貨を二枚取り出して、デスクに置いた。

「ありがとう、ノヴァク。念のため、オブライエンと話がしたい。どこに行けば、会えるかね」

「いつもこの時間には、〈パパゴ・サルーン〉で飲んでいるはずです」

「どんな男なんだ」

「四十少し前の、髭もじゃの男です。そうでなくても、見ればすぐに分かると思います。南北戦争で、左腕の肘から先を吹き飛ばされて、シャツの袖《そで》がぶらぶらしていますから」

3

わたしたちは電信局を出て、〈パパゴ・サルーン〉に向かった。

カラバサスは、シエラビスタよりもさらにまた小さな町で、住民の数もせいぜい三百人というところだろう。しかし、電信局から町を半分ほど歩いただけで、サルーンが少なくとも五軒あることが分かった。ここでもまた、近くの山で金か銀を探す探鉱師たちが、町を支えているらしい。

しばらく雨が降らないのか、轍の跡がでこぼこ残る道はすっかり乾き切り、土ぼこりが舞っている。

トム・Ｂ・ストーンは、わたしに髪を帽子の中へ押し込むように命じてから、先に立って〈パパゴ・サルーン〉にはいった。

シエラビスタの〈ワチュカ・サルーン〉もそうだったが、長いカウンターにずらりと探鉱師たちが勢ぞろいし、大声で騒ぎまくっている。

雑然と散らばったテーブル席には、けばけばしいドレスの女たちを膝の上に乗せた、カウボーイ連中の姿がある。

奥の方に、二階へ通じる階段が見えるのは、例のごとくお楽しみ用の部屋が用意されている、ということだろう。

席は全部ふさがっていたが、客が一人しかすわっていないテーブルが窓際に、一つだけ見つかった。

その客は、東部風の山高帽をかぶった髭面の男で、目の前にウイスキーグラスを一つ置いたまま、眠っているように見えた。

サスペンダーをした紺のシャツの左袖が、肘のところでぎゅっと結ばれている。

ストーンは、カウンターに割り込んだ。

バーテンダーから、ウイスキーをボトルごと買って、グラスを三つもらう。

わたしたちは、窓際のテーブルに行った。

ストーンが声をかける。

「すわってもいいかね」

髭面の男は目を開き、うさんくさげにわたしたちを見た。

「いいよ。その辺から、椅子を引っ張って来な」

わたしたちは、そうした。

ストーンは、三つのグラスにウイスキーを注ぎ回したあと、半分空になった男のグラスも、満たしてやった。

男は驚いたように、帽子のひさしを押し上げた。

「すまんな、兄弟」

「いいんだ。あんたが、ルイス・オブライエンならな」

男は顎を引き、わたしたちを順に見た。

ストーンが続ける。

「あんたの腕は、南北戦争でやられたそうだな」

男の目を、警戒の色がよぎった。

「だれに聞いた」

「電信局の、ジョン・ノヴァクだ」

オブライエンはグラスを半分あけ、じっとストーンを見つめた。

「あんたは、どっちで戦った。南軍か、北軍か」

ストーンがまた、ウイスキーを注ぎ足す。

「南軍だ」

「おれは北軍だ」

オブライエンが言ったが、ストーンは眉一つ動かさなかった。

「それがどうした。戦争は、十年も前に終わったんだぞ」

オブライエンは、首を振った。

「今でも、テキサスあたりで北軍にいたことが分かると、袋叩きにあう」

「ここは、テキサスじゃない。それにわたしは、南北戦争の話をしたいわけでもない。ティモシー・マケイブのことを聞きたいだけだ」

マケイブの名前を聞くと、オブライエンの目が光った。

「マケイブを、つかまえに来たのか」

「そうだ」

「あんたは、連邦保安官《USマーシャル》か」

「違う」

オブライエンの顔に、落胆の色が浮かぶ。

「正式の手配書でも持っていないかぎり、郡や町の保安官にやつを逮捕する権限はないぞ」

「わたしは、保安官ではない。賞金稼《バウンティハンター》ぎだ」

それを聞いて、オブライエンの顔つきはただの落胆から、失望に変わった。

「賞金稼ぎか。すると、ノヴァクはラス・クルーセスへ知らせるかわりに、あんたを呼び寄せたってわけだな」

ストーンは、肩をすくめた。

「ラス・クルーセスは、保安官を呼ぶには遠すぎる。わたしがやつをつかまえて、ニューメキシコ準州のいちばん近い町、たとえばローズバーグへ連行して引き渡せば、時間の節約になる」

「それより、撃ち殺した方が早いだろう。賞金は生死にかかわらず、だからな」

こともなげに言うオブライエンに、ストーンも顔色一つ変えずに応じた。

「死体を運ぶより、生かしたまま馬に乗せて行く方が、手間がかからないんだ」

オブライエンは、グラスを軽くひとなめした。

「あんたの名前は」

「トム・B・ストーン」

それを聞くと、オブライエンの眉がぴくりと動いた。

「ストーン。賞金稼ぎのストーンか。噂を聞いたことがある」

「どうせ、いい噂ではないだろう。ついでに紹介しておくが、ここにいるのは仲間のサグワロとチペンデイルだ」

オブライエンは、あらためてサグワロとわたしを見比べた。

「インディアンに小僧っ子か。頼りにならん仲間だな」

その口ぶりに、わたしはむっとした。

「サグワロはインディアンじゃないし、わたしは小僧っ子じゃないわ」

オブライエンは目をむき、もう一度わたしたちを見直した。

ストーンが言う。

「サグワロは、遠い海の向こうから来た。チペンデイルは、娘っ子だ」

オブライエンは、首を振った。

「ますます、頼りにならんな」

「あんたの証言も、あまり当てにならんぞ。その男が、実際にお尋ね者のマケイブかどうかを証明する、はっきりした証拠があるのか」

「右手の甲の入れ墨が、何よりの証拠だ。それに、やつが今どういう名前を使っていようと、サンタフェとラス・クルーセスで出くわしたときの名前は、ティモシー・マケイブだった」

ストーンは、猫なで声で言った。

「マケイブをつかまえたら、あんたもわれわれと一緒にローズバーグへ行って、それを保安官に証言してくれるかね」

その言葉を聞いて、少しも表情を変えなかったのは、サグワロだけだった。

わたしも驚いたが、オブライエンはもっと驚いたようだ。

「おれに馬に乗って、長旅をしろというのか」

「ローズバーグは、アリゾナから州境を越えて、すぐの町だ。ここからだと、せいぜい百五十マイルかそこらだろう。四日もかければ、楽に行き着ける」

「そこまでする義理はないな」

「ただで、とは言わん。賞金が出たら、百ドルはあんたのものだ」

「賞金は千ドル、と聞いたぞ」

「十分の一では不足かね」

「おれが証言しなければ、賞金は出ない。百ドルは前金だ。無事に、ローズバーグに着いて賞金が出たら、あと百ドルいただく。文句はあるまい」

なかなか、したたかな男だ。

ストーンは、じっとオブライエンを見た。

「今マケイブは、どこにいる」

「町はずれの、オリエンタル・ホテルに泊まってるよ。ただしマケイブじゃなく、スミスと名乗っている。サルーンの女でも、引っ張り込んでるんじゃないか。少なくとも、今夜町を出ることはあるまい」

「あんたの家はどこだ」

「オリエンタル・ホテルの先の、バイソン・コラル（家畜置場）の見張り小屋だ。夜になって、馬を盗まれないように見張るのが、おれの仕事でね」

「だったら酔っ払わないうちに、小屋へもどることだな。明日は、夜が明けたらすぐに、ホテルへ来てくれ。マケイブを見分けてもらう。前金を渡すのは、そのあとだ」

オブライエンは、ストーンが買ったウイスキーのボトルを、ひょいとつかんだ。

「こいつは、寝酒にもらって行く。いいだろうな」

「勝手に持って行け。ただし、明日の朝姿を見せなかったら、話はなかったことにする」

オブライエンは、せせら笑った。

「おれなしでは、賞金は手にはいらないぞ。やつを見分けられるのは、このおれだけだからな」

そう言うなり、椅子を鳴らして立ち上がった。

ボトルを手にしたまま、まっすぐに出口へ歩いて行く。

その足取りからは、酔っているように見えなかった。

テーブルには、だれも手をつけていないグラスが三つ、残っていた。

ストーンは酒を飲まないと言ったし、わたしも飲んだことがない。

サグワロが、自分のグラスを取り上げる。まるでシロップでも飲むように、中身をぽいと口の中にほうり込んだ。

「あなたは、お酒を飲むの」

わたしがあっけにとられて聞くと、サグワロはまじめな顔で応じた。

「サルーンの二階に、泊まらないときはな」

ストーンがくすくすと笑い、わたしはサグワロのブーツを蹴りつけた。

その夜、わたしたちはマケイブと同じ、オリエンタル・ホテルに泊まった。

4

夜が明けるとともに、気を揉むまでもなくルイス・オブライエンが、約束どおりホテルにやって来た。

寝酒をすると言ったわりに、酔いが残っている気配はなかった。

トム・B・ストーンはホテルの前の通りに立ち、ティモシー・マケイブが出て来るのを待っていた。

サグワロが、昨夜のうちに調べておいたマケイブの部屋へ、呼び出しをかけに行ったのだ。

オブライエンとわたしは、ホテルの前の板張り歩道の上で待機した。

日はまだのぼり切っておらず、空気がひんやりと肌に心地よい。薄暗い通りに、むろん人影はない。

十分ほどしてドアが開き、サグワロがホテルから出て来た。

黒い帽子に黒革のベスト、背中に刀のはいった革鞘という、いつものいでたちだ。

その後ろから、ひさしのやや短いテンガロンハットをかぶった、長身の男が姿を現した。

黒の上着を着て、縞《しま》のズボンの裾《すそ》をブーツの中にたくし込んだ、三十代半ばと思われる男だった。

手入れの行き届いたガンベルトや、いかにも抜きやすすそうな位置に吊った拳銃から、手だれのガンマンであることは一目で分かった。

これが、ティモシー・マケイブか。

目つきこそ鋭いが、想像したほどの悪党面でもなければ、すさんだ風体の男でもない。

わたしは少し、拍子抜けがした。

マケイブは、早い時間にベッドから引き出されたことで、かなり機嫌が悪いように見えた。

サグワロは入り口を挟んで、わたしが立っているのと反対側の板張り歩道に、さりげなく移動した。マケイブを、斜め後ろから牽制《けんせい》できる位置だ。

マケイブは、通りにおりる階段の上で足を止め、油断のない目でストーンを見た。

「あんたか、こんな朝っぱらからおれに用がある、というのは」

ストーンが、無表情にマケイブを見上げる。

「そうだ。あまり、人目につかない方がいいと思ったのでね」

「わざわざ、正装して出て来たんだ。さっさと用件を言え」

「あんたは、ティモシー・マケイブか」

マケイブは虚をつかれたように、頰の筋をぴくりとさせた。

「人に名前を聞くときは、まず自分から名乗るのが礼儀だろう」

「トム・B・ストーンだ」

マケイブの目が、さげすむように細くなった。

「トム・B・ストーン。賞金稼ぎの、ストーンか」

「そうだ」

マケイブの右肘が、ゆっくりと動いた。

上着の裾がはねのけられ、腰に吊った拳銃の銃把がのぞく。

同時にわたしは、マケイブの右手の甲に赤い線で彫られた、馬の絵を見た。

マケイブが言う。

「二か月前にもトゥサンで、ロビン・ザ・スマート（しゃれ者ロビン）という賞金稼ぎから、同じ質問を受けたよ」

「なんと答えたのかね」

聞き返したストーンの声には、なんの感情もこもっていなかった。

「むろん、ノーだ。おれは、マケイブじゃない」

「マケイブでなければ、なんという名前だ」

マケイブの口元に、冷たい笑いが浮かぶ。

「やはりロビンも、同じ質問をした」

「で、その答えは」

「くそ食らえ、だ」

ストーンの唇にも、かすかな笑いが浮かんだ。

「ロビンはどうした」

「いきなり、拳銃を抜いた」

「結果は」

マケイブは笑った。

「おれが今、ここに立っていることで、分かるはずだ」

あたりが、急にしんとした。

その静寂を破ったのは、隣に立つオブライエンだった。

「おれは、あんたを知ってるぞ。あんたは、ティモシー・マケイブだ」

それを聞くと、マケイブは自動人形のように首だけ回して、オブライエンを見た。

「気をつけてものを言え。おれはおまえの顔に、見覚えがないぞ」

「そっちがなくても、こっちにはある。おれは、ルイス・オブライエンだ。一年前、あんたはたった一人で、ラス・クルーセスのサウスユニオン銀行を襲った。それから、急を聞いてかけつけた保安官代理を、その場で射殺した。あのときおれは客の中にいて、あんたの顔と右手の馬の入れ墨を、はっきりと見たんだ。それより二年前にも、おれはあんたがサンタフェの町でマケイブと名乗り、いろいろと羽目をはずすのを見ている。その入れ墨が、何よりの証拠だ」

マケイブは、オブライエンの長広舌が終わるのを待ち、吐き出すように言った。

「とんでもない、言いがかりだ。銀行を襲った覚えはないし、保安官代理を撃った覚えもない。だいいち、ラス・クルーセスなど行ったこともないんだ」

ストーンが割り込む。

「あんたには、ニューメキシコ準州から賞金千ドルつきで、手配書が回っている。わたしと一緒に、ローズバーグまで行ってもらう。自分で馬に乗って行くか、死んで荷馬車に乗せられて行くか、好きな方を選べ」

マケイブは少しの間、冷たい目でオブライエンを睨みつけていたが、またストーンに目をもどした。

「ローズバーグへ行っても、人違いと分かるだけだ。手の甲に入れ墨をするのは、別に珍しいことじゃない。おれ自身、これまで同じような馬の入れ墨をした男に、二人出会ったことがある。お互いに、時間のむだはやめようじゃないか、ストーン」

「オブライエンも、ローズバーグへ同行して証言する、と言っている。あきらめた方がいい」

マケイブは間をおき、固い声で言った。

「行かない、と言ったらどうする」

ストーンは、おもむろに鹿皮服の右裾をはだけ、拳銃の銃把をのぞかせた。

「わたしは、ロビンとは違う。あんたにも、チャンスを与える。ただし、あんたの斜め後ろにいるサグワロは、わたしの仲間だ。たとえわたしを倒したところで、あんたも無事ではすまんだろう。勝ち目はないぞ、マケイブ」

焦《こ》げつくような緊張感が、人けのない通りを突き抜ける。

マケイブが、突然身をよじりながら拳銃を抜き放ち、サグワロを撃った。

間一髪、サグワロは体を沈めて板張り歩道から、通りへ転がり落ちた。サグワロの陰になっていた、背後の窓ガラスが派手な音を立てて、砕け散る。

マケイブは急いで通りに向きを変え、ストーンに銃口を向けようとした。

銃声が鳴り響き、マケイブの右の肩口から上着の詰め物が、ぱっと飛び散った。

マケイブは拳銃を取り落とし、羽目板に背中をぶつけた。

ストーンが、硝煙の立ちのぼる銃口をマケイブの胸に向け、静かな口調で言う。

「あきらめろ、マケイブ。この次は、心臓をぶち抜くからな」

起き上がったサグワロが、マケイブの落とした拳銃を拾い上げて、ベルトの間に挟む。

マケイブは蒼白《そうはく》になり、左手で肩口を押さえた。

「人違いだと言ったはずだ。後悔するぞ」

「言い分があるなら、ローズバーグへ行ってから言え」


一時間後。

わたしたちは、カラバサスの町を出発した。

ストーンの銃弾は、マケイブの上着の詰め物を台なしにしたが、肩そのものはかすり傷ですんだ。医者は傷口を消毒し、血止めの薬をガーゼに塗って留めただけで、腕を吊る処置もしなかった。

町の保安官は、白い口髭を生やした初老の男だった。

ホテルからの知らせを受け、つなぎの下着にズボンだけはいた格好で、あたふたと駆けつけて来た。

事情を聞いた保安官は、マケイブの手配書が回っていないことを理由に、この件には関わりを持ちたくない、と言い放った。

しかも、マケイブが撃ち割ったホテルの窓ガラスの代金と、ストーンの銃弾がめり込んだ羽目板の補修費を、支払うように命じた。

その上で、二時間以内に町を出て行くことを条件に、わたしたちを無罪放免にした。

マケイブの所持金を調べたところ、サドルバッグの中にいろいろなドル紙幣で、五百ドルほど持っていることが分かった。

マケイブは何も聞かれぬうちに、ポーカーで稼いだ金だと主張した。

ストーンは、その中からホテルが請求する窓ガラス代を抜き、羽目板の補修費については自分で支払った。

ストーンを先頭に、マケイブ、オブライエン、わたし、サグワロの順に馬を連ね、前日来た道をたどって、とりあえずシエラビスタへ向かった。

ローズバーグまでの長丁場を考えると、無理をせずにシエラビスタで一泊するのが無難だ、というのがストーンの意見だった。

あの町なら、食糧や水の補給もできる。旅装を整えて、州境を越えた方がいい。

太陽が真上に来ないうちに、すごい勢いで気温が上がった。

わたしたちは、ほとんど干上がったソノイタ・クリークの浅瀬を、東に向かった。

やがて、両側を高い岩で囲まれた峡谷に、差しかかった。崖《がけ》で日差しが遮られ、いくらか楽になる。

しばらく進んだとき、しんがりを務めるサグワロが声を発した。

「ストーン」

ストーンは馬を止め、鞍の上で振り向いた。

「なんだ、サグワロ」

ストーンが問いかけると、サグワロは無言で左手の岩の上を振り仰いだ。

そちらを見上げたわたしは、心臓がきゅっと引き締まるのを感じた。

岩棚の上に、体格のいいインディアンが一人立ちはだかり、わたしたちを見下ろしていた。

5

手にした槍《やり》の穂先が、太陽を受けてぎらりと光る。

わたしは息をのんで、インディアンを見つめた。

赤銅色の顔の中央に、ちょうど鼻梁《びりょう》を横切るような形で、赤と白の線が引かれている。

どのような模様であれ、顔に染料を塗るのは何かの儀式か、戦いを意味する。

こんなとき、こんな場所で儀式を行なうとも思えないので、これはウォーペイント、つまり戦《いくさ》化粧と見ていいだろう。

前日、ワチュカ駐屯地で聞いたマスターマン大佐の言葉が、耳によみがえる。

大佐は、アパッチの一分隊がメキシコ国境を越えたとの噂がある、と言ったのだ。

どうやらそれは、ほんとうだったらしい。

そのとき、わたしの前にいたルイス・オブライエンがいきなり拳銃を引き抜き、インディアン目がけて発砲した。

インディアンの立つ岩の角から、白い土ぼこりが飛び散る。

インディアンは、たじろぐ様子もなく悠然と身を引き、岩棚から見えなくなった。

トム・B・ストーンが、馬に拍車をくれてオブライエンのそばに駆け寄り、強い口調でなじった。

「ばかなまねはやめろ。連中を怒らせて、どうするつもりだ」

オブライエンは、拳銃をホルスターにもどした。

「怒らせるも何も、インディアンを見たら撃つのがおれの主義だ。やられる前に、やるしかないだろう」

「だとしても、弾をむだにするな。ライフルならともかく、この距離で拳銃を撃っても、当たるはずがない」

「今度は、ライフルを使うさ。相手はどうせ、一人なんだ」

左の肘から先がないオブライエンが、どうやってライフルを撃つのか想像できなかったが、わたしは何も言わなかった。

ティモシー・マケイブが、間に割り込む。

「おまえは、嘘つきの上にとんだ間抜け野郎だな、オブライエン。インディアンが、このあたりを一人でうろつくものか。あれは、単なる先触れだ。ほかにかならず、仲間がいる。少なくとも五、六人、多ければ十人以上いるかもしれん。どっちみち、無事にはすまんだろう。今すぐ一直線に、カラバサスへ駆けもどった方がいい」

ストーンは首を振った。

「いや、もどる道はもうふさがれたよ。このまま、先へ進むしかない。チャンスを見て、突っ走るんだ」

「だったら、おれにも銃をよこせ。丸腰で死ぬのは、ごめんだからな」

マケイブが言うと、ストーンは親指を立てた。

「心配するな。最後の一発は、取っておいてやる」

そう言って先頭にもどり、ふたたび馬を先へ進める。

わたしたちは、両側の岩の上に警戒の目を向けながら、そのあとに従った。

それきり、インディアンは姿を現さなかった。

十五分ほども進むと、しだいに切り立った両側の崖が低くなり始め、ほどなく峡谷から平地に出る境に来た。

ストーンが左手を上げ、馬を止める。

わたしの後ろで、サグワロが言った。

「あきらめたと思うか」

「分からないわ」

「インディアンと、暮らしたことがあるんだろう」

「インディアンといっても、わたしの場合はスー族よ。言葉も違えば、習慣も違うわ。アパッチのことは、よく分からない。でも、あきらめないと思うわ」

そのやり取りを聞いて、オブライエンとマケイブが不安と興味の入り交じった顔で、わたしを見た。

ストーンが、鞍の上で腰を持ち上げて、向き直る。

「平地に出たら、そのままゆっくり進む。連中が襲って来るまで、馬を走らせないようにしろ。この先にもう一つ、別の峡谷の入り口が見えるだろう。わたしが合図したら、あそこへ向けて全速力で、突っ走るんだ。攻撃してきても、岩山の間に走り込むまで振り向いたり、応戦したりしてはいかん。分かったか」

みんな、無言でうなずいた。

前方の峡谷は、前日カラバサスへ向かう途中休みをとった場所で、今抜けて来た峡谷に比べると、はるかに規模が小さい。全長百ヤードそこそこで、峡谷と呼ぶより大きな岩場の間を抜ける道、といった方が正しいだろう。

その入り口まで、およそ二マイルというところか。

ストーンは鞍に腰を落とし、先に立って峡谷を出た。

わたしたちもあとに続き、川筋に沿って行く手の岩場の入り口に、馬を進める。

百ヤードも行かないうちに、左手後方で甲高い声が上がった。

振り向くと、岩の陰から馬に乗ったインディアンの一団が現れ、砂煙とともに疾走して来るのが見えた。

「走れ」

ストーンがどなり、わたしたちはいっせいに走り出した。

負けず嫌いのフィフィは、たちまちオブライエンとマケイブの馬を抜き去り、ストーンの背後に迫った。

ストーンが振り向き、大声でどなる。

「先に行け」

「オーケー」

わたしはフィフィの腹を蹴り、ストーンを一気に追い抜いた。

雄叫《おたけ》びとともに、インディアンの放った銃弾が耳元をかすめて飛び、行く手の道に土ぼこりを上げる。

わたしは背を丸め、必死になってフィフィの背にしがみついた。

振り向くと、ストーンたちはすでに十ヤードほども、遅れている。さらに、その五十ヤードくらい後方に、追い迫るインディアンの姿が見える。

数は六人だった。

疾走したのは、ほんの二分か三分にすぎなかったと思うが、ひどく長く感じられた。

わたしは、先頭を切って岩場の間に駆け込み、そのまま中ほどまで走り続けた。

前日休憩した、円形の小さな広場に出たところで、馬を止める。

細い流れが、中央に小さな水溜まりを作っている。

その両側に、かぶさるように岩が張り出した、居心地のよい場所だった。岩の下に身を寄せれば、上から狙い撃ちされる心配もない。

サグワロを先頭に、マケイブとオブライエンが駆け込んで来た。

馬から飛びおり、岩陰に身を隠す。

入り口のあたりで銃声がしたのは、踏みとどまったストーンがインディアンの追撃を断ち切ろうと、応戦しているのだろう。

しかし、その銃声もほんの数発で終わり、あたりが静かになった。

喚声と蹄の音が、しだいに遠ざかる。

わたしは馬を集め、片側の岩の陰へ連れて行った。

手綱をまとめて、枯れた木の枝につなぐ。

サグワロが、オブライエンに言った。

「おれは、出口の方を見てくる。マケイブを見張っていろ」

オブライエンは、さっそく拳銃を抜いた。

「いいとも。妙なまねをしたら、この場で始末してやる」

「いざとなったら、撃ってもいい。ただし、殺すんじゃないぞ」

サグワロは言い残し、岩場の先へ向かった。川筋は途中で右へ曲がっており、出口を見通すことはできない。

サグワロの姿が見えなくなると、オブライエンはマケイブを拳銃で牽制しながら、岩の下に追い込んだ。

マケイブが、口を開く。

「おれになんの恨みがあるんだ、オブライエン。おれはマケイブじゃないし、銀行強盗もやってない。ストーンに、人違いだと言ってくれ」

オブライエンは、せせら笑った。

「往生際が悪いぞ、マケイブ。おれはあのとき、銀行から金を引き出したあとだった。大枚百ドルだ。それをあんたに、持って行かれたんだ。せめて引き出す前なら、見逃してやってもよかったがな」

マケイブは、顔を突き出した。

「入れ墨に惑わされずに、おれの顔をよく見ろ。おまえの知ってるマケイブは、こんな顔じゃなかったはずだ」

「いや、おれの知ってるマケイブは、あんたしかいない」

マケイブはいまいましそうに岩にもたれ、救いを求めるようにわたしを見た。

それから、わたしに聞かれるのを恐れるように声を低め、オブライエンに言う。

「おまえも見ただろうが、おれのサドルバッグに五百ドルはいっている。その中から、おまえが奪われたという百ドルを、取っていいぞ。それで、文句はあるまい」

オブライエンは、髭面を歪めてにっと笑った。

「ローズバーグに着いたら、そうするつもりだ」

マケイブは唇をなめ、熱心な口調で続けた。

「百ドルだけとは言わん。五百ドル全部、持って行ってもいい。だからおれを、ここから逃がしてくれ」

オブライエンは、ちらりとわたしを見た。

わたしは思い切り、オブライエンを睨んだ。

オブライエンはそわそわと、半分しか残っていない左腕の肘の先で、額の汗をふいた。

「ちょっと出口へもどって、ストーンの様子を見てこい」

「いやよ。あなたは、マケイブを見張る。わたしは、あなたを見張るわ」

オブライエンは無意識のように、手にした拳銃の銃口をわたしの方に巡らした。

「聞き分けの悪いことを言うんじゃないよ、ミス・チペンデイル。おれはこいつを、逃がしたりしない。ストーンのことが、心配じゃないのか。インディアンにやられていたら、どうするつもりだ」

岩陰から、声がした。

「わたしは、そう簡単にやられはしないよ、オブライエン」

6

驚いて、向き直る。

トム・B・ストーンが馬を引き、岩の角を曲がって来た。

ストーンは手綱をわたしに預け、ルイス・オブライエンが手にした拳銃に、うなずきかけた。

「そいつは、マケイブに向けておけ」

オブライエンはあわてて、銃口をティモシー・マケイブにもどした。

弁解がましく言う。

「マケイブは、おれを買収しようとしやがったんだ。そんな手に乗るおれじゃないってことを、ミス・チペンデイルに説明しようとしてたとこでね」

そのとき、前方の様子を見に行っていたサグワロが、もどって来た。

「出口を固められた。岩場の外側にも、道があるようだ」

それを聞くと、ストーンは親指と人差し指で口髭をつまみ、むずかしい顔をした。

「そうか。入り口も、同様だ。袋のねずみになったな」

マケイブが、不安そうに言う。

「連中は何人いるんだ、ストーン」

「六人だ」

サグワロはうなずいた。

「後ろに三人、前に三人ということになるな」

オブライエンが、ストーンを見る。

「連中は全員、ライフルを持ってるのか」

「いや、ライフルを持っているのは、二人だけだ。ほかに、槍を持ったのが二人いる。弓とナイフは、全員装備しているようだ」

わたしは、こちらの武器を確かめた。

わたしとマケイブのものを入れて、コルトSAAの拳銃が五丁。ストーンとマケイブ、それにオブライエンのウィンチェスターのライフルが、それぞれ一丁ずつ。

マケイブの銃は両方とも、サグワロが持っている。

あとは、ナイフとサグワロの刀くらいだが、それだけあれば十分に戦える。

サグワロが言った。

「戦力は、ほぼ対等だ。連中が攻めて来なければ、持久戦になるな」

マケイブが、それをさえぎる。

「やつらが、仲間を呼びに行ったらどうする」

ストーンは首を振った。

「ほかに仲間はいないだろう。連中は、居留地から脱走したんじゃない。メキシコに逃げ込んでいたのが、なんらかの理由で越境して来たんだ。小人数なので、騎兵隊に見つからずにすんでいる。応援を連れて来る余裕はない」

「ここで、時間を稼ぎましょうよ。そのうち、騎兵隊のパトロールがわたしたちを、見つけてくれるかもしれないわ」

わたしが言ったとき、斜め前方の小高い岩棚の上にすっくと立った、インディアンの姿が目にはいった。

紺青《こんじょう》の空を背に、赤銅色の肌が輝いた。

体がすくんだものの、わたしはそのインディアンの美しい姿から、目を離せなかった。

インディアンが弓を構え、ひょうと矢を射る。

「伏せろ」

ストーンが叫び、サグワロがわたしの足をすくった。

岩の陰に、引きずり込まれる。

ひゅるひゅる、と気味の悪い音を立てて矢が空気を切り裂き、乾いた地面にずしゃりと突き立った。

伏せたマケイブの体から、一フィートと離れていない場所だった。

マケイブは、あわてて岩陰に隠れた。

オブライエンが銃口を上げ、インディアンに向かって乱射する。

岩角からのぞくと、インディアンは二の矢こそ継がなかったものの、オブライエンの射撃の腕をあざ笑うように、ゆっくりと岩棚から姿を消した。

「落ち着け、オブライエン」

ストーンがどなったとき、オブライエンはすでに弾を撃ち尽くしていた。

オブライエンはののしり、岩陰に転がり込んだ。

膝立ちになったストーンが、いきなり反対側の崖の上にライフルの銃口を向け、無造作に発射する。

弓を構えていた別のインディアンが、もんどり打って視界から消えた。

「やったぞ、一人やったぞ」

オブライエンが、興奮して叫ぶ。

ストーンは眉一つうごかさず、ぶっきらぼうに言った。

「急所ははずしたが、戦闘能力は落ちたはずだ」

そのとき、今度は斜め後ろの崖の上から長い棒に似たものが、ゆっくりと降ってきた。

きらりと光る鋭い穂先と、根元を飾る色のついた羽根飾りを見て、槍だと分かる。

「槍よ」

叫ぶより早く、サグワロがかたわらの枯れ枝をつかんで、飛び上がった。

乾いた音がして、槍と枯れ枝が空中で交差する。

槍は真二つに折れ、穂先が水溜まりに落ちた。

サグワロは枯れ枝を投げ捨て、宙をくるくると舞いながら落ちてくる柄の方を、すばやく受け止めた。

その柄の根元に、白い布が結びつけられていた。

オブライエンが、ストーンの顔を見る。

「どういうことだ。降伏する、という意味か」

マケイブが、鼻で笑う。

「ばかを言え。逆に降伏しろ、と脅してるのさ。でなけりゃ、おれたちを油断させるつもりか、どちらかだ」

ストーンが、わたしに尋ねた。

「これがスー族なら、何を言いたいのだと思うかね」

わたしは、肩をすくめた。

「話し合いたい、と言っているのだと思うわ」

まるでそれが聞こえたかのように、岩場の入り口の方でインディアンの叫び声がした。

何か、こちらに呼びかけているらしいが、よく分からない。

コーン、ないしコームと聞こえる。

インディアンは途切れず叫び続けたが、そのうち〈タ・ハナダペ〉というフレーズが、耳についた。

スー族の言葉で、こっちへ来い、という意味だ。

それで、コームはカムではないか、と見当がついた。

つまり、英語も含めていろいろな部族の言葉で、〈来い〉と言っているのだ。

「わたしたちを、呼んでいるようだわ」

ストーンは口髭をつまみ、わたしを見つめた。

「きみはアパッチと、話ができるか」

「スーの言葉しか、分からないわ。でも、手を使って話すことは、できるかもしれない。全部は覚えていないけれど、手話はインディアンの共通語なの」

ストーンは少しの間考え、おもむろに言った。

「それなら、行ってみるか」

マケイブが、新たに出血し始めた右肩を押さえながら、口を開く。

「やめておけ、ストーン。これは罠《わな》だ。行けば、狙い撃ちされるぞ」

「そうとは限らん。連中はただ、食べ物とかウイスキーとか、あるいは馬をほしがっているだけかもしれん。それなら、くれてやればいい。むだな殺し合いをせずにすむ」

ストーンはそう言って、サドルバッグの中から細い革紐を取り出し、マケイブにうつぶせになるように命じた。

マケイブはしぶしぶ、言われたとおりにした。

ストーンはマケイブの右腕を後ろに回し、手首と折り曲げた左の足首を一緒にして、縛り上げた。

「おい、これじゃ身動きが取れないぞ」

マケイブが苦情を言うと、ストーンは笑った。

「それでいい。そのために、縛ったんだからな」

それから、オブライエンを見て続ける。

「ちゃんと見張っていろ。ほかのインディアンに、気をつけるんだぞ」

オブライエンは、片手で器用に拳銃の装塡口を開き、弾を込めながらうなずいた。

「ああ、分かった。何かあったら、大声で呼ぶからな」

わたしは一応、ストーンに警告した。

「二人だけにしたら、この人はマケイブに買収されるかもしれないわ。サグワロを残して行った方が、いいんじゃないかしら」

オブライエンが、いやな顔をする。

ストーンは、耳をかさなかった。

「買収したところで、ここから逃げられるわけじゃない。サグワロも、一緒に行くんだ。マケイブが言うとおり、罠かもしれないからな」

サグワロは、刀を背中の革鞘から取り出し、腰のベルトに差し直した。

白い布が結ばれた槍の柄を左手に持ち、先に立ってもと来た道をもどって行く。

ストーンはライフルを構え、油断なく両側の崖の上に目を配りながら、そのあとに続いた。

わたしは、いちばん後ろについた。

7

入り口に近い岩の上に、腕組みをして傲然《ごうぜん》と立つインディアンの姿が、目にはいる。

例の、戦化粧のインディアンだった。

大きな口を一文字に引き結び、黒曜石のように冷たく光る目で、わたしたちを見下ろす。

髪の後ろに差した一枚羽根が、吹き抜ける風でかすかに揺れた。

岩の下まで行くと、インディアンは腕組みを解いて口を開き、聞き馴《な》れない言葉を発した。

わたしは、右の人差し指を左手の真ん中にぶつけ、下に引いた。

できない、つまり話が通じない、という意味だ。

インディアンは、わたしの顔を見直した。手話を使ったので、驚いたのだろう。

わたしは右手を顎の下に当て、喉を切り裂くまねをしてみせた。

それは、自分がスー族であることを示す、基本的なしぐさだ。

相手は、白人のわたしがスー族だと名乗ったので、とまどったようだった。

しかしすぐに、右手の人差し指で左手の人差し指の先を指し、それを手首まで滑らせるしぐさを二、三度繰り返した。

自分はアパッチだ、と言っているのだ。

相手の名前を聞くと、月がまだ山の端から出ずにいる状態を、しぐさで示した。

クラウチングムーン（うずくまる月）、とでも呼べばいいのだろうか。

わたしは、そこまでのやり取りをストーンに伝えた。

ストーンは、感心したようにわたしを見返していたが、すぐに話を進めた。

「クラウチングムーンに、何がほしいのか聞いてくれ。酒か、馬か、それともほかのものか」

わたしがそれを伝えると、クラウチングムーンはなんの前触れもなしに、猛烈な勢いで手を動かし始めた。

怒りのこもった、激しい身振りだった。

最後に手話を使ったのは、スー族と一緒に生活していたころのことだから、すでに七年近くも前になる。

その後、わたしがジェイク・ラクスマンと暮らした七年の間に、インディアンと接触する機会は、一度もなかった。

ただ夜になると、退屈しのぎに手話で独り言を言う習慣がついたので、手の動かし方はだいたい覚えている。

しかし、相手の手の動きを完璧に読み取るには、少々ブランクがありすぎた。

クラウチングムーンが訴えたのは、わたしが理解した範囲では次のような内容だった。

半年か一年ほど前のことらしいが、クラウチングムーンの妻がどこかの川のほとりで、白人の男に襲われた。

一緒にいた幼い息子が、母親の危機に気づいて森の中へ逃げ込み、狩りをしていた父親のクラウチングムーンに、急を知らせた。

クラウチングムーンが駆けつけたとき、すでに妻は暴行された上に首を絞められ、殺されていた。

クラウチングムーンはあとを追いかけ、犯人と撃ち合うか格闘になるかしたものの、結局は逃げられてしまったらしい。

煎《せん》じ詰めればこういうことだが、そこにいたるまでに長い確認のやり取りがあった。

ストーンは途中でしびれを切らし、わたしをさえぎって言った。

「少しずつ分けて、通訳してくれないか」

わたしはクラウチングムーンに断って、そこまでの物語をストーンに告げた。

ストーンは、途方に暮れたように肩をすくめた。

「そいつは気の毒な話だが、その事件とわたしたちとどんな関係があるのかね」

また、クラウチングムーンとやり取りする。

その説明を聞き、わたしは半信半疑になって問い返したが、クラウチングムーンは自分の言うことに間違いない、と請け合った。

　わたしはしかたなく、ストーンにそれを告げた。

「彼の奥さんを殺した犯人が、わたしたちの一行の中にいるんですって。その犯人さえ引き渡してくれれば、ほかの人たちに手出しをするつもりはない、と言っているわ」

　ストーンとサグワロは、途方に暮れたように顔を見合わせた。

　クラウチングムーンが、待ち切れないというようにまた忙しく、手話を使い始める。

　最初は読み取れなかったが、やっと明確なヒントが得られた。

「どうやら、犯人はマケイブらしいわ」

　わたしが言うと、ストーンは目をむいた。

「どうして、そうと分かるんだ」

「犯人の左手の甲に、馬の絵が描いてあった、と言っているの」

「馬の絵。入れ墨、という意味か」

「だと思うわ」

　クラウチングムーンが割り込み、また手を動かし始める。

「その犯人と引き換えに、わたしたちを自由に行かせてくれるそうよ」

　ストーンは、即座に言った。

「クラウチングムーンに、こう伝えてくれないか、ジェニファア。その男は、白人の社会でも死に値する罪を犯して、これから罰を受けに行くところだ。彼は白人の法律によって、厳しく裁かれることになる。白人の裁判所が、彼に代わって奥さんの恨みをはらしてくれるだろう、とね」

　そのとおり伝えると、すぐさま返事が返ってくる。

〈白人の法、アパッチには通用しない〉

　サグワロが、さりげない口調で言った。

「クラウチングムーンに、マケイブを引き渡してやったらどうだ、ストーン。妻を殺された話がほんとうなら、アパッチのやり方で裁きをつけさせてもいい、という気がするが」

　ストーンは、首を振った。

「いや、だめだ。マケイブが言うとおり、手の甲に馬の入れ墨をした男は一人だけ、とは限らないだろう。オブライエンの証言にしても、まだ全面的に信じていいかどうか分からない。だからこそ、生きたままニューメキシコへ連行して、真実を確かめたいんだ。ここで彼を、クラウチングムーンに引き渡してしまったら、これまでの苦労が水の泡になる」

　とたんに、はっと気がついた。

「そうだわ。さっきクラウチングムーンは、犯人の左手の甲に馬の絵があった、と言ったのよ。マケイブの入れ墨は、右手の甲だわ」

　だいいち、手配書にも〈右手ないし左手の甲〉と、あいまいな書き方がしてあった。

サグワロが、疑わしげな顔をする。

「きみが、右と左を間違えたんじゃないのか。もう一度、確かめてみたらどうだ」

クラウチングムーンの方に向き直ったとき、突然後方で叫び声が上がった。

「た、助けてくれ。ストーン、来てくれ」

それは岩と岩の間に反響して、マケイブの声かオブライエンの声か、区別がつかなかった。

ストーンは、ものも言わずに身をひるがえすと、岩場の通路に突進した。

サグワロも、手にした槍の柄を投げ捨て、ストーンのあとから駆け出す。

わたしも、それに続いた。

背後で、クラウチングムーンが何かどなったが、だれも足を止めなかった。

水溜まりを踏みつけながら、わたしたちはほとんどひとかたまりになって、もといた広場に駆けもどった。

マケイブとオブライエンが、取っ組み合ったまま地面をごろごろと、転げ回っている。

右手にナイフをかざしたオブライエンが、仰向けになったマケイブを刺そうとする。

マケイブは、自由な左手でその手首をしっかりつかみ、刺されまいと必死に防ぐ。

しかし、右手首と左足首を後ろで縛られているために、苦戦はまぬがれなかった。

ストーンが、ライフルのレバーを音高く操作して、二人に銃口を向けた。

「やめろ、二人とも。やめないと撃つぞ」

それを聞くと、マケイブもオブライエンも、体の動きを止めた。

オブライエンが、マケイブに握られた手首をもぎ離し、息を切らして立ち上がる。

「この野郎が、いきなりおれに飛びかかって来たから、しかたなく応戦したんだ。文句があるなら、こいつに言ってくれ」

地面に横たわったマケイブが、肩で息をしながらわめく。

「嘘をつけ、オブライエン。おまえが急に、飛びかかって来たんじゃないか。おおかたおれを殺して、サドルバッグの金を独り占めしようとしたんだろう」

ストーンは、オブライエンから目を離さなかった。

「どうなんだ、オブライエン」

問い詰められたオブライエンが、弁解しようとストーンの方に顔を向ける。

そのとたん、オブライエンは顔色を変えて、口をあんぐりとあけた。

わたしたちの背後で、すさまじい雄叫びが起こった。

振り向いたわたしの目に、岩角から飛び出したクラウチングムーンの姿が映る。

クラウチングムーンは、肩越しに背中に回した腕を思い切り振り抜き、何かを投げつけた。

それはぐるぐると回転しながら、風を巻いてわたしとストーンの間をすさまじい勢いで飛び、オブライエンの体に吸い込まれた。

オブライエンは一声叫び、後ろざまに吹っ飛んだ。

マケイブのすぐそばに、土煙を上げて倒れ込む。

その胸に、羽根飾りのついたトマホークの刃が、深ぶかと突き立っていた。

心臓を直撃されたらしく、オブライエンはそれきりぴくりともしない。

だれも口をきかなかった。

わずかにマケイブが、オブライエンの死体からできるだけ遠ざかりたい、というように地面の上をそろそろと、すさっただけだ。

いつの間にか、周囲の岩の上に五人のインディアンが集まり、わたしたちに銃口や槍の穂先を向けていた。だれか一人でも、クラウチングムーンに手を出したら容赦はしない、という決意が伝わってくる。

ことに、左の二の腕をバンダナで縛ったインディアンは、ストーンにライフルで撃たれたとみえて、殺気をみなぎらしている。

ストーンは唇を引き結び、ライフルを地面に投げ捨てた。

わたしは、クラウチングムーンに手話で語りかけた。

〈あなたは、殺す相手を間違えた。右手の甲に馬の絵を描いた男は、手足を縛られたもう一人の男だ〉

クラウチングムーンが、手を動かして応じる。
〈馬の絵が描いてあったのは、右手ではなく左手の甲だ。おまえこそ、間違っている〉
〈それなら、そこに縛られている男の右手の甲を、自分の目で確かめてほしい〉
〈その必要はない〉
クラウチングムーンは、腰に下げたなめし革の袋に手を入れると、何かを取り出した。
それを無造作に、わたしの足元に投げる。
一目見たわたしは、悲鳴を上げて飛びのいた。
それは干からびた、人間の手首のようだった。
サグワロがかがんで、手首を拾い上げる。
恐れげもなく、しげしげと眺め回した。
口から、嘆声が漏れる。
「驚いたな。この手の甲にも、馬の入れ墨がしてある」
そばからのぞき込んだストーンが、うなずきながら言った。
「しかも、左手だ」

8

その日の夜。

わたしたちは、前日までいたシエラビスタの町に、もどって来た。

クラウチングムーンはルイス・オブライエンこと、本物のティモシー・マケイブの死体を馬にくくりつけ、仲間と一緒に平原のかなたへ去った。

わたしたちには、いっさい手を出さなかった。

トム・B・ストーンが、前金としてオブライエンに渡した百ドルを、死体のポケットから回収しても、異を唱えなかった。

わたしたちが、てっきりマケイブだと思い込んでいた男は、ジョン・スミスという賭博師だと名乗った。

もっとも、ジョン・スミスが本名かどうかは分からないし、賭博師が本職かどうかも怪しいものだが、そんなことはどうでもよかった。

スミスは、少なくとも表面的には快く謝罪を受け入れ、わたしたち一人ひとりと握手した。

それから、カラバサスの町へもどると言って、岩場からただ一人馬首を巡らした。

わたしたちは、またシエラビスタ・インのまずいレストランで、憂鬱《ゆううつ》な夕食をとった。

結局は、わたし自身の手話の理解力が錆《さ》びついていたことと、クラウチングムーンの説明が不十分だったこととで、話が混乱したのだった。

マケイブは、ラス・クルーセスで銀行を襲ったあとメキシコへ逃げ込み、国境の向こう側を転々としていた。

その途上、リオグランデ川の近くでクラウチングムーンの妻と出会い、強姦して殺すという蛮行に及んだ。

息子の知らせで駆けつけたクラウチングムーンは、マケイブをリオグランデのほとりまで追いかけ、そこで格闘になった。

その辺までは問題なかったのだが、それからあとの話があいまいになった。

あらためて聞き直したところ、真相はこうだということが分かった。

実はクラウチングムーンは、マケイブの左腕にトマホークを叩きつけ、肘から先を切り落としたのだった。

マケイブは、そのままリオグランデに飛び込んで逃げ、姿をくらました。

クラウチングムーンの手元には、切り落としたマケイブの左手だけが残った。

事実は、その左手の甲に馬の線画の入れ墨がしてあった、ということなのだ。

クラウチングムーンは、メキシコからときどき国境を越えて狩りをしながら、左肘から下のない男を探し続けた。ほかのアパッチにも、情報を寄せるよう協力を求めた。

そしてある日、左手のない怪しい男がカラバサスの町にいる、という知らせを受ける。

クラウチングムーンは、日が暮れてからひそかに町に潜り込み、酒場にいたその男の顔を確かめた。

妻を殺した犯人に、間違いなかった。

それがオブライエンこと、ティモシー・マケイブだったのだ。

その日から、クラウチングムーンは殺された妻の復讐《ふくしゅう》をする機会を、ずっとうかがっていた。

それで今回、マケイブがわたしたちと一緒に町を出るのを目に留め、あとをつけて来たというわけだった。

一方、ラス・クルーセスの銀行を襲って保安官代理を殺したマケイブは、目撃者の証言をもとに作られた手配書が、ニューメキシコを含む周辺の州、準州の主立った町に出回ったことを、承知していたに違いない。

写真がついていないので、人相や名前はなんとかごまかせる。

しかし、手の甲に描かれた馬の入れ墨だけは、どうしようもない。手配書には、右手か左手か特定されていなかったが、決定的な目印になることは確かだ。

そうしたとき、クラウチングムーンに左手を切り落とされた。

マケイブが、自分の痕跡《こんせき》を消して別人になりすます絶好の機会だ、と考えても不思議はない。

そのために、南北戦争で左手を失ったというありそうな話を、でっち上げたわけだ。

「やつはおそらく、手の甲に馬の入れ墨をした男を見つけると、そいつをうまくマケイブに仕立てて、だれかに始末させようと狙っていたんだ。マケイブが死んだとなれば、手配書もその時点で廃棄されるから、捜査の及ぶ心配がなくなる。まして、自分が賞金を受け取るような巡り合わせになったら、もう笑いが止まらないだろう」

ストーンは、まずそうにキャベツとベーコンの煮込みを食べながら、そう言った。

わたしも、負けずに言う。

「ニューメキシコまで行けば、スミスがマケイブでないことはすぐに分かるでしょうし、自分が当のマケイブだとばれる恐れもあるわ。それで、わたしたちが目を離しているうちに、スミスを殺そうとしたのね。スミスが死ねば、死人に口なしだから」

「まあ、そんなところだろうな」

黙々とパンを食べていたサグワロが、ふと顔を上げて言う。

「それにしてもスミスは、おれたちに人違いされてさんざんな目にあったのに、よくあっさりと引っ込んだものだな」

それを聞くと、ストーンは急に食欲のなくなった顔をして、スプーンを置いた。

「あっさりと、だと。とんでもない話さ。最後に握手したとき、わたしはスミスの手の中に百ドル札を一枚、握らせてやったんだ。オブライエンから取りもどした、貴重な百ドル札をね」

サグワロが、くすくすと笑い出す。

わたしも笑った。

「それでスミスは、文句も言わずに引き下がったのね。へたをすればオブライエン、じゃなくて本物のマケイブにナイフで刺され、殺されていたかもしれないのに」

ストーンは、ため息をついた。

「写真のついてない手配書は、まず疑ってかかれというういい教訓だ。覚えておくんだぞ、ジェニファ」

「分かったわ」

そのとき、レストランにだれかはいって来た。

〈ワチュカ・サルーン〉のオーナーで、町の保安官兼町長でもある、ベン・キャノンだった。

そばに来ると、キャノンは帽子を脱いで挨拶した。

「あんたたちが、早々にカラバサスからもどって来たと聞いて、挨拶に来たんだ。すわってもいいかね」

ストーンがうなずくと、キャノンはフロックコートの裾をはねて、わたしの向かいのあいた席にすわった。

給仕にコーヒーを頼んでから、おもむろにわたしたちの顔を見回す。

「カラバサスにはマケイブとかいう、ニューメキシコのお尋ね者をつかまえに行った、と聞いたがね。首尾はどうだったんだ」

わたしもサグワロも答えあぐねて、鱒《ます》の塩焼きを食べるふりをした。

しかたなさそうに、ストーンが口を開く。

「長くなるから、いきさつを話すのはやめておく。ただ結論だけ言えば、探し当てたマケイブは別人だった。むだ足を踏んだ、ということさ」

キャノンは、気の毒そうに眉を寄せた。

「そうか、それは残念だったな」

「どうということはない。わたしの仕事では、ときどき起こる間違いでね」

キャノンは、運ばれて来たコーヒーに口をつけ、もったいぶった口調で言った。

「あんたたちには、ラスティ・ダンカンの賞金を教会建設資金として、寄付してもらった借りがある」

サグワロが、異を差し挟む。

「寄付したのは、おれたちではない。このおれだ」

キャノンは咳払いをした。

「保安官の身で、こういうことをするのは少々気が引けるが、特別に便宜を図ろうじゃないか」

そう言って、フロックコートのポケットから畳んだ紙を取り出し、ストーンの前に置いた。

ストーンは、それを手に取って広げた。

キャノンが付け加える。

「そいつは、昨日あんたたちが町を出発したあとで届いた、スキップ・ジョーダンの手配書だ。気分を入れ替えて、追ってみたらどうかね」

ストーンは、キャノンの言葉を聞いていないようだった。食い入るように、手配書を睨んでいる。

わたしは、ストーンの手から手配書を抜き取り、文面を読んだ。

ウエルズ・ファーゴ（駅馬車便の会社）から、五千ドルを詐取《さしゅ》して逃亡したスキップ・ジョーダンの逮捕者に、賞金五百ドルと回収額の二割を提供する、という手配書だった。

ジョーダンは、ジョージ・ワシントン、トーマス・ジェファスン、ジョン・スミスなどの偽名を使う、という。

ジョン・スミス。

その名前に思い当たるより、写真がすべてを物語っていた。

そこにでかでかと載った写真は、まぎれもなくわたしたちがマケイブと取り違えた、あのジョン・スミスだった。

横から、手配書をのぞき込んだサグワロの目にも、当惑の色が浮かぶ。

わたしは恐るおそる、ストーンの顔を見た。

ストーンは、わたしから手配書を抜き取られたままの格好で、じっとしていた。

頰の筋と一緒に、唇の端がぴくぴく動く。

わたしは一瞬、ストーンがテーブルを引っ繰り返すのではないか、と思った。

しかし、ストーンはいきなり顎をのけぞらせて、笑い始めた。

天井を向いて、とめどもなく笑う。

確かに、笑うか自分の頭を壁に叩きつけるか、どちらかしかなかっただろう。

やがてサグワロも、同じように笑い始める。

二人が笑うのを見て、最後にはわたしもこらえ切れずに、笑い出した。

お人好《ひとよ》しのストーンは、最後に握手したときジョン・スミスに百ドル札まで握らせて、お引き取り願ったのだ。

これが、笑わずにいられるだろうか。

一人、わけも分からず取り残されたキャノンが、途方に暮れて言う。

「おい、どうしたんだ。何がそんなに、おかしいんだ。せっかく、賞金稼ぎの情報を提供してやったのに、無礼じゃないか」

ストーンは涙をふき、まだくすくす笑いを続けながら、途切れとぎれに言った。

「すまんな、キャノン。近ごろ、これほど大笑いできる話に出くわしたことは、絶えてなかったのでね」

「この手配書の、どこがおかしいんだ」

「手配書は別に、おかしくない。あんたの厚意には感謝する。コーヒーは、わたしのおごりだ」

キャノンはあきれたように首を振り、コーヒーを飲み干した。

立ち上がって言う。

「その手配書は、進呈するよ。これで、貸し借りなしだぞ」

キャノンが出て行くと、わたしたちは椅子にぐったりともたれかかった。

サグワロが問いかける。

「どうする、ストーン。カラバサスにもどるか」

ストーンは少し考え、ぶるっと体を震わせた。

「やめておこう。あの町は、縁起が悪い」

それから、わたしを見て言う。

「これで分かっただろう、ジェニファア。賞金稼ぎの仕事が、いかにばかばかしいものか、ということがね」

わたしは、とっておきの微笑を浮かべた。

「ええ、よく分かったわ。でも、わたしをベンスンの町へ追い返そうとしても、むだなことよ」

ストーンはため息をつき、やけくそのように言った。

「さて、今夜は久しぶりに〈ワチュカ・サルーン〉の二階にでも、泊まるとするか」

わたしがそうさせなかったことは、言うまでもない。

第五章

I

世の中、悪いことばかりは続かないし、いいことばかりも続かない。

まず、いいことから報告しよう。

ティモシー・マケイブの一件で、とんでもない間違いを犯したばかりだったし、トム・B・ストーンは珍しく落ち込んでいた。

その朝、連絡拠点にしているトゥサンの電信局へ、お尋ね者情報を求める照会電信を打ったときも、ほとんどあてにしている様子はなかった。そう次から次へと、お尋ね者の消息が伝わってくるなら、賞金稼ぎ《バウンティハンター》が何人いても足りないだろう。

しかし、悪いことのあとにはいいことがくるもので、夕方例のシエラビスタ・インのレストランで食事をしているとき、トゥサンからまたも色よい返事がきた。

銀行を襲い、二人の行員を撃ち殺したチャック・ローダボーが、生まれ故郷のドス・カベサスの町に舞いもどった、という知らせだった。

ストーンの説明によると、ローダボーはアリゾナ準州北部の小さな町の銀行を三軒襲って、合計四千五百ドルほどの金を奪った。いずれも単独犯で、抵抗を試みた銀行員二人を射殺し、一人に重傷を負わせたという。

「ドス・カベサスの保安官は、どうしてローダボーを逮捕しないんだ。例によって、まだ手配書が回っていない、とでもいうのかね」

サグワロが聞くと、ストーンはむずかしい顔をした。

「お尋ね者が生まれた町には、まず例外なく手配書が回る。したがって、ちゃんとした保安官がいるなら、何がなんでも逮捕するはずだ」

わたしはオートミールを食べて、ストーンに言った。

「ドス・カベサスの電信係が、あなたあてにトゥサンへ電信を打ったのは、ローダボーが大手を振って町を歩いているからでしょう。そうでなきゃ、賞金稼ぎに知らせたりしないわ」

「そういうことだな。何か、事情があるに違いない。保安官が、ローダボーと友だちなのかもしれないし、あるいは血のつながりがあるのかもしれない。まあ、行ってみれば分かることだ」

サグワロが、椅子にもたれて言う。

「ドス・カベサスは、どこにあるんだ」

「この町から、北東の方角へ道のりにして百マイルほど、のぼったあたりだ。ニューメキシコ準州との、州境にも近い」

「だったら、そんなに急いで行くこともないな」

「いや、昼前には出発する。この話を連邦保安官が聞きつけたら、かならずローダボーを逮捕しに、ドス・カベサスへ向かうだろう。わたしたちは、その先回りをしなければならん」

ストーンの頭には、賞金を稼ぐことしかないらしい。

わたしはオートミールを平らげ、コーヒーに手を伸ばした。

「二、三日休んだらどう。わたしたち、二度も続けて稼ぎそこなったわけだし、少し英気を養う必要があると思うの」

ストーンは、皮肉な笑いを浮かべた。

「わたしたち、ね。きみが、わたしのあとにくっついて来るまで、こんな失敗をしたことはなかった」

かちんとくる。

「失敗したのが、わたしのせいだって言うの」

「事実を言ったまでさ」

わたしが言い返そうとすると、サグワロが割ってはいった。

「まあ、二人とも待て。失敗したのは、だれのせいでもない。われわれ三人の責任をなすり合うのは、やめようじゃないか」

ストーンが、どうしようもないと言うように、瞳をぐるりと回す。

「われわれ三人、か。仲間が三人になったら、稼ぎも三倍になってよさそうなものだが、なぜか三分の一に落ちてしまった。いや、三分の一どころか、ここ二度は稼ぎがゼロだ。わたしは、役にも立たぬ相棒をただで養う気なんか、少しもないからな」

「養ってもらってなんかいないわ。お給料だってくれないくせに」

ストーンは手のひらを立て、わたしたちとの間に見えない壁を作った。

「文句があるなら、二人はここに残っていい。それで、いっこうにかまわんよ。とにかくわたしは、正午の鐘が鳴ったらこの町を出て、ドス・カベサスへ向かう。雨が降ろうと、槍が降ろうとな」

しかし、神さまはそれを許さなかった。

悪いことばかりも続かないが、いいことばかりも続かないと言ったのは、そのことだ。

ストーンはぷりぷりしながら、レストランを出て行った。

その後ろ姿を見送ったサグワロとわたしは、十秒とたたないうちに建物を揺るがすような、ものすごい物音とわめき声を聞いた。

レストランの中にいた客は、わたしたちも含めて全員テーブルから立ち上がり、ホテルのロビーに飛び出した。

フロントの男が、正面玄関のドアをあけて頭を抱え、おお神さま、と大声を上げる。

外へなだれ出ると、板張り歩道から通りにおりる階段の下に、ストーンが倒れているのが見えた。

ストーンは、右の腰のあたりを手で押さえ、大声で唸った。

わたしは、とっさにストーンのそばへ駆けおりようとして、階段のいちばん上の段が真二つに折れ、ぎざぎざの縁をさらしているのに気づいた。

それを避けて飛びおり、わたしはストーンのそばに膝をついた。

「しっかりして、トム。いったい、どうしたっていうの」

「くそ。ホテルを訴えてやる。階段が、急に二つに割れたんだ。腐ったまま放置した、ホテルに責任がある。ホテルのオーナーを呼べ」

ストーンは、唸り声の合間あいまにそう言って、ホテルをさんざんにののしった。

わたしたちは町の人びとの手を借り、ストーンを医者のところへかつぎ込んだ。

ドク・トビンは、ひどく腰を打っているが骨には異常がないと言い、鼻につんとくる妙な練り薬を患部に塗り込んだ。

「関節がちょいとずれとるが、二、三日静かに横になっていれば、もとにもどるだろう」

ドク・トビンの見立てを聞いて、サグワロとわたしはひそかに顔を見合わせ、ほくそ笑んだ。

ところが、ストーンは言ったものだ。

「馬に乗っても、だいじょうぶかね」

それを聞くと、ドク・トビンはレンズが飛び出すのではないかと思うほど、眼鏡の奥で目を丸くした。

「とんでもない。馬になんか乗ったら、腰の蝶番《ちょうつがい》がはずれて二度と歩けなくなるぞ。ぶるるる、ばかなことを言うもんじゃない」

ストーンは口をつぐんだが、それであきらめたわけではなかった。

わたしたちが手を貸そうと言うのを断り、腰を押さえて右足を半分引きずりながら、ホテルにもどった。

フロントの男を見ると、ストーンは言った。

「ここから、ウィルコクスへ行く駅馬車が出ていた、と思うが」

「はい。週に二回、月曜と金曜に出ております」

「今日は金曜だ。何時に出るのかね」

「正午ちょうどで」

「よし。その席を二人分、予約してくれ」

フロントの男は、サグワロとわたしをちらちらと見た。

「かしこまりました。まだだれも予約しておりませんので、二人でも三人でも好きなだけ席が取れます」

「二人分でいい」

フロントの男は、居住まいを正して続けた。

「階段が腐っていたかどうかは別といたしまして、お客さまがお怪我をなさったことにつきましては、まことに遺憾に存じております。お見舞いの印といたしまして、みなさまの駅馬車の料金は当ホテルで全額、持たせていただきます」

ストーンは、固い表情を崩さなかった。

「それはどうも」

わたしは、ストーンの顔をのぞき込んだ。

「いったい、どういうつもり。ドク・トビンが言ったことを、聞いてなかったの。旅なんか、できるわけがないわ」

「馬には乗らない。ドクは、駅馬車までだめだ、とは言わなかった」

「駅馬車ですって。駅馬車に乗って、どこへ行くの」

「終点までさ。ドス・カベサスは、ウィルコクスから十五マイルかそこらだ。それくらいの距離なら、あとは馬で行ってもだいじょうぶだろう」

「でも、二人分って、どういう意味。サグワロを置いて行くの」

「サグワロもきみも、置いて行く。二人分取ったのは、向かいの席に足を載せるためさ」

これにはあきれたが、わたしは頑固に言った。

「わたしは、ついて行くわよ」

サグワロも肩をすくめて、反対はしない、という意思表示をする。

ストーンは、ロビーの長椅子にそろそろと、腰を下ろした。

「だったら、別々に行くしかないな。駅馬車は、途中で馬を替えながら走るから、ウィルコクスまで二日もあれば着く。サグワロときみは、馬を適当に休めながら四日くらいかけて、のんびり来ればいいさ」

わたしは、爪を嚙んだ。

ストーンは、わたしたちをまこうとしているのではないか。

肚《はら》を決めて言う。

「わたしたちも、駅馬車で行くわ」

サグワロは、何か意見を言いたそうにしたが、結局口をつぐんだ。

ストーンが、薄笑いを浮かべる。

「勝手にすればいい。わたしは、ここで馬を売って行く。ウィルコクスで、また買い直すつもりだ」

サグワロは、断固として言った。

「おれは、売るつもりはない」

「わたしもよ。フィフィを売るなんて、考えたくもないわ。駅馬車の後ろにつないで、一緒に走らせるわ。鞍をはずしてやれば、フィフィはいくらだって走れるんだから」

サグワロもうなずく。

「そうさ。もし走れなくなったら、その段階で考えればいい。あんたの馬も、無理に売ることはないだろう。むだな金を遣うだけだ」

わたしたちが、意地でもついて行くという姿勢を示したので、ストーンは手を振って言った。

「分かった、分かった。好きにするさ。そのかわり、何が起こっても知らんぞ」

2

駅馬車に乗るのは、初めてだった。

駅者《ぎょしゃ》はピートといい、ピートと並んで駅者台にすわる護衛は、アレクスといった。

ピートは小太りの、この界隈《かいわい》ではもっとも年季のはいった駅者だとかで、年は五十歳かそこらだった。

アレクスはまだ三十そこそこで、ショットガン（散弾銃）を後生大事に抱えている。

ショットガンは、相手が離れているとあまり効き目がないが、至近距離で使えば容易に致命傷を与えることができる。小さな粒つぶの弾丸が放射状に広がって飛ぶので、距離が近ければ複数の敵を倒すことも可能だ。

駅馬車は、四頭立てだった。

ピートは、わたしたちの馬を後ろにつなぐのをいやがったが、一頭につき二ドル払うと言ったら、すぐにオーケーした。

荷物と鞍は、屋根の上に載せた。

そこには、だれかがウィルコクスの知人に送るとかいう、ウイスキーの小さな樽《たる》が一つ結わえつけてあるだけで、ほかに荷物はなかった。

補助席も入れて、駅馬車の内部座席にすわれる客の数は、九人だった。

駅者台の隣と後ろの屋根、最後尾の物入れの上までフルに使えば、そのほかに十人まで乗ることができる、という。

わたしたちは、出発の十分前にはもう馬車に乗っていた。

しかしそのあと、なかなか席が埋まらない。

もしかすると、乗客はわたしたち三人だけか、と思った。

しかし、出発間際《まぎわ》になって男女の二人連れが、あわただしく乗り込んで来た。西部では珍しい、髭のない青白い顔をしたセールスマン風の男で、年はアレクスと同じくらいだった。

男は山高帽を取り、ロバート・バトラーと名乗った。連れの女を、いいなずけのメアリ・オズボンだ、と紹介する。

トム・B・ストーンは、しかたないという感じで軽く帽子を持ち上げ、名前を告げた。サグワロは、無愛想にうなずいただけで、何も言わない。メアリが眉をひそめても、知らぬ顔をしている。

わたしは急いで、ジェニファ・チペンデイル、と自己紹介をした。

メアリは、白いフリルのついた青いドレスを身につけ、そろいの飾り帽子をかぶった二十五歳くらいの女だった。

そばかすだらけの顔で、わたしと同様取り立てて美人とはいえないが、つんと上を向いた鼻に愛嬌《あいきょう》がある。

バトラーとメアリは、ストーンが伸ばして載せた足の側の席に、並んですわった。

ストーンが律義《りちぎ》に、足を載せるために二人分の料金を払ったことを、バトラーとメアリに説明する。実際には、ホテルが払ったのだが。

わたしは、女性の道連れができてうれしかったが、メアリはあまりおしゃべりが好きではないようだった。

挨拶がすむと、メアリはすぐさま鼻にハンカチを押し当てて、しきりにぐすぐすやり始めた。風邪でも引いているのだろうか。

ときどき、わたしが着ている男物のシャツとズボンを、横目で見る。女のくせに、なぜそんな格好をしているのかという、不審と軽蔑《けいべつ》の入り交じった目だった。

それにあきると、今度はサグワロのいでたちをじろじろと見て、インディアンではないかと疑うように、眉をひそめる。

どちらにせよ、メアリはわたしたち、というよりも西部の人間や風土に、あまり好感を抱いていないように見えた。

結局その日の乗客は、それがすべてだった。

駅者台で、ピートがどなる。

「つかまってくれ。出発するぞ」

わたしは床に足を突っ張り、背中を仕切りに押しつけた。

駅馬車が走り出すと、ストーンは足を伸ばしたまま、もぞもぞとすわり直した。

座席には革が張ってあるが、それで振動が全部吸収されるとは思えない。そもそも、スプリングというものがついていないのか、恐ろしい揺れ方だった。

これなら、馬の方がまだしもではないか、という気がする。

「だいじょうぶなの、トム。無理をして、一生馬に乗れないようになったって、知らないわよ」

「ほうっておいてくれ。たとえ這ってでも、わたしはドス・カベサスへ行く」

これほど強情だとは、思わなかった。

「お尋ね者は、チャック・ローダボーだけじゃないでしょう」

お尋ね者と聞くと、メアリは眉をひそめて咳をした。耳が汚《けが》れた、と言わぬばかりだった。

バトラーは、まるで聞こえなかったというように、外を眺めている。

ストーンは、不機嫌そうにわたしを見た。

「そういう話を、人前でしてはいかん。退屈だったら、聖書でも読むがいい」

しかたなく、口をつぐむ。

わたしたち三人は、進行方向を向いてすわっていた。

ストーンとサグワロはそれぞれ窓側の席を占領し、真ん中にすわったわたしの向かいには、バトラーがいる。

バトラーは、できるだけわたしと足がぶつからないように、気を遣った。メアリの目を意識しているようだった。

わたしは、メアリに探りを入れた。

「とてもきれいなドレスね。どこで買ったんですか」

するとメアリの顔に控えめながら、得意そうな色が浮かんだ。

「ボストンよ」

「ボストンって、どのあたりにあるの」

「東海岸の、北の方よ。ここからだと、直線距離にしてざっと二千マイルね」

二千マイル。

あまり数字が大きすぎて、ぴんとこない。

わたしが黙っていると、メアリはますます得意げに続けた。

「ボストンには、こういうドレスを売っているお店が、たくさんあるわ。西部には、どうしてないのかしら。たまにあったとしても、とうに東部で流行遅れになったものばかり。西部のお嬢さんたちは、かわいそうね」

鼻の先に、優越感が漂っている。

わたしは、情けなさそうな顔をしてみせた。

「だって、そういうドレスを着る機会がほとんどないから、しかたがないわ」

「あなた、年はおいくつ」

「十六。あと少しで、十七になるけれど」

「できるだけ早く、東部に移住することだわ。若い娘さんが、こんな野蛮なところに住んでいたら、幸せをつかみそこねるわよ。肌はがさがさになるし、そばかすだらけになるし」

そう言ってから、メアリは自分のそばかすだらけの顔を思い出したのか、少し赤くなった。

「あなただってまだ若いのに、どうして西部に来たんですか」

わたしが聞き返すと、メアリは隣にすわるバトラーの手を握った。

「この人は、わたしの幼なじみなの。西部へ金鉱を探しに行く、と言って七年前にボストンを出たきり、ずっと帰って来なかったわ。このままだと、わたしはおばあさんになってしまうから、連れもどしに来たのよ」

唇の端に、唾がたまっている。

どうやら見かけほどには、おしゃべりが嫌いというわけではないらしい。

バトラーは口元に、礼儀正しい微笑を浮かべた。

「メアリの言うとおりですよ」

「ボストンまで、どうやって帰るんですか」

わたしが質問すると、メアリは天井を見ながら答えた。

「ウィルコクスに着いたら、そこからウエルズ・ファーゴ社の駅馬車に乗り継いで、セントルイスまで行くの。セントルイスからは、東海岸まで汽車が走っているわ。汽車に乗ってしまえば、あとは楽なものよ」

そのころのわたしは、まだ汽車というものを見たこともなければ、乗ったこともなかった。

どういうものなのか、想像もつかなかった。

「ボストンへ行くのに、どれくらい時間がかかるのかしら」

メアリは頬に人差し指を当て、考えるしぐさをした。

「そうね。ざっと、三週間というところかしら」

メアリとの会話は、そこで途切れた。

バトラーに目を向ける。

「それで、金鉱は見つかったんですか」

バトラーは、ぱちぱちと瞬きした。

「ええと、あと一週間、いや、三日間余裕があれば、金脈を掘り当てる予定でした。しかし、メアリが一刻の猶予もならない、と言い張るものですからね。なんでしたら、あなたがたにわたしの金採掘権利証を、格安にお譲りしてもいいですよ。あと少しで、かならず金脈にぶつかるんですが」

わたしもストーンも、それからサグワロも、そろって首を横に振る。

バトラーは残念そうに、肩をすくめた。

駅馬車は東へ向かって三時間ほど走り、シエラビスタからおよそ二十マイル離れた、最初の中継所に到着した。

そこは、まだちゃんとした町の体裁を整えてはいなかったが、周辺で鉱脈を探す山師たちの拠点になっているらしく、小さな商店や酒場があった。

ストーンとサグワロは、酒場にはいった。

わたしはバトラー、メアリと一緒に日干しレンガでできた待合室に残って、馬の取り替え作業が終わるのを待った。

開いた窓から、作業の手伝いをするピートと、アレクスの姿が見える。

馬の世話係が、ピートに言うのが聞こえた。

「次の中継所まで、油断しないようにしろ。ことに、ミュールパス峡谷に差しかかるあたりは、気をつけた方がいい。あの辺でコマンチを見かけた、という報告があるからな。もし連中と出会ったら、ここへ引き返すか峡谷へ全速力で逃げ込むか、どちらかに決めるんだ」

コマンチと聞いて、わたしは拳を握った。

ピートが応じる。

「引き返すわけにゃいかん。銀行から預かった砂金を、ウィルコクスでドルに替えてもどらんことには、シエラビスタの経済が破綻《はたん》するからな」

砂金を積んでいるのか。

いやな予感がする。

わたしは、水瓶《みずがめ》から自分で水を汲んで、喉を潤した。

コマンチが出没するとは、いささかことがめんどうだ。

相手がアパッチなら、クラウチングムーン（うずくまる月）と知り合ったばかりだし、まだ話のつけようがある。

しかしコマンチとなると、まったく勝手が分からない。

スー族と一緒に暮らしていたころ、コマンチ族は馬を操るのが巧みな上に、アパッチ族に勝るとも劣らぬ勇猛果敢な部族だ、と聞かされた。

先月ベンスンの町で、白人とコマンチのあいだに生まれた、族長クアナ・パーカーに率いられて、合衆国の軍隊に抵抗していた最後の大集団が、とうとう降伏したという話を耳にした。

だからといって、すべてのコマンチが居留地にはいったわけではない。

あくまで降伏を拒否し、ゲリラ戦を展開しながら逃げ回るコマンチの小集団も、まだいくつか残っていた。

馬の世話係が言ったのは、そうしたコマンチの一団だろう。

十五分後、馬を交換した駅馬車は、ふたたび出発した。

中継所を十分に離れたところで、わたしはストーンにささやきかけた。

「ちょっと、耳に入れておきたいことがあるの」

ストーンは帽子の庇《ひさし》に手を触れ、わざとらしく斜め向かいのメアリに目礼してから、固い声でわたしをたしなめた。

「駅馬車に乗ったら、ひそひそ話は禁物だ」

わたしは、普通の声で言った。

「この先で、コマンチが待ち伏せしているらしいわよ」

メアリは、白いレースの手袋をはめた手を口に当て、瞳の周囲が全部見えるほど目を丸く見開いて、わたしを凝視した。

バトラーの顔にも、不安の色が浮かぶ。

ストーンは首を振り、わたしを睨んだ。

「駅馬車に乗るとき、駅馬車強盗とインディアンの襲撃の話題は、絶対に出してはいかん」

さすがに、むっとする。

「そんなにたくさん、してはいけないことがあるのだったら、乗る前に教えてくれればよかったのに」

メアリが割り込む。

「あの、コマンチが襲って来るって、ほんとうなの」

わたしは、軽く咳払いをした。

「姿を見かけた人がいる、という話を聞いただけです。実際に、待ち伏せしているかどうかは、分からないわ」

正直に答えると、メアリは少しほっとしたように、すわり直した。

サグワロが言う。

「そういう噂があるときは、実際にそうなると思った方がいい」

メアリは、まるで山羊が口をきいたとでもいうように、びっくりした顔でサグワロを見た。

「あなたは、インディアンのくせに、英語を話すの」

「おれは、インディアンじゃない。上品でない英語を、少しだけ話す」

サグワロが答えると、メアリは大きな蛙《かえる》を飲んだ蛇のように、喉仏を動かした。

窓の外を見る。

駅馬車は平地を走っていたが、やがて行く手に広がる山並みが、視野にはいってきた。

その山並みの中ほどに、鋭い角度の切れ目が見える。

馬の世話係が言っていた、ミュールパス峡谷に違いない。

走るにつれて、平地はしだいに起伏の多い岩場に変わり、道が険しくなった。

ピートは、馬を比較的ゆっくりと、走らせている。速さはせいぜい、一時間に四マイルか五マイルというところだ。

次の中継所が、峡谷を抜けた向こう側にあるとすれば、シエラビスタから最初の中継所までより、さらに距離が遠い。最低でも、二十五マイルはあるだろう。

あまりに長時間、起伏の多い道を速いスピードで走らせると、馬がまいってしまう。後ろにつながれたわたしたちの馬のためにも、ゆっくり走ってくれた方がありがたい。

サグワロが、行く手の右側にそびえる岩山に目をやり、膝で合図をよこした。

その視線を追うと、岩山の上にひそむインディアンらしき褐色の人影が、はっきりと見えた。

3

サグワロもかなり遠目がきくが、わたしも視力には自信がある。

普通の人の目には、そのインディアンは岩山の一部としか、見えなかっただろう。

わたしは、トム・B・ストーンの脇腹《わきばら》をつついた。

ストーンが、小さくうなずく。

「分かっている。わたしも見た」

どうやら反対側の岩山にも、インディアンが隠れているらしい。

ストーンは、すわったまま腰を少し持ち上げて、拳銃を差したホルスターの位置を、上に回した。

その手を押さえる。

「ピートに警告した方がいいわ、トム。今なら、引き返せるかも」

「引き返すつもりはない」

ストーンはにべもなく言い、向かいにすわるバトラーに声をかけた。

「あんた、銃を持っているかね」

バトラーは、あまり気の進まない様子でうなずき、上着の内側に手を入れた。わたしたちの様子から、近くにインディアンがいると分かったらしい。

出てきたバトラーの手には、拳銃が握られていた。

鳥の頭に似た形の、真珠色に光る小ぶりのグリップに、彫り物をほどこしたニッケルメッキらしい、真新しい拳銃だった。

「土産《みやげ》に買ったばかりで、まだ撃ったことがないんです」

バトラーはそう言って、拳銃に弾を込め始めた。

ストーンは前に、暴発を防ぐために五発しか詰めてはいけないと言ったが、バトラーはしっかり六発詰めた。

ツガミ

メアリが、シーツのように白くなった顔を、バトラーに振り向ける。

「何をするつもりなの、ボブ」

「外を走っている、野兎《のうさぎ》を撃つんだよ、メアリ」

「野兎なんか、走っていないわ」

「これから、出て来るんだ」

ストーンが、窓から首を出してどなる。

「ピート。峡谷の入り口まで、あとどれくらいかかる」

駅者台から、ピートがどなり返す。

「二十分てとこかね」

「十分で突っ走れ。コマンチが襲って来るぞ」

「ほんとか」

ピートが、泡を食ったように鞭を鳴らし、馬を駆り立てた。

駅馬車は、尻に火がついたようにすごい勢いで、走り始めた。

それこそ、野兎のように飛んだり跳ねたりするので、つかまっていないと外へ投げ出されそうだった。

ストーンが、また首を出してどなる。

「わたしの鞍から、ライフルを取ってくれ」

護衛のアレクスが、窓からライフルを差し入れた。

ストーンはそれを受け取り、拳銃を抜いてサグワロに渡した。

「ガンベルトから、予備の弾を抜いて用意するんだ。やり方は、分かっているな」

「うん」

わたしは、ストーンのガンベルトから予備の弾を抜き取り、サグワロに手渡した。

サグワロがそれを、ベストのポケットに落とし込む。

サグワロも、銃の撃ち方くらいは知っているだろうが、あまりあてにはできない。

例の愛用の刀は、ほかの荷物と一緒に屋根に載ったままだ。

いくらサグワロが刀の名人でも、駅馬車の上では腕の振るいようがない。

吹き針にしても、よほどコマンチがそばに寄って来ないかぎり、役に立たないだろう。

わたしはサグワロの膝をまたぎ、窓から体を乗り出して屋根に腕を伸ばした。

鞍に結びつけたガンベルトを、拳銃ごと引っ張りおろす。

ストーンは、ライフルから目を上げて、わたしを見た。

「やめておけ。自分の足を撃つだけだ」

「心配しないで。撃ち方を教わってから、ときどき練習してるのよ」

わたしが言い返すと、ストーンは肩をすくめた。

「少なくとも、窓の外に向けて撃つんだぞ」

いるようだった。

メアリが、すっかり血の気の失せた唇《う》を震わせながら、何かつぶやく。お祈りを唱えて

バトラーは、メアリを自分がいた場所にすわらせ、窓際の席に移った。

ストーンがどなる。

「アレクス。岩山を過ぎたら、いっせいに襲って来る。何人いるか分からないが、とにかくこっちの馬を撃たれないように、右と左に一発ずつショットガンをお見舞いしろ」

インディアンは、駅馬車を停めるために何よりもまず牽引馬《けんいんば》、とくに先頭の馬を撃つといわれている。

駅者が撃たれても、駅馬車は停まらずに走り続けることができるが、馬が一頭でも撃たれて倒れたら、それ以上は進めなくなる。

腰をかばいながら、窓からライフルを突き出したストーンが、わたしたちに注意する。

「弾をむだにするな。インディアンではなく、馬の方を狙うんだ。合図をするまで、撃ってはいかん」

わたしは、震えているメアリとストーンの足の間に割り込み、銃口を窓の外に向けた。

反対側の窓を、サグワロとバトラーが守る。

ストーンが言ったとおり、岩山を過ぎたとたん待ち構えていたインディアンが、左右からいっせいに雄叫びを上げて、襲いかかって来た。

駅馬車が、その間を嵐《あらし》のように走り抜ける。

アレクスのショットガンが、立て続けに二度轟音を発した。

馬がつんのめるように倒れ、何人かのコマンチが地上に転げ落ちる。

出端《ではな》をくじいたことは確かだが、距離がそれほどせばまっていなかったために、致命傷にはならなかったようだ。

残ったコマンチが、猛然と追いかけて来る。

ストーンは、痛めた腰をかばいながら座席の反対側に移動し、駅馬車の後方にライフルの銃口を向けた。

わたしも床に膝をつき、今までストーンがすわっていた席に上体を預けて、窓から銃を突き出す。

追って来るコマンチの数は、およそ十人から十五人だった。

「撃て」

ストーンが合図して、みずからライフルの引き金を絞った。

とたんに、先頭の馬ががくりと膝を折って、砂地に突っ込む。

乗り手が、その頭越しにもんどり打って、地上に投げ出された。

背後で、サグワロとバトラーが、拳銃を撃ち始める。

わたしも、コマンチの馬を狙って撃とうとしたが、引き金が引けない。

距離が遠すぎ、弾がむだになると思ったからでもあるが、もしコマンチに当たったらどうしよう、と不安になったのも事実だ。

撃たなければ、自分が死ぬことになるという考えは、そのときは浮かばなかった。

ストーンがどなる。

「狙う必要はない。とにかく撃ちまくれ」

馬上のコマンチが、走りながら弓を最大限に引き絞り、矢を射かけてくる。

屋根の上で悲鳴が上がり、すぐ目の前の窓の外をウイスキーの樽と一緒に、だれかの体が落ちて行った。

背中に、矢が刺さっている。

手に握られたショットガンで、それがだれだか分かった。

護衛のアレクスだった。

ストーンのライフルが、かちゃかちゃと空しい音を発する。

弾が尽きたらしい。

「くそ」

「弾はないの」

「弾薬箱だ。屋根の、荷物の中にある」

アレクスがやられたとなると、取ってもらうわけにいかない。

「ピート、だいじょうぶか」

ストーンがどなる。

「だいじょうぶじゃねえ。早くやつらを追い散らせ」

駁者台のピートが、悲鳴に近い声でどなり返した。

ストーンは、屋根に腕を伸ばそうと窓から体を乗り出したが、とたんにコマンチの放った矢が窓枠を砕き、木の破片をそのあたりにばらまいた。

ストーンは腰を押さえ、座席の上に尻餅をついた。

メアリが、派手な悲鳴を上げる。

駅馬車の横に並んだコマンチが、きりきりと引いた矢をこっちに向けた。

ストーンは、とっさにわたしの手から拳銃をもぎ取り、コマンチを撃った。

同時に、放たれた矢がわたしの顔の横をかすめて、反対側の窓枠に突き刺さる。

馬の首筋から血が噴き出し、一瞬にしてコマンチの姿は視野から消えた。

ストーンが、刺さった矢を乱暴に払い落とす。

ピートが叫んだ。

「連中の狙いは、馬だぞ。後ろにつないだ馬を、連中にくれてやれ」

それを聞くと、ストーンは初めて気がついたというように、わたしを見た。

「そうだ、連中がほしがってるのは、馬だ。だから馬を撃たずに、人間ばかり狙ってくるんだ」

わたしは、とっさにストーンにしがみつき、大声で言った。

「だめ、だめよ」

ストーンはわたしを無視して、サグワロに命じた。

「後ろへ回って、つないだ馬を放して来い」

サグワロは、むしゃぶりつくわたしの手を振り切り、後部の窓枠から外へ抜け出た。

「やめて、やめて。お願い、サグワロ。フィフィを、コマンチなんかに渡さないで」

わたしは身の危険も忘れ、窓枠から乗り出して叫んだ。

バトラーが、わたしのベルトをつかんで、必死に引っ張る。そうしなければ、わたしは
突っ走る駅馬車から、転げ落ちたかもしれない。

屋根の手すりにつかまり、後方に身を乗り出したサグワロは、右手のナイフを一閃させ
た。

三頭の馬をつないだ手綱が、すぱりと切り離される。

「フィフィ、フィフィ」

わたしは絶叫したが、すでに遅かった。

フィフィも、他の二頭もたちまち駅馬車から遅れ始め、みるみる姿が小さくなる。

同時に、駅馬車と並行して走っていたコマンチの一団も、速度を緩めた。

　たちまち、視野の中を遠ざかって行く。

「フィフィ、フィフィ」

　駅馬車の砂ぼこりの後ろに、三頭の馬に駆け寄るコマンチの姿が見えた。

　駁者台で、ピートがどなる。

「あと少しで、峡谷の入り口だ」

　サグワロがもどったとき、わたしは座席に身を投げかけ、わんわん泣いていた。

　ストーンが、わたしの肩に手を置いて言う。

「馬を放さなければ、連中はわたしたちを皆殺しにしたあとで、馬を取るだけだ。どっちみち、フィフィはコマンチのものになる」

　わたしはその手を振り払い、なおも泣き続けた。

　こんなことで、フィフィと生き別れになるとは、考えもしなかった。

　元南軍ゲリラの一団に農園を襲われ、両親や使用人を皆殺しにされたときも、これほどには泣かなかった、と思う。

　サグワロの声がする。

「連中も、これで満足したようだ。切り離した三頭がいなかったら、駅馬車を引っ張る四頭をあくまで狙ったはずだから、おれたちの命はなかっただろう。フィフィが、おれたちを助けてくれたんだ」

子供に言い聞かせるような口調だった。

泣きながらわめいた。

「コマンチは、あきらめないわ。自分たちの馬を何頭もやられたのに、わたしたちの馬をたった三頭奪い取っただけで満足するほど、コマンチをばかだと思ってるの。きっとまた、追いかけて来るわよ」

だれも、そのことに思い当たる者がいなかったのか、急には返事がない。

ストーンが、咳払いをして言った。

「たいした傷でなければ、撃たれた馬ももとどおり乗れるようになるし、悪くしても荷物運びに使える。死んだ馬だって、食糧や革の加工品に利用できるから、むだにはならん。それくらいのリスクは、彼らも覚悟しているはずだ」

そのとおりかもしれないが、だからといって慰めになるわけではない。

危機を脱してほっとしたのか、メアリが急に取り澄ました声で言う。

「まだまだ子供ね。馬の命と人間の命と、どちらが大切か分かってないのよ」

わたしは、かっとして顔を上げた。

「あんたなんかに、そんなこと言われたくないわ。西部では、馬は人の命より大切なことがあるのよ。ことに、フィフィみたいな、頭のいい馬はね」

メアリは、わたしの見幕に恐れをなしたように、座席の上で身を引いた。

4

峡谷にはいってほどなく、ピートは駅馬車を停めた。

全力疾走した馬を休ませなければ、この先へばってしまうというのだ。

サグワロは、コマンチがあとを追って来ないかどうか確かめるため、峡谷の入り口を見張りに行った。

トム・B・ストーンは、屋根の荷物から弾薬箱を取り出して、ライフルに装填した。

拳銃にも、弾を込め直す。

わたしは、フィフィを失ったショックから立ち直れず、弾を込める気力もなかった。

そもそもこれほど短期間のうちに、アパッチとコマンチの両方から追いかけられるはめになるとは、想像もしていなかった。

メアリ・オズボンが、馬が飲んだあとの湧《わ》き水にハンカチを浸し、手足をふいている。

一息ついて初めて、助かったという実感がわいてきたのか、半ば放心したように見えた。

ロバート・バトラーが、岩陰にすわったわたしのそばに、やって来る。

「きみの気持ちはわかるよ、ジェニファァ。ぼくも、かわいがっていた馬をシエラビスタの町に、置いて来たからね」

わたしは、ため息をついた。

「フィフィは、特別な馬なんです。そのあたりの馬とは、格が違うの」

「三頭つないであったうちの、いちばん毛並みのいい栗毛《くりげ》の馬だろう」

わたしは、バトラーの顔を見た。

「分かるんですか」

「分かるとも。ぼくも、馬にはうるさい方なんだ」

うれしかったが、それでフィフィがもどるわけではない。

わたしとしては、コマンチがフィフィをだいじにしてくれるように、祈るほかなかった。

二十分ほど休むと、出発の準備ができた。

わたしはピートに頼まれて、サグワロを呼びもどしに行った。

一緒にもどって来る間、サグワロは口をきかなかった。

しかしサグワロが、わたしの意に反してフィフィを切り離したことを、気に病んでいるのは確かだった。

出発する前に、コマンチに射落とされたアレクスのことで、ストーンがピートに二言三言、悔やみを言った。

ピートは首を振りながら、護衛はこういう危険があるので給料も高いし、遺族にもそれなりの手当が渡されるはずだ、と答えた。

さらに、次の中継所で遺体の回収を頼むつもりだ、と付け加えた。

わたしはコマンチが、アレクスの遺体をそのまま無事に残しておくかどうか、少なからず不安だった。

しかし、実際コマンチの狙いが馬にあったのだとしたら、アレクスにかまわず引き上げていくかもしれないし、そうであってほしいと心から願った。

アレクスのかわりに、ストーンのライフルを持ったサグワロが、ピートの隣にすわることになった。

駅馬車は、切り立った峡谷の断崖《だんがい》の間を、次の中継所へ向けて走り出した。

だれしも、これで騒ぎはおしまいだ、と思ったに違いない。

しかし、そうではなかった。

峡谷は、ところどころ水溜まりができているだけで、川は流れていない。

幅もまちまちで、百フィートほどの広さのところもあれば、駅馬車一台通り抜けるのがやっとというところもある。

道筋も、直線と曲線がややこしく入り交じって、なかなかスピードが上がらない。

インディアンが待ち伏せするなら、峡谷の中でした方が確実なのではないか、とさえ思った。

ストーンによれば、身を隠す場所が多いのは待ち伏せする側だけでなく、襲われる側にも有利に働く。したがって、山地で暮らす部族以外のインディアンにとって、峡谷での襲撃はわたしが考えるほど、利点があるわけではないのだそうだ。

なるほど、コマンチもアパッチも主に平原で暮らすインディアンだから、こういう場所はあまり得意でないのかもしれない。

前方に隘路《あいろ》でもあるのか、駅馬車のスピードがいちだんと遅くなった。

切り立った断崖が、急に両側から迫ってくる。

そのとき、突然高いところからだれかがホールト（停まれ）、とどなる声が聞こえた。

駅者台で、ピートがあわてたようにホールト、ホールトと叫び、駅馬車を停止させた。

もう少しで座席から滑り落ちそうになり、わたしはあわてて窓枠につかまった。

窓から、首を出す。

前方の小高い岩棚に、灰色のロングコートを着てライフルを構える、長身の男の姿が見えた。

男が、またどなる。

「動くな」

男はテンガロンハットを目深にかぶり、赤いスカーフで覆面をしていた。

人の気配に振り向くと、後方から同じような格好をして拳銃を持った男が三人、小走りに近づいて来る。

なんということだ。

今度は、駅馬車強盗にあってしまった。

岩棚の男が、三たびどなる。

「全員、銃を外に投げ捨てるんだ。手を上げて、馬車からおりろ」

駅者台から、ライフルが砂の上に投げ捨てられた。サグワロのライフルだ。

わたしは、ストーンを見た。

ストーンは、腰の拳銃にかけた手を一度強く握ったが、黙ってそれを外へ投げ捨てた。

形勢利あらず、とみたのだろう。

バトラーもわたしも、それにならう。

メアリはまた真っ青になり、バトラーの腕にしがみついた。

わたしはストーンに、バトラーはメアリにそれぞれ手を貸して、馬車からおりる。

恐ろしさを感じる先に、あきれてしまった。

コマンチに襲撃されたあと、駅馬車強盗にぶつかるなどという不運な人間は、わたしたちくらいのものだろう。

岩棚から、崖を伝っておりて来た首領格の男が、ピートに聞いた。

「乗客は、これだけか」

「そうだ。あいにくだが、金目のものは何もないぞ」

そう、たぶん、砂金以外は。

背後で、仲間の一人が言う。

「そういえば、このインディアンは護衛用のショットガンを、持ってなかったな。どういうことだ、ジェシー」

ジェシー。

わたしは、思わず口走った。

「あなたたち、ジェシー・ジェームズの強盗団なの」

新聞を読まなくても、ジェームズ強盗団の評判は聞いている。

フランク、ジェシーのジェームズ兄弟が、いとこの兄弟やそのほかの無法者とともに、あちこちの町で銀行や列車、駅馬車を襲う話を、ベンスンの町で何度も聞かされた。

ストーンが、口にブーツを突っ込んでやりたいというような顔で、わたしを睨んだ。

「黙っていろ、ジェニファ」

それから、ジェシーと呼ばれた男の方を向き、言い訳をする。

「この娘はまだ十六で、自分が何を言ってるのか、分からないんだ。今の言葉は、聞かなかったことにしてくれ。わたしたちも、忘れることにするから」

わたしは、腰に手を当てた。

「自分が言ったことの意味くらい、ちゃんと分かっているわよ。この人たちは、ジェームズ強盗団なのよ。保安官に会ったら、そう証言してやるわ」

ストーンは、わたしの口をふさごうとして、手を上げた。

わたしは、すばやくその腕をかいくぐり、サグワロのそばへ逃げた。

ジェシーと呼ばれた男が、覆面の下でさもおかしそうに笑う。

「おもしろい娘じゃねえか。いかにもおれは、ジェシー・ジェームズさまだ。妙なまねをしなけりゃ、命まで取ろうとは言わねえ。おい、探してみろ」

ジェシーに命じられて、三人の仲間が屋根の上の荷物や馭者台の下のボックスを、手早く調べ始める。

後部の、革のカバーでおおわれた荷物入れを、仲間の一人がナイフで切り裂いた。

手を入れて、袋をつかみ出す。

布の一部を裂き、中を確かめた男は勝ち誇ったように笑い、ジェシーを見た。

「あったぜ、ジェシー。砂金袋だ。全部で十ばかりある」

「よし、頂戴《ちょうだい》しろ」

男たちは手分けして、砂金袋を持って来た革袋にしまった。

中の一人がメアリのそばに寄り、鼻先に拳銃を突きつける。

「指輪とブローチ、それにネックレスをよこせ」

メアリは、気を失わんばかりに動転して、喉元に手を当てた。

わたしは叫んだ。

「やめてよ。ジェームズ強盗団は、女の持ち物には絶対手をつけない、と聞いたわ。手をつけたら、ただのごろつきと一緒よ」

口からでまかせだった。

どちらにしても、ごろつきに変わりはないのだ。

ジェシーが、あまり気の進まない口調で、仲間をたしなめる。

「やめておけ、コール。砂金だけで十分だ。引き上げるぞ」

メアリは、ほっとしたようにわたしを見て、小さくうなずいた。

コールと呼ばれた男が、しぶしぶ馬のそばへもどる。

ジェームズ強盗団に所属する、ヤンガー兄弟の一人にコールという名の男がいる、と聞いたことがある。

これがその、コール・ヤンガーかもしれない。

コールと呼ばれた男が見張りに残り、ほかの二人はどこかへ姿を消した。

その間に、ジェシーは四頭の牽引馬を駅馬車から解き放ち、馬具をつけたまま峡谷の先に追いやった。

消えた二人の仲間が、どこかに隠していた自分たちの馬を引いて、もどって来る。

馬に乗ると、ジェシーは言った。

「命が助かっただけ、ありがたいと思え。ジェシー・ジェームズさまのお情けだ」

四人は、駅馬車が走って来た方へ馬首を向け、峡谷を駆け去った。

ピートがいまいましそうに、帽子を取って膝に叩きつける。

「くそ。ジェシー・ジェームズが、こんなとこへ現れるとは思わなかった。つい先月、ミズーリ州で列車強盗を働いて、七万五千ドルも稼いだばかりなのに」

そう言われれば、その話もベンスンで耳にした。

ストーンが言う。

「とりあえず、牽引馬を回収する必要がある。ピート、つかまえに行ってくれ」

ピートは帽子をかぶり直し、ため息をついた。

「分かった。ここで、待っていてくれ」

そう言って、馬が逃げた方へ歩き出す。

どこかに足を止めて、草でも食べていてくれればいいのだが、馬にそれを期待しても始まらない。

バトラーが、砂地に捨てた真珠母貝の握りの拳銃を、拾い上げた。

ストーンもサグワロも、そしてわたしも自分の銃を拾おうと、身をかがめる。

だれかが言った。

「拾ってはいかん」

顔を上げると、声の主はバトラーだった。

その手に握られた拳銃が、わたしたち三人に向けられている。

わたしはあっけにとられ、バトラーをぽかんと見つめた。

ストーンもサグワロも、途方に暮れたように体の動きを止める。

「そのまま、全員馬車に乗るんだ」

バトラーは、金鉱探しに来た東部男という最初の話とは裏腹に、目つきの鋭い別人のような男に、変身していた。

メアリも、もとのメアリではなかった。インディアンや、強盗団と出会ったときのあのおどおどした態度は、どこかにけし飛んでしまった。

目には、気の強そうな冷たい光が宿り、唇にはふてぶてしい薄笑いが浮かんでいる。

「いったいこれは、どういうことなの。説明してよ」

わたしは抗議したが、バトラーは黙って銃口を動かすだけだった。

ストーンに促されて、わたしたちは馬車に乗り込んだ。

それを見届けると、バトラーは銃口を上に向けてゆっくりと三度、引き金を引いた。

三発の銃声が長く尾を引き、峡谷の間を駆け抜けていく。

一分とたたないうちに、ピートが馬を探しに向かった行く手の方角から、蹄の音が聞こえてきた。

それも、一頭や二頭ではない。

ほどなく、真っ黒に髭を生やした黒ずくめの男たちが三人、砂地に駆け込んで来た。

ほかに、鞍だけでだれも乗っていない馬を二頭、引き連れている。

バトラーは、そのうちの一頭にメアリをほうり上げ、自分も他の一頭に飛び乗った。

「先を越された。追いかけるぞ」

仲間にそう声をかけると、馬車の中で呆然としているわたしたちに手を振り、先頭に立って峡谷を走り去った。

蹄の音が聞こえなくなるまで、だれも何も言わなかった。

馬車から、おりようともしなかった。

5

サグワロが、やっと口を開く。

「どうなってるのかね。それに、先を越された、とはどういう意味だ」

トム・B・ストーンは答えない。

「バトラーとメアリは、いったい何者なんだ」

またサグワロが言ったが、ストーンは相変わらず黙ったままだった。

わたしにも、さっぱりわけが分からなかった。

「とにかく、ついていないわね。だからシエラビスタで、しばらく休めばよかったのよ」

それしか、言う言葉がない。

ストーンが、腰をさすりながら言い返した。

「休んでいても、一セントの金にもならん」

当然のことながら、ひどく機嫌が悪い。

今日の騒ぎで、腰の具合もきっと悪化したに違いない。

わたしは、気分を変えて言った。

「でも、ものも考えようだわ。新聞社に、ジェームズ強盗団に襲われた顚末《てんまつ》を話して、記事にさせるのよ。謝礼金を、払ってくれるかもしれない」

サグワロが笑う。

「あんたは世間知らずのくせに、妙なところでちゃっかりしてるじゃないか」

ストーンは、なおも腰をさすりながら、ぽつりと言った。

「さっきの駅馬車強盗は、ジェシー・ジェームズの一味じゃないな」

ストーンの顔を見る。

「でも、ジェシーとかコールとか、仲間同士で呼び合っていたわ。コール・ヤンガーの名前を、ベンスンの町で聞いたことがあるもの」

「本物のジェームズ強盗団なら、あんな風に本名を呼び合ったりしないだろう。それに、連中の活動範囲はおおむねミズーリ、ケンタッキー、ミネソタなどの、中部か東部寄りの州だ。彼らが、こっちの方へ拠点を移したというなら、わたしもほうってはおかない。なにしろ、賞金の額はジェームズ兄弟だけでも、合わせて一万ドルだからな」

ストーンの言うことは、いつも理屈っぽくておもしろくない。

それに、最後にはかならず賞金の話になる。

そのとき、ピートがへとへとになった様子で、もどって来た。

「だめだ、逃げられた」

そう言って、両腕を広げる。

サグワロとわたしは、馬車からおりた。

銃を拾って、それぞれベルトに差し込む。

馬車の中から、ストーンが聞いた。

「次の中継所まで、あとどれくらいあるんだ」

ピートは、少し考えた。

「まだ十五マイルは、残ってるな」

真夏に歩くには、ちょっと遠すぎる距離だ。

ピートが、思い出したように続ける。

「おれが馬を探しに出てすぐ、から馬を二頭引いた三人の男たちとすれ違ったが、ここへ来なかったか」

「ああ、来た。バトラーとメアリの二人を、からの馬に乗せて行ってしまった」

ピートは、初めて二人がいなくなったことに気づいたように、あたりを見回した。

「そりゃいったい、どういうわけだ」

ストーンは、首を振った。

「分からない。そんなことより、これからどうするかだ。十五マイルを歩くか、それともこの次に駅馬車が通る月曜まで、ここで野宿をするかを考えなければならん」

ピートが、人差し指を立てて振る。

「逃げた牽引馬が中継所へたどり着けば、すぐに何かあったことが分かる。そうでなくても、時間どおりにこの駅馬車が着かなければ、中継所が捜索隊を出すはずだ。日が暮れるまでに、迎えが来るだろう。心配することはないさ」

太陽の傾き方を見ると、完全に日が沈むまで四時間くらいは、ありそうだ。

ピートが続ける。

「それにしても、ここでただすわってるわけにはいかんだろう。峡谷の出口の方へ、少しでも歩いておくに、越したことはない」

サグワロが、口を開いた。

「それなら、あんただけ先に行け。おれたちの相棒は、腰を痛めていて長くは歩けない。ここで待つことにする。捜索隊と出会ったら、迎えに来てくれ」

ピートは、肩をすくめた。

「好きにするさ。万一、おれがもどらないうちに夜になったら、馬車からおりないようにしろ。このあたりにも、コヨーテがいる。油断していると、やられるぞ」

そう言い残すと、水筒と干し肉らしいものがはいった袋を持って、また砂地を出て行った。

サグワロは、駅馬車の屋根からストーンのサドルと毛布を下ろし、岩陰に寝床を作った。

「横になって、足を伸ばした方が楽だぞ」

そう言ってストーンに肩を貸し、馬車からおろして寝床に横たえた。

口には出さないが、ストーンの腰の具合はあまりよくないようだった。

そもそも、馬に乗ってはいけないと医者に言われれば、駅馬車にも乗らないのが常識というものだ。

ストーンは、文字どおりの石頭に違いない。

しばらくすると、太陽が西の崖の向こう側に隠れてしまい、空は明るいのに日が差さなくなった。

同時に、気温が下がり始める。真夏だというのに、峡谷の底は別世界のようだ。

やがて青い空にも、たそがれの気配が漂い始めた。

峡谷の狭間《はざま》が、急激に暗くなる。

ピートは、もどって来なかった。

わたしは、サグワロが集めて来た枯れ木でたき火を作り、コーヒーをわかした。

ピートにも飲ませてやりたかったが、どれくらい先まで行ったのか分からない。

捜索隊が来なければ、ピートもわたしたちもこの峡谷で、一夜を明かすことになる。

たき火と、コーヒーさえあればなんとかなるが、水と干し肉だけのピートが心配だ。

いつの間にか、空が真っ暗になった。

たき火の明かりが、断崖にちらちらと反射する。

よくも悪くも遠くから見れば、格好の目印になるだろう。

インディアンが、近くにいないことを祈るしかない。

退屈しのぎに、三人でポーカーを始めた。

驚いたことに、サグワロは強かった。

どんなときにも、ほとんど表情を変えない男だから、ポーカーに向いているのかもしれない。

安い賭け金で始めたのに、一時間もしないうちにストーンとわたしは、それぞれ十数ドルずつ負けた。

何度目かに、すごい手がついた。

最初の配り札で、すでにジャックのスリーカードができていた。

親のサグワロに、交換札を一枚要求する。うまくいけばエースとジャックの、フルハウスができ上がる。

ストーンは、その場でおりた。

札に手をかけたサグワロが、ふと体の動きを止める。

「待て。何か聞こえるぞ」

わたしはいらいらして、サグワロをせかした。

「何も聞こえないわよ。早く配って」

サグワロは、自分のカードを伏せた。

「いや、聞こえる。蹄の音だ」

その言葉で、わたしもさすがにカードから目を離し、耳をすました。

確かに、かすかな蹄の音が聞こえる。全力で走っているわけではなく、軽く流しているような歩調だ。

ストーンは背後の鞍に腕を伸ばして、ホルスターから拳銃を引き抜いた。

サグワロも、刀をそばに引き寄せる。

蹄の音は、わたしたちがたどって来た道の方から、聞こえてきた。

その音は一つだけなので、インディアンや強盗団がもどって来たわけでないことは、すぐに見当がついた。

だれだろうか。

バトラーか、メアリか。

わたしたちはかたずをのんで、蹄の音が近づく岩陰を見つめた。

やがて、背後の断崖に大きな影が映り、馬が砂地にはいって来る。

馬には、だれも乗っていなかった。

「フィフィ」

わたしはカードを投げ出し、たき火のそばから飛んで立った。

無我夢中で、フィフィに駆け寄る。

「フィフィ、フィフィ。よく逃げて来たわね」

わたしは泣きながら、フィフィの首っ玉にかじりついた。

フィフィもうれしそうに、わたしの髪に顔をこすりつける。

サグワロが、そばに来て言った。

「手綱に、紙切れが結んであるぞ」

見ると、そのとおりだった。

わたしは紙切れをほどき、たき火のそばにもどって読んだ。

例のコマンチたちが、酒に酔いつぶれて寝込んでいるのを見つけた。落ちた樽のウイスキーを飲んだのだろう。きみの馬を取りもどして、あとを追わせることにする。実際に賢い馬なら、きみを探し当てるはずだ。メアリをかばってくれた、せめてものお礼と思ってほしい。

ロバート・バトラー

追伸　例のごろつきどもは、わたしたちの手で始末した。むろん彼らは、ジェームズ強盗団ではない。ジェシーはきみの言うとおり、ご婦人からアクセサリーを奪ったりしない。それから砂金袋は、ありがたくいただいておく。もともと、わたしたちが頂戴するつもりで、計画していたことだからな。

追々伸　ストーンに、よろしく言ってくれ。彼の賞金稼ぎの腕については、ときどき噂を耳にしている。二度と会わない方が、お互いのためだろう。

ＪＪ

ストーンとサグワロも、一緒にその手紙を読んだ。

だれも口をきかない。

これを読んで、まだ話の筋道が分からないほど、わたしも世間知らずではない。

バトラーは最初から砂金を奪うつもりで、メアリと一緒に駅馬車の客になったのだ。

ミュールパス峡谷の、決められた地点まで来たら拳銃で乗客を脅し、駅馬車を停めさせる。

銃を撃って仲間を呼び、奪った砂金とともに馬で逃げるという、単純明快な計画だったに違いない。

そこへ、偽のジェームズ強盗団がいきなり割り込んで来て、仕事の邪魔をした。

先を越された、とバトラーが言ったのは、そのことだったのだ。

わたしは、ストーンを見た。

「あのバトラーこそ、本物のジェシー・ジェームズだったんだわ」

「そうかね」

わざとらしいほど、無関心な口調で言う。

「だって、ここにJJって書いてあるじゃない」

ストーンは、表情を変えなかった。

「ジョン・ジョンスンかもしれんし、ジャック・ジャクスンかもしれん」

手紙を突きつける。

「あなたのことを、知っているみたいよ。あなたは、ジェシーの顔を知らないの」

「知らない。手配書を、見たことがないんだ」

「でも、賞金一万ドルだって、そう言ったじゃない」

「どこへ行っても、その話で持ち切りだからな。とにかく、バトラーがジェシーであろうとなかろうと、わたしには関係ない。わたしの目的は、ドス・カベサスへ行ってチャック・ローダボーをつかまえ、賞金を手にすることだ」

そのとき、サグワロが散らばったカードを集めようとするのに、気がついた。

わたしはとっさに、その手を押さえつけた。

「だめ。まだ、さっきの勝負がついてないわ」

サグワロが、困惑したように顔を見る。

「ポーカーは、もう終わったと思った」

「まだよ。一枚配って」

「やめた方がいい。後悔するぞ」

「後悔するのは、あなたの方よ」

わたしが言い募ると、サグワロはあきらめたようにカードの山から、一枚よこした。

スペードのエースだった。

顔色を変えずにいるのに、一苦労した。

狙いどおり、エースとジャックのフルハウスができたのだ。

わたしは、賭け金を倍に上げた。

サグワロは少し考え、さらに賭け金を倍に上げた。札は一枚も、交換しなかった。

はったりに違いない。

もう一度、賭け金を倍に上げる。

サグワロは首を振り、わたしの賭け金に額をそろえてから、コールと言った。

サグワロが、手札をさらす。

わたしは自分の手札を、たき火に叩き込んだ。


翌朝になって、ようやく捜索隊がやって来た。

前日の夕方、駅馬車が所定の時間内に到着しないので、中継所の偵察員が様子を見に出た、という。

しかし、ミュールパス峡谷の手前で、日が暮れかかった。

その界隈に、コマンチの遊撃隊が出没するとの噂が流れていたため、偵察員はそこから引き返した。

アパッチと違って、コマンチは夜でも襲って来るからだ。

駅馬車から切り離された四頭の馬が、牽引馬具を引きずって中継所に到着したのは、だいぶ夜が更けてからのことだった。

夜明けと同時に、捜索隊はかわりの駅馬車を一台用意して、中継所を出発した。

捜索隊が現れたとき、わたしたちはもどって来たピートと一緒にたき火を囲み、浅い眠りをむさぼっていた。

わたしたちは、駅馬車に乗ってとりあえず中継所まで行き、そこで朝食をとった。

一時間後には、遅れを取りもどすべく猛スピードで、中継所を出発した。

駅者はピートが務め、アレクスのかわりにチャンスという若者が、護衛についた。

むろんフィフィが、駅馬車の後ろにつながれて一緒に走ったことは、言うまでもない。

駅馬車強盗については、中継所にいたピマ郡の郡保安官代理に、ありのままを話した。

ピートは、ジェームズ強盗団のしわざだと言い張ったが、ストーンは否定的な意見を述べた。

バトラーがＪＪの名で、フィフィに結びつけた例の手紙については、何も言わなかった。

それにしても、なんということだ。

サグワロの手に、最初からフォアカードができていたとは！

わたしは今でも、あれはいかさまだったに違いない、と信じている。

第六章

I

駅馬車がウィルコクスに着いたのは、月曜日の午後三時ごろだった。

シエラビスタの町を出発したのは、金曜日の昼過ぎのことだ。

途中で、いろいろなトラブルに見舞われたとはいえ、終着駅に着くまでに三日もかかってしまった。

トム・B・ストーンは、痛めた腰をかばって旅の間ずっと前の座席に、足を投げ出していた。

弱音は吐かなかったが、自分で馬に乗るよりはいくらかましといった程度で、けっこうきつかったに違いない。

ストーンは最初、ウィルコクスですぐに新しい馬に乗り換え、最終目的地のドス・カベサスへ向かう、と言っていた。

しかし、さすがに駅馬車の長旅がこたえたとみえて、着く直前にその日はウィルコクスに泊まる、と宣言した。

ドス・カベサスは、そこからほんの十五マイル足らずだというから、無理をすれば日が暮れるまでに、行けないこともなかったのだ。

それを自重したのは、お尋ね者のチャック・ローダボーをつかまえるのに、万全の状態で臨みたかったからだろう。

わたしたちは町で唯一のホテル、ウィルコクス・ハウスに部屋を二つ取った。

むろん、ストーンとサグワロは相部屋で、わたしが一部屋使うのだ。

ストーンをホテルに残し、わたしはサグワロと一緒に町はずれの厩舎まで、フィフィを引いて行った。フィフィは鞍もつけず、駅馬車に引かれてのんびり走っただけだから、さほど疲れた様子はなかった。

わたしはフィフィを厩舎に預け、サグワロはストーンの指示で自分たちのために、新しい馬を二頭買った。

ホテルへもどる途中、わたしは珍しい店を見つけた。

ドアの上の板壁に、ピンクの飾り文字で〈Betty's Beauty Salon〉と書いてある。

板張り歩道に面した窓には、きれいな水色のレースのカーテンがかかり、しゃれた雰囲気を漂わせていた。

当時の西部には、いわゆる美容院のような店はまだ普及しておらず、わたしもその種のものを見るのは、初めてだった。ショーウインドーの中に、いろいろなヘアスタイルをした女の写真や、かつらのたぐいがたくさん飾ってある。写真は西部ではほとんど見かけない、上品で洗練された東部の女ばかりだ。

わたしは、髪が伸びすぎたら自分で切るだけだし、ほかの女もそうするものと思っていた。

男の理髪師は見たことがあるが、大半は店を持たずに路上で髪を刈るのがふつうで、客は髪も髭も伸び放題の長旅を終えたカウボーイか、しゃれ者の町の男のどちらかだった。

サグワロも興味を持ったらしく、わたしと一緒に熱心にショーウインドーの中を、のぞき込んでいる。

わたしは、急に思いついて言った。

「先にもどってくれない、サグワロ。わたし、ここに寄って行くことにするわ」

サグワロは、驚いたようにわたしを見た。

「そんな、男の子みたいな汚い服を着てるくせに、髪だけきれいにしてどうする」

「大きなお世話よ。夕食までには、もどるわ」

わたしは、サグワロを置き去りにして、板張り歩道に上がった。

サグワロは、首を振りふり行ってしまった。

店にはいる前に、シャツとズボンの砂ぼこりをはたいた。はたいてもはたいても、きりがないほどほこりが出た。

ドアを押して、中にはいる。すみれの花のような、いい匂《にお》いがした。

小さな店で、鏡の前に据えられた客用の椅子は、一つしかない。

周囲に、ピンクの花柄の壁紙が貼り巡らされた、清潔な感じの店だ。

ほこりだらけの自分が、場違いな店にはいったような気がして、ちょっと気後れする。

奥の小さなテーブルで、爪の手入れをしていた三十歳くらいの女が、顔を上げた。

白いエプロンドレスを着て、ショーウインドーの写真のようにきちんと髪を結った、美しい人だった。一瞬、その顔に驚いたような表情が浮かんだのは、わたしを男の子だと思ったからかもしれない。

急いで帽子を脱ぎ、後ろにまとめた髪をほぐしてみせる。

女は、ほっとしたように笑って、椅子を立った。

「こんにちは。わたしはヘアドレッサーの、エリザベス・ノートンです。ベティ、と呼んでくださってけっこうよ」

ヘアドレッサーという言葉を、そのとき初めて聞いた。

「こんにちは、ベティ。わたしはチペンデイル、ジェニファ・チペンデイルです。ジェニファ、と呼んでください」

ベティが、手を差し出す。

「どうぞよろしく、ジェニファ。この町に住んでいらっしゃるの」

「いいえ。ついさっき、駅馬車で着いたばかりなんです」

「あら、どちらから」

「ええと、シエラビスタから」

ベティは、とまどったように唇に舌を走らせ、あいまいにうなずいた。

「そう。名前は聞いたことがあるけど、行ったことはないわ」

それから、ショーウインドーの方を身振りで示し、言葉を続ける。

「何か、気に入った髪形が見つかって」

帽子を、帽子かけにかける。

「いいえ」

そっけない返事に聞こえたらしく、ベティはとまどったように肩をすくめた。

「とにかく、すわって考えましょう」

そう言って、椅子を指さす。

わたしは椅子にすわり、鏡の中の自分に目を向けた。

しばらく見ないうちに、だいぶおとなびた感じになったように思った。

ベティが、わたしの髪に軽く指を滑らせ、鏡の中から言う。

「とても、いい髪をしているわね。たった今、コテを当てたみたいに、カールしているわ。アリゾナの空気はからからだから、ただでさえ髪が傷みやすいのに」

「カールしているのは、生まれつきなんです」

ベティは微笑して、わたしの肩に手を置いた。

「うらやましいわね。さて、どういう髪形にしましょうか」

「短く切ってください」

それを聞くと、ベティは目を丸くした。

「どういう意味。せっかく伸びたこの髪を、短くしてしまうっていうの」

「ええ」

ベティは、信じられないというように首を振ったが、しぶしぶ肩先に指を当てた。

「これくらい」

「いいえ、もっと」

指の位置を少し上げる。

「これくらいかしら」

「いいえ、もっと」

ベティは唇を引き締め、エプロンドレスの腰に手を当てた。

「それじゃ、首筋が出てしまうわ」

「出てもいいんです。男の子みたいに、してほしいの」

「それは、やりすぎよ。男の子でも、近ごろは肩まで伸ばす人が、増えているのに」

「かまわないわ。刈り上げる必要はないけれど、とにかく帽子の中に髪を押し込まずにすむように、短くしてほしいんです。その方が、今の服装にふさわしいでしょう」

ベティは少し考え、おおげさにため息をついた。

「分かったわ。このお店を開いて半年になるけど、今まででいちばんむずかしい注文ね。いつもは、長いままできれいに仕上げる工夫しか、していないから」

上半身に、真っ白いケープをかけてくれる。

櫛《くし》と鋏《はさみ》を手に取ると、ベティはわたしの髪を切り始めた。

鋏を入れるたびに、まるで自分の髪でも切るように眉をひそめ、痛いたしい顔をする。

「こういう技術は、どこで習うのかしら」

「東部よ。あちこちの町に、ヘアドレッサーを養成する専門学校があるわ。わたしは、ボストンで習ったの」

「ボストン。だったら、どうしてこんな遠い西部に、お店を開いたんですか」

ベティは笑った。

「だって、わたしはこのあたりの出身ですもの。生まれたのは、ここからちょっと東の方にはいった、田舎町の近くにある小さな農場なの。今もそこで、母が畑仕事をしているわ。その町は人が少なくて、この仕事で十分食べていけるほどには、お客さんがいないの。だから、比較的女性が多いこのウィルコクスに、お店を開いたわけ」

「お母さんは、一人暮らしなの」

　返事をする前に、わずかな間があく。

「ええ。こっちへ来て、一緒に暮らしましょうっていつも言うんだけど、生まれた家を離れたがらなくてね。しかたがないから、土曜と日曜だけ家に帰ることにしているの」

「行ったり来たりで、たいへんね」

「慣れてしまえば、どうということはないわ。あなたは、どこで生まれたのかしら」

「ケンタッキーの西の端。ミシシッピ川の近くよ」

「ご家族は、どうしたの」

　それについて、あまりいい思い出はない。

「南北戦争が終わったあと、クォントリルのゲリラに殺されたわ」

　ベティは鋏を止め、鏡の中からわたしを見た。

「ごめんなさい、いやなことを思い出させて」

　わたしは、笑ってみせた。

「いいのよ。今は二人の紳士と知り合って、楽しく旅をしているから」

あの二人を、紳士と呼んでいいかどうか分からないが、とりあえずそういうことにしておく。

「そう、それはよかったわね。西部には女性が少ないから、だいじにしてもらえるでしょう」

そんな雑談をしているうちに、ベティは手際《てぎわ》よくわたしの髪を短く刈った。

後ろから、鏡を当ててみせる。

「どうかしら、こんなもので」

手でさわってみると、首筋が半分以上むき出しになっていたが、さっぱりした気分だった。

「いいわ、これで」

「それじゃ、髪を洗いましょうか」

「お願いします」

ベティはわたしの髪を洗い、いい匂いのするものをいろいろと、振りかけてくれた。

仕事が全部終わると、ベティは床に落ちたわたしの髪を拾い集め、布袋に入れた。

「これは、かもじを作るときに、使わせていただくわ。かまわないでしょう」

「かまわないけれど、ほかの人の髪をいやがる女性はいないかしら」

「だいじょうぶよ、これだけきれいな髪ならね。その分、お代から引かせてもらいます」

ヘアカットの料金は、七十セントだった。

ふだんは一ドルだそうだから、わたしの髪は三十セントで売れたことになる。

店を出るとき、この町においしいレストランがあるかどうか、尋ねてみた。

ベティは顎に手をやり、その肘をもう一方の手でつかんで、しかつめらしい顔をした。

「そうね。わたしがよく行くのは、〈ヴィクトリア・サルーン〉の奥のレストランね。サルーンの方は酔っ払いばかりだけど、横の入り口を使えば直接レストランにはいれるわ。わたしも今夜は、そこで食事をするつもりよ」

「だったら、また会えるかもしれないわね」

わたしは手を振って、ベティの店を出た。

2

ウィルコクス・ハウスにもどった。

ロビーで新聞を読んでいたサグワロが、帽子を脱いだわたしを見るなり、ソファから飛んで立つ。

「どうしたんだ、その髪は」

「見たとおりよ。じゃまにならないように、短くしたの」

サグワロは首を振り、悲しそうな目をした。

「もったいないことをしたな。おれは、長い髪が好きだった」

「どうせ、また生えてくるわよ。それより、あなたは新聞が読めるの」

聞き返すと、サグワロは手にした新聞を、テーブルに投げ出した。

「分かるところもあるが、読めるというほどじゃない」

「やはり、日本にいたころ、勉強したことがあるのね」

「それについては、話したくない」

サグワロの目を、いらだちの色がよぎる。

サグワロが、自分からその話をしたがらないのは、むりもないことだった。

だれでも、自分の過去を思い出せないとなれば、いらいらするのは当然だ。

話を変える。

「トムは、何をしているの」

「部屋でバスを使っている」

このホテルには、バスタブが用意してあるらしい。

「それじゃ、わたしもあとで使おうかしら」

「おれが先だ。一つしかないらしいから、トムのあとはおれが使う」

わたしは、サグワロを睨んだ。

「この国では、レディファーストが常識よ」

これまで、その恩恵にあずかった記憶はほとんどないが、世間ではそういうことになっているのだ。

サグワロが、仏頂面をする。

「女のあとに、バスは使えない」

「どうして」

サグワロの顔に、困惑の色が浮かぶ。

「どうしてと言われても、使えないものは使えない」

わたしは、腕組みをした。

「ふうん。きっとあなたの国では、女よりも男が先にバスを使ったのね」

サグワロは、唇を引き締めて少し考えたあと、しかたなさそうにうなずいた。

「かもしれん。よく覚えていないが」

「郷に入っては郷に従え、ということわざがあるわ。わたしが先に使ってもいいわよね」

サグワロは慣れないしぐさで、肩をひょいとすくめた。

「好きにしろ」

「そのかわり、おいしいレストランを教えてあげるわ。さっき、ベティの店で聞いてきたの」


サグワロが、最後にバスを使い終わったころには、すっかり日が暮れていた。

わたしたちは、こざっぱりした新しい服に着替えて、ホテルを出た。

トム・B・ストーンもサグワロも、石鹼の匂いをぷんぷんさせている。

ストーンは、わたしが髪を短くしたことに気がつかないか、気がつかないふりをした。

まるで関心がないようだった。

ストーンとサグワロが、〈ヴィクトリア・サルーン〉の表の入り口に向かおうとしたので、わたしはあわてて二人を引き止めた。

「レストランは、横からはいるのよ」

ストーンは手を振った。

「わたしたちは、サルーンで少し時間をつぶしていく。きみは、先に食事を始めていい」

「あなたは、お酒を飲まないんじゃなかったの、トム」

「酒は飲まないが、酒場の雰囲気は嫌いじゃないんでね。子供には、分からんだろうが」

そう言われると、ついむらむらと負けん気が出る。

「それじゃ、わたしも雰囲気を楽しむことにするわ」

二人と一緒に、板張り歩道に上がる。

前に、跳ね返ってきたスイングドアに肘をぶつけ、痛い思いをした記憶があるので、今度は用心した。

どこの町でも、サルーンはカウボーイや探鉱師、農民でにぎわっているが、この店も例外ではなかった。

酒とカード以外に、楽しみらしい楽しみはほとんどないし、女の数が極端に少ない西部の町では、遊び相手といえば酒場女に限られる。込み合うのも、当然だろう。

たばこの煙が渦巻き、ピアノが騒がしいホンキートンクをまき散らし、ひらひらのドレスを着た女たちが、嬌声を上げる。

おなじみの光景だ。

人であふれてはいたが、このサルーンはかなりフロアが広いので、まだいくらかテーブルに空きがある。

ストーンはカウンターに割り込み、わたしたちのためにウイスキーとソーダ水のボトルを、一本ずつ買った。

自分用に、コーヒーを頼む。

それぞれ飲み物を持って、シャンデリアの下の空いたテーブルに、腰を落ち着けた。

まわりのテーブルでは、酒場の女を膝に抱きかかえたカウボーイや、ポーカーに熱中する探鉱師らしい男たちが、しきりに気炎を上げている。

最初、わたしたちのテーブルにも女が押しかけようとしたが、サグワロのインディアンに似た風貌《ふうぼう》に恐れをなしたか、あるいは同性の勘でわたしを女と見抜いたものか、そばに来るのをやめた。

それ以外にはだれも、わたしたちに関心を抱いていないように見える。

いや、一人だけいた。

レストランに通じる、奥のスイングドアに近い大きなテーブルで、カードに興じている男の一人が、しきりにストーンの顔を盗み見る。

目の大きい、髪も口髭も黒い、まだ二十歳そこそこの若者だ。

距離は少し遠いが、若者はちょうどストーンの真正面に位置しているので、ストーン自身も気づいたに違いない。

しかしストーンは、黙ってコーヒーを飲んでいるだけで、なんの関心も示さない。

サグワロもまるで知らぬげに、ちびちびとウイスキーをすすっている。

ストーンが指摘したとおり、こういう場所に来るとわたしの観察力はいちだんと鋭くなり、周囲の人の動きがよく見えるのだ。

若者が、ストーンに関心を持っていると見たのは、決して気のせいではない。

そのとき、突然わたしたちのテーブルに影が差して、ストーンの向かいの空いた椅子に、だれかがすわった。

色の褪せた茶のステットソンをかぶり、鼻の下に胡麻塩《ごましお》の髭を蓄えた、初老の男だった。

おそらく、五十歳を過ぎているだろう。

襟が汚れ、肩のあたりがすっかり着崩れした、古い上着。

首に巻かれた、染みだらけの赤いバンダナ。

どれをとっても、まともな町の住人ではない。

かといって、カウボーイや探鉱師には見えないし、むろん開拓農民という柄でもない。

男は、上目遣いにストーンの様子をうかがい、かろうじて酒場の喧噪《けんそう》に負けない程度の、低い声で言った。

「トム・B・ストーンだな」

ストーンは無表情のまま、小さくうなずいた。

「そうだ。あんたは」

「ナット・コールダー。あんたの同業者だ」

ストーンの目に、わずかな変化が表れる。

「ナット・ザ・サイレント・ラトラー（静かなガラガラ蛇のナット）か」

「そう呼ぶやつもいる」

「わたしも、噂を聞いたことがある。いい腕をしていたそうだな」

ストーンが、わざとのように過去形を使ったのが、コールダーの気にさわったらしい。

「あんたぐらいの年には、年に一万ドルは稼いでいた。そのころに比べれば減ったが、まだ腕は衰えちゃいない」

「わたしに、なんの用だ」

ストーンが聞くと、コールダーは唇を引き締めた。

「ジミー・ハーパーは、おれの獲物《えもの》だ。じゃまをしないでもらいたい」

「ジミー・ハーパー。だれのことだ」

「とぼけるな。おれの背中の後ろ、つまりあんたの真正面の壁際のテーブルで、カードをしてる若僧だ」

さっきから、ストーンをちらちら盗み見ている若者のことだ、と見当がつく。

ストーンは、コールダーから目をそらさなかった。

「なんのことか、分からんね」

それにかまわず、コールダーは続けた。

「ハーパーは、五か月前にフロレンスの銀行を襲って五百ドル奪い、行員を一人殺した。やつには、奪われたのと同じ五百ドルの賞金が、かかってるんだ。あんたに、その稼ぎを横取りされたくない。一セントだって、渡すつもりはない。二か月追い回して、やっとここで見つけたんだ」

「知ったことではない。わたしがここへ来たのは、別の用事があるからだ」

コールダーが、探るような目でストーンを見る。

「信じられんな。やつは、おれが追って来たことには気がついていないが、あんたの存在には気がついたようだ。さっきからあんたを見て、妙にそわそわしていやがる」

「わたしは、そのハーパーなる男と、会ったこともないぞ」

「向こうは、どこかであんたの噂を聞くか、顔を見たことがあるんだろう。あんたは、このところ腕利《うでき》きの賞金稼《バウンティハンター》ぎとして、売り出しているようだからな」

「ちょうど、若いころのあんたのようにか」

ストーンの皮肉な口調に、コールダーはいやな顔をした。

「とにかく、おれがやつを仕留めるまで、手を出さないでもらいたい」

それを聞くと、ストーンは軽く眉を動かした。

「殺すつもりか」

「手配書には、生死にかかわらず、と書いてある」

この男が、〈静かなガラガラ蛇〉と異名をとる理由が、なんとなく分かるような気がした。

おそらく、音も立てずに不意打ちを食わせるのが、得意なのだろう。

ストーンはコーヒーを飲み、無感動な目でコールダーを見返した。

「わたしには、関係ないことだ。手出しをするつもりはない」

コールダーは、少しの間ストーンを見つめていた。

黙って立ち上がると、そのまま表のスイングドアから出て行く。

わたしは、ストーンに言った。

「壁際の口髭の若者が、そのジミー・ハーパーかどうかは別として、あなたをちらちら見ていることは確かよ」

「知っている」

ストーンは短く答え、コーヒーを飲んだ。

ストーンとコールダーのやりとりを、まったく無関心の体で聞いていたサグワロが、ぽつりと言う。

「あんたが手出しをしなくても、あの様子では若僧の方から先に、仕掛けてくるかもしれん。めんどうを避けたいなら、さっさとレストランへ移った方がいい」

「そうしよう」

ストーンは、すなおに同意してコーヒーを飲み干し、おもむろに腰を上げた。

サグワロもわたしも、それぞれのボトルを持って立ち上がる。

わたしたちはテーブルの間を縫って、レストランへ通じる出入り口へ向かった。

カードを手にしたハーパーが目を上げ、頬を緊張させてわたしたちを見る。

いやな予感がして、わたしはストーンの上着の裾をつかんで、引き止めようとした。

そのとき、レストランのスイングドアが揺れて、女がサルーンにはいって来た。

ヘアドレッサーの、ベティ・ノートンだった。

ベティは、わたしを見て微笑を浮かべ、近づいて来ようとした。

とたんに、椅子にすわっていたハーパーがぱっと飛んで立ち、ベティを左腕で抱えた。

「動くな、ストーン」

ハーパーの右手には、早くも拳銃が握られている。

「何をするの。やめてちょうだい」

驚いたベティが声を上げ、ハーパーの腕から逃れようともがいた。

一緒にカードをしていた男たちが、あわててテーブルから身を引く。

ハーパーは、抱えたベティを盾にして、壁際まで下がった。

「ガンベルトを落とせ、ストーン。ちょっとでも拳銃にさわったら、おまえもこの女も命がねえぞ」

追い詰められた人間に特有の、脅えと焦りの色が目にあふれている。

ストーンは両腕を広げ、拳銃に触れる意志がないことを示した。

「わたしたちは、レストランへ食事をしに行くだけだ。あんたには、なんの興味もない」

「とぼけるな。おまえが、賞金稼ぎのトム・B・ストーンだってことは、先刻承知だ。前にトゥサンの町で、おまえがジャック・グレイディを撃ち殺すのを、見たことがあるぞ」

いつの間にか、ホンキートンクも騒がしい人声も潮が引くように消え、サルーンの中はしんと静まり返った。

だれもがかたずをのんで、ことの成り行きを見守っている。

「あれはグレイディが、いきなり撃ってきたからだ。しかも、後ろからな」

ストーンが応じると、ハーパーは銃口を上下に動かした。

「黙れ。おまえは、おれを追って来たに違いねえ。おまえなんかに、賞金を稼がせてたまるもんか」

「落ち着けよ、坊や。わたしが目当てにしているお尋ね者は、あんたじゃない」

「だったら、こんなとこで何をしてるんだよ」

「わたしの標的は、ドス・カベサスにいる。電信で、目当ての男が現れた、と知らせを受けたんだ。今夜はウィルコクスに泊まって、明日の朝ドス・カベサスへ出かけて行く。そうすれば、この町ともあんたともおさらば、というわけさ。明日になれば、あんたと会ったことも忘れる」

「嘘をつけ」

「嘘じゃない。もっとも、あんたがお尋ね者だと自分で認めたからには、この町の保安官もほうってはおかないだろう。駆けつけてこないうちに、さっさと逃げ出した方が身のためだぞ」

ハーパーの目に、迷いの色が浮かんだ。

ベティは、ハーパーに胴を抱えられたまま、真っ青な顔でわたしたちを見ている。

わたしはベティの視線をとらえ、安心させるつもりでうなずいてみせた。

ベティは喉を動かしたが、こわばった表情は変わらなかった。

ハーパーが、拳銃を握り直して言う。

「よし。おれはこの女を連れて、レストランの方から出て行く。厩舎に着いたら、女は放してやる。それまで、だれか一発でもおれを撃つようなまねをしたら、この女の命はねえぞ。分かったか」

わたしは叫んだ。

「ベティに万一のことがあったら、わたしが承知しないわよ。とことん追いかけて、縛り首にしてやるから」

ハーパーは、驚いたようにわたしに目を向けたが、すぐにどなった。

「そっちが手出しをしなけりゃ、女は無事に返してやる。さあ、みんな、手を上げるんだ」

そこにいた男たちは、ストーンにならって両手を高だかと上げた。

ハーパーが、じりじりと壁に沿って移動する。

そのとき、スイングドアの下の方でちらり、と人影が動いた。

轟然と銃声が鳴り響き、硝煙があたりをおおう。

ベティの悲鳴が、サルーンの空気を引き裂いた。

ハーパーが、ベティを抱いたままテーブルまで吹っ飛び、二人はステップを間違えたダンサーのように、もつれ合って床に転がった。

同時に、そばにいたサグワロがフロアを蹴って、二人のそばに駆け寄る。

ベティをハーパーから引き離し、すばやく安全な場所へ運んで来た。

わたしはベティを抱き止め、顔をのぞき込んだ。

「だいじょうぶ、ベティ。怪我は、怪我はないの」

ベティは、血の気の失せた顔をかろうじて振り向け、わたしにしがみついた。

「ええ、だいじょうぶよ、ジェニファ。ありがとう」

わたしはベティを抱き締め、レストランに通じる戸口を見た。

拳銃を手に、スイングドアをくぐって出て来たのは、例のコールダーだった。

ハーパーは、脇腹から血を流しながら、床に倒れていた。顔が苦痛に歪み、食いしばった歯の間から、うめき声が漏れる。

コールダーは、なおもハーパーに銃口を向けたまま、床に落ちた拳銃を蹴った。

「このとおり、やつは拳銃を持っていた。みんなも、見たはずだ」

念を押すように言ったが、だれも返事をしなかった。

少し間をおいて、ストーンが口を開く。

「しかし、撃鉄を上げていなかった。この男も、頭の横に目がついているわけではなかったし、チャンスを与えてやってもよかっただろう」

コールダーが、ストーンを睨む。

「きれいごとを言うな。おれが撃たなかったら、あんたもそこにいる女も、死んでいたかもしれんのだぞ。礼を言われてもいいくらいだ」

押しつけがましい口調だった。

ベティが身を震わせ、わたしの手を握り締める。

ストーンの背が、かすかに揺れた。

「それでは、礼を言わせてもらおう。あんたは、狙いどおりジミー・ハーパーを仕留めたし、これで万事めでたし、めでたしだな」

3

翌日。

わたしたちは、ホテルの食堂で軽い朝食をすませたあと、チェックアウトして厩舎へ行った。

すでに十時を回っているのに、ベティの店のドアには〈準備中〉の札がかかり、店が開きそうな気配はなかった。

昨夜、わたしたちはホテルへもどるついでに、ベティを店まで送って行ったのだが、だいぶショックを受けているようだった。

だれでも、無法者の盾にされれば恐怖で身が縮まるはずだし、ましてその男が目の前で撃たれたとなれば、とても平静ではいられないだろう。

ベティも今日一日くらいは、店を休んだ方がいいかもしれない。

ちなみに、ジミー・ハーパーがナット・コールダーに撃たれたあと、町の保安官が助手を連れてサルーンに駆けつけ、酒場にいた人びとから事情を聞いた。

トム・B・ストーンも、ありのままに事件の経過を話した。

ハーパーは、医者が来る前に死んだ。

コールダーの発砲は、ハーパーが武装した上に人質を取っていたことから、法律上の緊急避難に当たるとして、罪を問われなかった。

それどころか、保安官はコールダーが示したハーパーの手配書を確認し、すぐに賞金支払いの手続きを取る、と請け合いさえした。

それについて、ストーンは一言も口を挟まなかった。

まさか、コールダーに恩義を感じているとは思えなかったが、少なくとも賞金の受け取りに異を唱える気は、ないようだった。

ストーンによれば、コールダーは同業者の中でももっともキャリアの古い、腕利きの賞金稼ぎの一人だという。

にもかかわらず、ストーンが稼ぎを横取りするのではないかと疑ったり、物陰から問答無用で人を撃ったりするのは、その名声になじまないものがある。

なぜコールダーが、そういうあざとい仕事をするようになったかについて、ストーンは何も言わなかった。あるいは自分の行く末を、年老いつつあるコールダーに重ね合わせて、憂鬱な気分になったのかもしれない。

わたしたちは馬に乗って、ウィルコクスの町をあとにした。

先頭に立つストーンは、一晩ゆっくり寝て腰の具合もよくなったらしく、見た目は普通に馬を走らせた。

並足《ウォーク》で十分、速足《トロット》で十分を二度繰り返し、十分間の休憩を挟む。さすがに、全力疾走《ギャロップ》はしなかった。

ストーンの説明によると、馬は一分間に並足で百ヤード、速足で二百ヤードほどの距離を走るので、一行程四十分の間に三マイル半、つまり十一、二分で一マイルを走る勘定になる。

それだけ聞くと、そんなにきつそうには思えないかもしれないが、馬にとってはかならずしも楽なペースではないそうだ。

確かに馬というのは、いくら疲れても倒れるまで走るのをやめない、従順な動物だ。乗り手の方が、馬の疲労度に気をつけながら走らせないと、乗りつぶしてしまう。

もっとも、これから向かうドス・カベサスは十五マイル程度の距離だから、多少は無理をしてもだいじょうぶだろう。

ドス・カベサスに着いたのは、午後一時半を回るころだった。

町はずれで一度馬を止め、目立たないように少し時間をずらして、別々に町にはいることにした。

最初に、わたしが馬を進める。

百五十ヤードそこそこの、東西に伸びるたった一本のメインストリートに、南北に走る道路が数本交差するだけの、小さな町だった。ウィルコクスが、大都会に見えるほどだ。

わたしは、最初に見つけた厩舎に馬を預け、ホテルの場所を教えてもらった。

ホテルは、メインストリートと交差する三番街の北の端にあったが、そこへ行くまでに三つのサルーンの前を、通り過ぎなければならなかった。

町の規模からして、住民の数はせいぜい百五十人程度のはずだから、どうみても酒場が多すぎる。

ここもまた、近くの牧場で働くカウボーイや探鉱師相手に生まれた、新興の町なのだろう。

北の方に山地が広がり、中央に二つ並んだ大きな山の形が、人の頭のように見える。それがドス・カベサス（二つの頭）の、名前の由来に違いない。

ホテルはドス・カベサス・インといい、ウィルコクス・ハウスと比べると格が落ちるが、こぢんまりした同じコロニアル風の建物だった。

わたしは、自分の部屋を一つだけ取って荷物を置き、すぐにホテルを出た。

夏の昼下がりで、通りにはほとんど人影がない。

ときどき、乾いた道によどんでいる熱気の塊を、突風が吹き飛ばしていく。それがなければ、まるでるつぼの底のような暑さだ。

電信局は、ホテルと同じ三番街の、南のはずれにあった。

局といっても、四メートル四方ほどの小さな白木の小屋で、真上を電線が長く東西に伸びている。

建物も電柱も、さほど古びていないところをみると、電信が通じてからまだ間がないようだ。

中にはいった。

カウンターの向こうで、本を読んでいた白いシャツに黒い肘カバーの男が、不審そうな目を向けてくる。

日除け帽をかぶった、二十代半ばの男だ。顔はそばかすだらけで、とうもろこしの房のような髪をしている。

わたしは、ストーンに教えられたとおり、男に尋ねた。

「電信係の、ホレイショ・ベネットさんですか」

男は本を捨てて立ち上がり、カウンターに骨張った手を置いた。

「そうだよ。何か用かい、坊や」

男の子に見られて、うれしいような困ったような、複雑な気持ちになる。

「わたしは、ジェニファ・チペンデイル。トム・B・ストーンの使いで来ました」

ベネットは、とまどったように日除け帽を押し上げ、わたしを見直した。

「ジェニファ。失敬、男の子かと思った」

「いいんです。先日、ストーンあてにトゥサンの電信局留めで、電信を打ってくれましたよね。チャック・ローダボーのことで」

ベネットは、あいまいにうなずいた。

「ああ、打ったとも。そういう約束になっているのでね。ところで、ミスタ・ストーンはどうした。きみは彼と、どういう関係なんだ」

「パートナーです」

カウンターに置かれた手に、かすかな力が加わるのが分かる。

「パートナー。彼はだれとも組まない、一匹狼《おおかみ》のはずだがね」

「それが、よんどころない事情で、組むことになったんです。今は三人で、仕事をしています」

ベネットは、信じられないというように、首を振った。

「ふうん、三人でね」

「町にもどったローダボーが、今どこに潜り込んでいるのか聞いて来るように、と言われたんですけど」

ベネットは手を上げ、右の耳たぶを引っ張った。

「チャックは、母親のミセズ・ローダボーの家にもどって来たが、ふだんは〈チリカワ・サルーン〉に入りびたっているはずだ。昔の仲間とポーカーをしたり、なじみの女と酒を飲んだり」

その酒場なら、さっき看板を見た覚えがある。

わたしは、疑問に思っていたことを聞いた。

「ローダボーが、銀行強盗と殺人の容疑でお尋ね者になっていることを、町の人は知らないんですか」

ベネットは、ちょっとためらった。

「口には出さないが、知ってると思うね」

「この町に、保安官はいますか」

「いるよ。ハーブ・マシューズという、六十になるじいさんだが」

「なぜ保安官は、ローダボーを逮捕しないいんですか。手配書が、回っていないのかしら」

「回ってきたとも。でも、保安官が破いてしまった」

「どうして」

「保安官は、チャックの死んだ父親やミセズ・ローダボーと、幼なじみなんだ。チャックが、この町でやっかいな騒ぎを起こさないかぎり、つかまえるつもりはないらしいよ。町の人もおおかた、それを認めている」

やはり、そういうことだったのか。

「でもあなたは、認めたくなかったんですね」

ベネットは、日除け帽をぐいと引き下げた。

「罪を犯した人間は、法の裁きを受けるべきだ。保安官が黙って見てるなら、賞金稼ぎを呼ぶしかないだろう」

ベネットが言葉どおりの正義漢なのか、それともただ礼金がほしいだけなのか、分からなかった。

ストーンから預かった、五ドル銀貨を二枚カウンターに置く。

「それじゃ、これをどうぞ」

ベネットは銀貨をすくい取り、重さを量るように手を上下させた。

「町の人間を売るのは、あまりいい気分じゃない。もう少し、色をつけてもらえんかな」

わたしは、ベネットを見た。

「ローダボーに、そう言いましょうか」

ベネットは、顔色を変えた。

「冗談だよ、ジェニファ。ミスタ・ストーンに、よろしく伝えてくれ」

そう言いながら、急いで銀貨をチョッキのポケットに、落とし込む。

わたしは笑いを嚙み殺して、電信局を出ようとした。

そのとき、突然戸口に立った背の高い男が、わたしを中に押しもどした。

その勢いに、カウンターまではじき飛ばされる。

男が、のそりとはいって来た。

格子縞《こうしじま》の赤いシャツに、ほこりだらけのズボンをサスペンダーで吊った、顔中髭だらけの男だった。

腰に巻いたガンベルトには、拳銃を収めたホルスターとナイフのはいったシースが、ぶら下がっている。

背後にいるベネットが、喉を鳴らすのが聞こえた。

「や、やあ、チャック」

それを聞いて、わたしは心臓がどきん、とした。

恐るおそる、男の様子をうかがう。

男はわたしの頭越しに、ベネットを睨んでいた。

赤黒く濁った、狂犬のような目だった。

「幼なじみを、よくも売ってくれたな、ホレイショ。この礼は、たっぷりさせてもらうぞ」

「ま、待ってくれ、チャック。それは、誤解だよ」

「誤解だと。それじゃ、おまえが知らないうちに電信の機械が動いて、キーを打ったとでもいうのか」

「いや、おれはただ、ストーンに頼まれて、その」

「薄汚ねえ賞金稼ぎを呼びやがって、それでもおれを売らなかったと言うつもりか」

その言葉から、この男が目当てのチャック・ローダボーだ、ということがはっきりした。

それにしても、ローダボーはなぜわたしたちがこの町へ来ることを、かぎつけたのだろうか。

いや、そんなことより早くここから逃げ出して、ストーンに急を知らせなければならない。

わたしは、とっさにローダボーの横をすり抜けて、戸口から飛び出そうとした。

ローダボーは、大男に似合わぬすばやさで、足を突き出した。

それにつまずいて、したたかに床に叩きつけられる。

その上に、ローダボーがのしかかってきた。

「やめてよ。何するのよ」

わたしは大声で叫び、ローダボーの顔を引っ掻こうとした。

ローダボーは、わたしの手首をつかんでやすやすとねじり上げ、体を裏返しにした。

膝で背中を押さえつけられると、ほとんど息ができなくなる。

気がつくと、いつの間にか手首と足首をロープでしっかり縛られ、汗臭いバンダナで口をふさがれていた。

叫ぼうとしたが、唸り声しか出ない。

床にうつぶせに転がされたまま、わたしはローダボーの声を聞いた。

「さてと、ホレイショ。おまえが、またどこかへ電信を打ちたくならんうちに、話をつけようじゃねえか」

「やめてくれ、チャック。お、おれたちは、幼なじみじゃないか。ちょっと、小遣い稼ぎがしたくて、魔が差しただけなんだよ。勘弁してくれ」

ベネットの哀れっぽい口調が、カウンターの奥の方から聞こえる。

そのカウンターを、ローダボーが乗り越える気配がした。

「や、やめてくれよ、チャック。頼むから、ナイフをしまってくれ」

なおもベネットが、哀願する。

しかしローダボーは、もう口をきかなかった。

わずかに、押し合うような物音が起きたかと思うと、次の瞬間気味の悪いうめき声が聞こえ、何かが床に倒れた。

続いて、はあっとため息をつくような、長い息の音。

小屋の中が、しんとなる。

わたしは恐怖に身をすくめて、ベネットに何が起こったのか考えまいと、固く目をつぶった。

カウンターを乗り越えたローダボーは、何も言わずにわたしを肩にかつぎ上げると、電信局を出た。

そのとき、カウンターの向こうの床に横たわる、ベネットの上半身が見えた。

シャツの胸が、血だらけだった。

4

電信局の裏手に、荷馬車が停まっていた。

チャック・ローダボーは、その荷台にわたしを乱暴にほうり出し、上からキャンバスシートをかぶせた。

何も見えなくなった。

荷馬車が走り出す。

わたしは焦り、なんとかロープから手を抜こうとしたが、きつすぎてだめだった。

このままどこかへ連れ去られたら、ストーンと連絡がとれなくなる。

わたしは荷台の上を転がり、囲い板の隙間から外の様子をうかがった。

揺れが激しくて何も見えないが、町なかに向かっていることは確かだった。

やがて、メインストリートにはいる。

板張り歩道や、サルーンの看板などが跳びはねながら、板の隙間を過ぎて行く。

ホテルの前に差しかかったとき、入り口のドアから人が出て来た。

トム・B・ストーンと、サグワロだった。

わたしは荷台の上で暴れ、バンダナでふさがれた口を精いっぱい広げて、大声を上げようとした。

しかし手足の自由がきかず、走る荷馬車はただでさえがたがた揺れるので、二人の注意を引くことができない。

ローダボーは、その二人が自分を追う男たちと知ってか知らずか、急ぐでもなくのんびりと荷馬車を走らせる。

たった今、お目当てのロードダボーがわたしをさらって、すぐ目の前を通り過ぎるところだというのに、ストーンもサグワロも気がつかない。

いくら、手配書にロードダボーの写真がないといっても、こんなまぬけな話があってたまるものか。

さるぐつわの下から、呼べど叫べど唸り声のほかに出るものはなく、二人の姿はやがて視界から消えた。

悔しさと恐ろしさで、涙があふれてくる。

町はずれまで来たらしく、建物が途切れた。

ロードダボーが、掛け声をかけて鞭を振るう音がする。

荷馬車は急に速度を上げ、跳んだりはねたりしながらでこぼこ道を、勢いよく走り出した。

どれくらい時間がたったか分からないが、おそらく三十分はたっぷり走っただろう。

川の音が聞こえたかと思うと、荷馬車が流れに突っ込む気配がした。

浅瀬のようだが、一段と揺れが激しくなる。

渡り切ったあたりで、ロードダボーは荷馬車を停めた。

キャンバスシートがまくられ、またロードダボーの肩にかつがれる。

首を回すと、そこは両側を切り立った断崖に挟まれた、谷あいの空き地だった。

細い流れが浅瀬を作り、そのほとりに生えた大きな木の下に、掘っ建て小屋が建っているのが見えた。

太い枝が、傾いた屋根にかかっている。

雨ざらしのドアはゆがみ、ガラスのなくなった窓に板が打ちつけられた、文字どおりの廃屋だった。

ローダボーはドアを蹴りあけ、わたしを中にかつぎ込んだ。

藁《わら》がはみ出したベッドに、どさりと投げ落とされる。

小屋から一度姿を消したローダボーは、ほどなく左手にウィンチェスター銃、右手にひび割れのした革袋を下げて、もどって来た。

破れた板壁や、屋根の隙間から木漏れ日が差し込んでくるので、ローダボーの動きはよく見える。

ローダボーは、それだけがまともな丸テーブルの上に、ウィンチェスター銃を置いた。

革袋から、新しいロープを取り出して輪をこさえ、わたしの首にかける。

ロープの端を、天井の梁《はり》に回して手元に引き下ろし、ベッドの脚にしばりつけた。

ほとんど遊びがないので、逃げようとして少しでもベッドから動けば、首が絞まる。意地の悪い仕掛けだった。

作業が終わると、ローダボーはベッドの脇に立ちはだかった。

「大声を上げないと約束したら、さるぐつわを取ってやってもいい。どうだ」

わたしは、急いで首を縦に振った。さっきから、息苦しくてしかたがなかったのだ。

ローダボーは、わたしの首の後ろに手を回して、バンダナの結び目をほどいた。

「へへえ、いい髪をしてるじゃねえか」

ローダボーが笑うと、分厚い唇から乱杭歯《らんぐいば》がむき出しになる。

髭といい赤い目といい、獰猛《どうもう》な熊《くま》のような顔だった。

わたしは、これ以上は無理というくらい深く息を吸い込み、体中の力を振り絞って叫んだ。

「助けてえ」

自分でも、鼓膜が破れるかと思うくらいの、金切り声だった。

予想に反して、ローダボーはあわてもしなければ、怒りもしなかった。

それどころか、さもおかしそうにげらげら笑った。

「こりゃまた、威勢のいい娘っ子だぜ。あっさり、約束を反古《ほご》にするなんてよ」

わたしは拍子抜けして、ローダボーの顔を振り仰いだ。

ローダボーが続ける。

「好きなだけ、わめきなよ。いくらわめいても、町までは聞こえやしねえ。ここは、おれが子供のころ見つけた、だれも知らねえ隠れ家なんだ。ちっとやそっとで、探し出せるもんじゃねえ」

力が抜けた。

わたしの姿が見えなければ、ストーンたちは電信局へ行くだろう。

そこでホレイショ・ベネットの死体を見つけ、わたしがローダボーにさらわれたことを、悟るはずだ。

それから、ローダボーの荷馬車のあとをたどって、ここへたどり着けるかどうか。かりにたどり着けるとして、どれくらいの時間がかかるだろうか。

それを考えると、不安に胸を締めつけられる。

ためしに、言ってみた。

「どうしてわたしを、こんな目にあわせるの。帰らせてよ」

「だめだ。おまえは、賞金稼ぎのストーンの仲間だろう。だいじな人質を、そう簡単に放すわけにはいかねえよ」

ローダボーはうそぶき、革袋の中からウイスキーの瓶を取り出すと、栓を歯で抜いた。

「せめて、ロープだけでも、ほどいてちょうだい。お願い」

哀願したが、ローダボーは栓をむき出しの土の床に吐き捨てて、首を振った。

「それもだめだ。じゃまをされたくねえからな」

これまで、あちこち逃げ回って来ただけに、さすがに用心深い。

落ち着かなければならない。

「わたしたちが町に来るって、どうして分かったの」

時間稼ぎに質問すると、ローダボーは瓶から一口酒を飲んで、ふうと息をついた。

「ベティが知らせてくれたのよ」

どきり、とする。

「ベティってだれ」

「ベティはベティさ。おれのおりこうさんの、姉上さまだ」

わたしは、首にかかったロープが締まったような気がして、思わずあえいだ。

「もしかして、ヘアドレッサーのベティのこと」

「そうさ。髪切り屋《ヘアカッター》のベティが、ご注進に及んでくれたのよ。おまえ、ベティを知ってるのか」

呆然とする。

「ベティがお姉さんだなんて、信じられないわ。ほんとうなの」

「ほんとうだから、わざわざ夜中に家へもどって来て、知らせてくれたんだろうが」

「でも、ベティの名字はノートンで、ローダボーじゃなかったわ」

「そりゃ、東部でノートンって野郎と結婚して、姓が変わったからよ。別れた以上は、旧姓にもどるようにおふくろも言ってるんだが、昔っから頑固な女でな」

わたしは言葉を失い、黙ってローダボーを見返した。

そういう事情があったとは、少しも知らなかった。

昨夜の出来事が、頭の中によみがえる。

人質にされたとき、ベティはジミー・ハーパーとストーンが交わしたやりとりを、はっきりと聞いていた。

ストーンは、ハーパーの誤解を解くために、自分の目当てがウィルコクスではなく、ドス・カベサスにいることを告げた。

電信で知らせを受け、翌朝つかまえに行くつもりだということも、正直に話した。

相手の名前こそ出さなかったが、もしベティが実際にローダボーの姉だとしたら、ストーンが弟を捕らえに来たことは、すぐに察しがついたはずだ。

おそらくベティは、夜の間にウィルコクスの町を馬か馬車で抜け出し、実家に急を知らせにもどったのだろう。

今朝、店がしまったままだったのは、そのために違いない。

ウィルコクスから、少し東にはいった町の近くの農場で生まれた、とベティは言った。

そのときは、それがドス・カベサスのことだとは、思いもしなかった。

しかし、あのベティにこんな無法者の弟がいたとは、とうてい信じられない。銀行を襲い、人殺しをするような男を弟に持つ気分とは、いったいどういうものだろうか。

わたしが黙り込んだので、ローダボーはかえって不安になったのか、一人でしゃべり始めた。

「ベティはな、トム・B・ストーンという賞金稼ぎが仲間を二人連れて、おれをつかまえに来ると知らせに来た。死にたくなかったら、夜が明ける前に州境を越えて逃げろ、とぬかした。ばかを言うな。賞金稼ぎが何人来ようと、屁《へ》とも思うもんじゃねえ。おまけに仲間の一人は、娘っ子だっていうじゃねえか。そんな連中に後ろを見せちゃ、このローダボーさまの名がすたるってもんだ。だから先回りして、おまえたちの鼻を明かそう、と考えたわけよ。運さえよけりゃ、ストーンともう一人の仲間がここをかぎつけて、やって来るかもしれねえ。たとえそうなっても、こっちにゃおまえというりっぱな人質がある。ストーンとやらがどう出るか、今から楽しみだぜ」

「あんたみたいな悪党が、ベティの弟だなんて信じられないわ。少しは、ベティを見習ったらどうなの」

ローダボーは酒を飲み、唇をねじ曲げて言った。

「うるせえ。ベティをほめるのはよせ。あいつは子供のころから、何かと言えばおれに説教ばかりする、やかましい女だった。それが今でも、ちっとも変わらねえ。あいつはおれのことを、憎んでいやがるんだ」

「まさか。憎んでいるのなら、トムのことを知らせにもどらなかったわよ。それより前に、保安官にあなたをつかまえさせたはずだわ」

「いくら憎んでいても、身内を売るわけにはいかねえさ。ベティは、ホレイショとは違うんだ」

　この男が、ホレイショを情け容赦もなく刺し殺したことを、思い出す。

「あんたなんか、トムにあっと言う間に、撃ち殺されるわよ。これまで、さんざん悪いことをしてきた報いだわ」

　虚勢を張ってわたしが言うと、ローダボーはうれしそうに笑った。

「その調子だ、ねえちゃん。おれは悪態をつかれると、ますます悪いことをやりたくなるたちでな。襲った銀行だって、手配書にある三軒だけじゃねえ。ほかの町でも、たくさんやった。馬や牛も、数え切れねえほどかっぱらったし、人も六人殺してるんだ。そのほかにも、いろいろやらかしたぜ。例えば、強姦もな」

　そう言って、舌なめずりをする。

　わたしはぞっとして、縛られた足首を引きつけた。

「わたしに変なまねをしたら、トムがほうっておかないわよ」

「トム、トムとうるせえあまだ。おまえのトム・B・ストーンは、あとでこのおれがきっちり始末してやるから、楽しみに待っていやがれ」

　ローダボーはせせら笑い、また酒の瓶に口をつけた。

いやらしい目でわたしを見ながら、少しの間黙って酒を飲み続ける。
ずっと体の下になったままなので、後ろ手に縛られた腕がしびれてきた。
わたしは体を横に倒し、少し腕を楽にした。
ただし、首に巻かれたロープに気をつけないと、喉が締まってしまう。
いきなり、ローダボーが酒の瓶をほうり出し、足首をつかんできた。
わたしは、反射的に足をばたつかせて、手をはねのけようとした。
しかしローダボーは力が強く、わたしの足をいとも簡単に押さえつける。
「やめて、お願い。放して」
思い切りわめいたが、なんの効き目もなかった。
首のロープが締まったので、反射的に暴れるのをやめる。
ローダボーは、片手でガンベルトをはずし、ナイフを抜いた。
鋭い刃が、破れた屋根から差し込む木漏れ日を受けて、きらりと光る。
わたしはそれを横目で見ながら、喉元にせり上がる恐怖と戦った。
「おれにとっちゃ、何人殺すのも同じことだ。死にたくなけりゃ、おとなしくしろ」
ローダボーは脅し文句を並べ、わたしのベルトを一息に引き抜いた。
それからわたしを、くるりとうつぶせにした。
綿のズボンの後ろに、ナイフを差し込む気配がする。

ゆっくりと刃が動き、布の切り裂かれる音が聞こえた。
体中の血が凍える。
「やめてったら」
ローダボーは、やめなかった。
暴れようとすると、首のロープがまた締まる。
動きを止めると、布が切り裂かれる。
どうしようもなかった。
ナイフは容赦なく、下着の内側に潜り込んだ。
冷たい刃が肌に当たり、体がすくむ。息ができない。
「くそ。がきだと思ったら、けっこういいけつをしてやがるぜ」
げびた言葉を口走りながら、ローダボーがベッドの上に乗って来る。
逃れようともがいたとたんに、また首のロープがぐいと締まった。
ストーンとサグワロは、何をしているのだろう。
早く来て、お願い。
ローダボーは後ろから、わたしのあそこをいじり始めた。
恐怖感と嫌悪感で、気が狂いそうになる。
もっといやだったのは、そうされているうちに何かむずかゆいような、妙な感覚がわいてきたことだ。

ローダボーが、荒い息を吐きながら笑う。

「へへえ、気分を出してきたようだな」

今だから言えるが、わたしはそのときよくも悪くも初めて、セックスを意識した。

ジェイク・ラクスマンは、いっさいそういう手続きをとらずに始めたので、その行為は苦痛以外の何ものでもなかった。

しかしローダボーは、女をもてあそぶ方法をよく知っていた。

突然、股間《こかん》に太い棍棒《こんぼう》のようなものが当たり、わたしは声を上げた。

ローダボーは、その棍棒をわたしの体の中に、ねじ込もうとしていた。

新たな恐怖に息が詰まり、目の前が真っ赤になる。

わたしはパニックに陥り、わめき、泣き叫び、暴れに暴れた。

ローダボーの棍棒は、わたしの股間を猛烈な勢いで突き続けたが、あまりにサイズが大きすぎるのか、中にはいらなかった。

そのうちにローダボーは、コヨーテの遠吠《とおぼ》えのような声を放って体を震わせ、わたしの背中におおいかぶさってきた。

何か生暖かいものが、腰のあたりにぶちまけられる。

「くそ、くそ」

ローダボーは汚い言葉でののしり、わたしのお尻を二度、三度と叩いた。痛さに悲鳴を上げながら、いくらかほっとしたのも事実だ。ラクスマンも、最後にはかならずわたしのおなかを、汚したものだった。もっとも、ラクスマンはわたしが妊娠するのを恐れたにすぎず、ローダボーは単に目的を遂げそこなっただけだが、わたしにはその違いがまだよく分かっていなかった。ラクスマンに対しては、怒りよりもあきらめの気持ちが強かったし、すでに死んだ人間を恨んでもしかたがない。

しかし、ローダボーに対しては自分でも抵抗しがたい、動物的な憎しみを感じた。なぜなら、ローダボーはわたしに苦痛と屈辱を与えたばかりでなく、自尊心をも傷つけたからだった。こんなかたちで、セックスの何たるかをかいま見させたローダボーに、無意識に憎悪を抱いたのだ。

そのときわたしは、初めて他人に対して殺意に似たものを感じた、といってよい。それはたぶん、ローダボーが明らかな犯罪者であるばかりか、姉のベティに比べてあまりにも品がなく、がさつな男だったこともあるだろう。

わたしは、ベティにいわば姉に対するような好意を抱いており、そのためにこの男がベティの弟だという事実を、受け入れることができなかった。

朦朧《もうろう》とした頭で、そんなことをぼんやり考え続けていると、突然ローダボーがベッドから飛びおり、腰にガンベルトを巻きつける気配がした。

何か異常を察知したらしい。

テーブルから、ウィンチェスター銃を取る。

小屋の外で、だれかがどなった。

「ローダボー。そこにいるのは、分かっている。両手を上げて、出て来い」

ストーンの声だ。

わたしは狂喜して、仰向けに転がった。

首のロープが締まり、あわてて体をずり上げる。

濡れた腰の感覚に、ぞっとおぞけが出た。

ローダボーが、酒を飲んだとは思えぬすばやさで銃を構え、板を打ちつけた窓に飛びつく。

目を輝かせながら、どなり返した。

「来たか、ストーン。待ってたぞ。意外に早かったじゃねえか」

ストーンが、呼びかけてくる。

「ジェニファ。ジェニファは無事か」

返事をしようと口をあけたが、とっさにどう答えたらいいのか分からず、声が出なかった。

その隙に、ローダボーがどなる。

「おまえの女は、ここに裸で転がってるぞ。取り返したけりゃ、自分で飛び込んで来い」

少し間があき、今度は女の声がした。

「チャック、これ以上罪を重ねるのはやめて。銃を捨てて、出て来るのよ」

ベティ・ノートンの声だった。

5

チャック・ローダボーの顔色が変わる。

わたしを睨みながら、憎にくしげな声でどなり返した。

「くそ、ベティか。てめえがストーンを、連れて来やがったんだな。でなきゃ、こんなに早く、ここを突きとめられるわけがねえ」

「あんたは、悪いことをしたあといつもここに逃げ込んで、ほとぼりが冷めるのを待ったわね。でも、もう終わりにしなさい。いくら逃げても、もうほとぼりが冷めることはないのよ」

ベティ・ノートンが言うと、ローダボーはウィンチェスター銃の台尻を振り上げ、板壁の穴を大きくした。

「うるせえぞ、ベティ。身内を売りやがって、おまえも血祭りに上げてやる」

板壁の穴に銃身を突っ込み、レバーを猛烈な勢いで操作して、撃ちまくる。

小屋に硝煙が立ちこめ、わたしは咳《せ》き込んだ。

トム・B・ストーンが、いつもの冷静な口調で言った。

「むだな抵抗はやめろ、ローダボー。いつまでも、そこに閉じこもってはいられないぞ。ジェニファを解放して、おとなしく投降しろ。そうすれば、ちゃんと裁判を受けさせてやる」

「その手に乗るか。どっちみち、裁判を受けたところで縛り首になるのは、目に見えてるんだ。おまえこそ、この女を助けたかったら、銃を捨てろ」

「おまえがジェニファを殺したら、わたしもこの場でおまえを撃ち殺す。しかし、裁判を受ける方を選べば、縛り首になる前に脱獄する機会もある。どっちが得か、考えるまでもないだろう」

妙な説得のしかただが、ローダボーはちょっと考えた。

「黙れ、ストーン。その手には乗らねえぞ。おれが銃を捨てたら、ずどんと一発ぶち込むつもりだろう。その方が、ずっと簡単だからな」

ベティが割り込む。

「そんなことは、わたしがさせないわ。お願いだから、裁判を受けて」

「ほっといてくれ、ベティ。弟を売るような女は、もう姉だと思わねえよ」

「これから、小屋の中にはいるわ。いいわね」

ローダボーは、あわてて銃身を穴から引き抜き、戸口に向けた。

「来るんじゃねえ。ドアをあけたら、だれだろうと容赦なくぶっ放すぞ」

「撃ちたければ、撃ちなさい」

その毅然《きぜん》とした声は、すでにベティが小屋のそばに近づきつつあることを、物語っていた。

ローダボーが、追い詰められたように叫ぶ。

「来るなと言ったろう、ベティ。おれは本気だぞ」

「わたしも本気よ。ジェニファを渡して。そうしたら、おとなしく出て行くわ。そのあとは、どうなろうとかまわない。死にたければ、勝手に死になさい」

ベティの口調に、躊躇《ちゅうちょ》の色はまったくなかった。

斜めにかしいだドアが、ゆっくりと押し開かれる。

明るい光が流れ込み、黒っぽいドレスを着たベティのシルエットが、戸口に浮かんだ。

「動くな。動くんじゃねえ」

ローダボーがわめき、銃のレバーを操作した。

引き金にかかった指が、少しずつ絞られる。

わたしは、首のロープが締まるのも忘れて、半身を起こした。

そのとき、突然目の前に砲弾でも落ちたような音と衝撃が走り、小屋が揺れ動いた。

何が起こったか、すぐには分からなかった。

銃声と悲鳴が重なって、あたりはもうもうたる砂ぼこりに包まれた。

わたしはベッドに打ち伏し、精いっぱい体を縮めた。喉にほこりがはいり、とめどもなく咳が出る。

どれくらい時間がたったか、まったく覚えていない。もしかすると、少しの間意識を失ったのかもしれない。

気がつくと、ストーンがわたしの首からロープをはずし、手足を自由にしてくれたところだった。

小屋の中が、明るかった。

立ちこめるほこりを通して、天井にぽかりとあいた穴から、青い空と木の枝が見える。

ストーンが、わたしの下半身を上着でくるみながら、静かに言った。

「もう、だいじょうぶだ」

刺さったとげが抜けた、と言わぬばかりの軽い口調だった。

わたしが何をされたか、ストーンには一目で分かったに違いないが、そんなことはおくびにも出さない。

ストーンは、わたしの体の下に腕を差し入れて、軽がると抱き上げた。あとで聞いたのだが、先刻の音と衝撃はサグワロが木の枝から屋根を突き抜けて、小屋へ飛び込んだときのものだった、という。

窓の下の土間に、後ろ手に縛られたローダボーが、うつ伏せに倒れていた。右の肘の上が、血まみれだった。サグワロの刀で切り裂かれたらしく、傷がぱくりと口をあけている。

サグワロは、ローダボーの腰からガンベルトをはずし、戸口の外へ投げ捨てた。むずと襟首をつかんで、小屋の外へ引きずり出す。

ストーンはそのあとから、わたしを抱いて小屋を出た。

戸口から少し離れた草の上に、ベティが仰向けに倒れていた。左肩の下が真っ赤に染まり、顔にはまったく血の気がない。

わたしは足をばたつかせ、ストーンの腕を逃れて地面におり立つと、ベティのそばに駆け寄った。

「ベティ。ベティ、しっかりして」

声をかけ、体を揺すろうとするわたしを、ストーンが引き止める。

「揺すってはだめだ。出血がひどくなる」

ベティは、死んだように動かなかった。

ストーンを見る。

「傷の具合はどうなの。ベティは、助かるの」

ストーンは、わたしを見返した。

「なんとも言えんな。ここには医者がいないし、町へ連れて行くにしても体がもつかどうか、分からない」

サグワロが、後ろからのぞき込む。

「これはひどいな。おれが、もう少し早く屋根から飛び込んでいたら、撃たれずにすんだかもしれない」

沈痛な口調だった。

「とにかく、荷馬車に乗せてできるだけ静かに、町へ運ぶしかあるまい」

ストーンが言ったとき、背後でかすかな物音がした。

振り向くと、ローダボーが縛られたまま浅瀬の方へ、逃げて行くのが見えた。

わたしは跳ね起き、ローダボーを追いかけた。

岸辺で追いつくと、後ろから飛びかかった。

ローダボーの上半身にむしゃぶりつき、思うさま顔を掻きむしる。頭に血がのぼって、自分が何をしようとしているのかさえ、分からなかった。

ローダボーはわめき、わたしを振り落とそうとしたが、わたしも死に物狂いだった。

ストーンがわたしの体をつかみ、ローダボーから引き離す。

「やめろ、ジェニファ」

そう言って、わたしの肩を抱きすくめる。

その声で、やっとわれに返った。

向き直ったローダボーが、血だらけの顔でわたしをののしる。

「このあま、殺してやる」

わたしも、叫び返した。

「何よ、けだもの。この男を撃ち殺して。お願い、トム」

身もだえして、ストーンに訴える。

「落ち着け、ジェニファ。頭を冷やせ」

ストーンが言ったが、わたしは聞かなかった。

「撃ち殺してったら、トム。この男は、ベティを、自分の姉を、バファローでも撃つように、撃ったのよ。人間じゃないわ」

「この男は、丸腰なんだ」

わたしは、ストーンの腕を振り放した。

「それだけじゃないわ。わたしを見てよ。この男がわたしに何をしたか、分からないとでも言うの」

ストーンの上着はとうに脱げ落ち、下半身にはナイフで裂かれたズボンと下着が、だらしなくまとわりついているだけだった。

ストーンはそれに目もくれず、わたしの瞳をじっと見つめた。

小さくうなずく。

「きみの気持ちは、よく分かる。きみも、もう一人前の女だ。女としての尊厳を傷つけられた、と思うなら自分でローダボーを撃て。わたしは、止めはしない」

そう言って、ホルスターから拳銃を抜き取ると、銃把を前にして差し出した。

反射的に、それを受け取る。

じわり、と背筋に汗が出た。

ストーンが続ける。

「きみは女で、ハンディがある。しかし、ローダボーも丸腰だ。チャンスを与えてやらなければならない。武器は渡さないが、両手を自由にしてやる。それでもいいか」

わたしは、拳銃を握り締めた。

「いいわ。その方が、撃ちがいがあるわ」

そう言ったものの、自信がない。

自分で手をくださず、ストーンにローダボーを撃たせようとしたことに、嫌悪感を覚える。

わたしは、一人前の女なんかではない。

ストーンは、ローダボーの後ろに回って、腰のナイフを抜いた。

「ロープを切る前に、もう一つ言っておく。きみが、本心から賞金稼ぎになるつもりだったら、この男を撃ってはいかん。賞金稼ぎの仕事に、私情は禁物だ。たとえ、自分の親を殺した犯人でも、法の裁きを受けさせる覚悟がいる。自分が殺される危険がないかぎり、相手を殺してはならん。賞金稼ぎは、裁判官ではない。お尋ね者を生きたまま、官憲に引き渡すために最大限の努力をするのが、この稼業の掟《おきて》だ。少なくとも、わたしはそうしている。激情に任せて相手を殺したら、ただの殺し屋と変わりがない」

わたしは、ストーンを睨みつけた。

「賞金稼ぎになるのは、人間をやめるということなの」

「ある意味では、そうだ」

ストーンは言い捨て、ナイフを下げてローダボーのロープを切った。

わたしはあわてて撃鉄を起こし、銃口をローダボーに向けた。

ストーンが、飛んでくる弾を避けるために、ゆっくりと位置を変える。

ローダボーは、自由になった手を体の前で握り合わせ、猫なで声で言った。

「ジェニファだったよな、あんたの名前は」

「それがどうしたのよ」

わたしが銃口を上げると、ローダボーは体をこわばらせた。

「や、やめてくれ。撃鉄が上がってるぞ。暴発したら、どうするんだ」

「暴発はしないわ。わたしが、わたしの意志で撃つのよ」

拳銃を握った右手に、左手を添える。

ローダボーの額に、汗が浮かんでいた。

「やめてくれ、ジェニファ。おれは、裁判を受けたいんだ。いや、受ける権利がある」

「わたしもさっき、やめてって頼んだわ。でもあんたは、やめなかったじゃないの」

「悪かった、おれが悪かった。撃たないでくれ、お願いだ」

ローダボーは哀願し、へたへたとその場に膝をついた。

あわれな男だった。

こんな男を撃ち殺しても、なんの足しにもならない。

怒りも憎しみも潮のように引き、ただ空《むな》しさだけが残った。

銃口を高く上げ、思い切り引き金を引き絞る。

喉をひっと鳴らして、ローダボーは頭を抱えた。

銃声とともに、見えない弾はローダボーの上を越えて、どこか遠くへ飛び去った。

その余韻が消えやらぬうちに、背後でしゃがれた声がした。

「ジェニファ。そこをどいて」

驚いて振り向くと、いつの間に意識を取りもどしたのか、ベティが体をうつぶせに転がして、わたしを見た。

その右手に、ローダボーのガンベルトから抜いた拳銃が、握られていた。

とっさに、ベティは弟を自分の手で殺すつもりなのだ、と悟った。

「やめて、ベティ。わたしのためなら、もういいのよ」

「あなたのためじゃないわ。弟と、わたしのためよ。お願い、そこをどいて」

血の気のないベティの顔に、一歩も引かない決意が表れる。

「ジェニファ」

ストーンが叫ぶより早く、後ろからだれかが飛びついてきた。

ローダボーが、わたしの体を抱きすくめると同時に、拳銃をもぎ取る。

「どうした、ベティ。撃てるものなら、撃ってみろ」

そうわめきながら、ローダボーはわたしを浅瀬の方へひきずり、ストーンとサグワロを拳銃で牽制した。

隙をつかれた二人は、どうすることもできなかった。

ベティが、目を吊り上げて言う。

「その子を放しなさい、チャック。どこまで卑劣な男なの、あんたって人は」

「だまれ、髪切り屋」

ローダボーはどなり、ベティに向かって発砲した。

弾は当たらなかったが、ベティのそばの石が飛び散る。

わたしは、ローダボーの肘の傷口を右手でつかみ、力いっぱいねじり上げた。

ローダボーは苦痛の声を漏らし、わたしの体を突きのけた。

「くそ、このあま、殺してやる」

わめきながら、尻餅をついたわたしに血だらけの右腕を伸ばし、撃鉄を起こす。

そのとたん、ローダボーは甲高い悲鳴を上げて、後ろによろめいた。

左手で目を押さえ、気が狂ったように撃鉄を起こしながら、拳銃を乱射する。

サグワロの体が、疾風のようにわたしの頭の上を飛び越え、ローダボーの脇をすり抜けた。

次の瞬間、ローダボーが何かに驚いたように両腕を垂らして、二、三歩前に出る。

もう一度拳銃が火を吐き、足元で土煙が上がった。

ローダボーは、さらに撃鉄を起こそうと親指を立てたが、もはやその力は残っていなかった。

右手から拳銃が落ち、喉の下から勢いよく血が噴き出す。

ローダボーは腐ったサボテンのように、頭からまっすぐ地面に倒れ込んだ。

その背後で、サグワロがゆっくりと背中に刀をもどしながら、こちらに向き直る。

開いたままの、ローダボーの左目に刺さった数本の細い針が、木漏れ日にきらきらと光った。

＊

サグワロは、ウィルコクスから医者を連れて来るために、一足先に町へ馬を飛ばした。おそらくドス・カベサスには、ベティの傷を治療できる医者はいないだろう、というのがストーンの判断だった。

ストーンは、わたしたちがベティを町へ運ぶまでの間に、サグワロがちゃんとした医者を連れて来れば、助かる見込みもあると言った。

ベティが、ほんとうに弟を撃つつもりだったかどうかは、わたしには分からない。

ローダボーに、賞金稼ぎがつかまえに来ることを知らせ、逃げるように警告したのは肉親の情からといっても、当然の行動といっていい。

そのことで、ベティを責めるつもりはない。

ベティは、せっかくの警告を無視してわたしを人質に取り、ストーンを出し抜こうとしたローダボーに、絶望したのだろう。

サグワロがローダボーを殺さなければ、わたしたちのだれかが怪我をするか、死ぬかしていたかもしれない。

さらにまた、ローダボーがベティに撃ち殺される可能性も、十分にあった。

わたしは、ベティが弟を撃つのを見たくはなかったし、たぶんサグワロの頭にもそのことがあった、と信じている。

ストーンが、ローダボーの死体をベティの馬に縛りつけ、ベティを荷馬車に乗せる準備をしている間に、わたしは浅瀬で体を洗った。

そんなことで、いまわしい記憶が消えるわけではない。

現に、このときの出来事はその後長い年月がたっても、忘れられなかった。

準備を終えると、ストーンがローダボーの荷馬車の手綱を握り、わたしはベティを寝かせた荷台に乗って、町へ向かった。

ストーンは、ベティの傷口に手持ちのガーゼを詰め込み、まわりをバンダナできつく縛った。

そのおかげで、出血だけは止まっていた。

荷馬車を走らせながら、ストーンが言う。

「まだ、賞金稼ぎになりたい、と思うかね」

すぐには、答えが出てこない。

「分からないわ」

長い沈黙のあと、ストーンは口を開いた。

「きみは、ローダボーを撃たずにすませるだけの、自制心を示した。そのことは、ほめてやってもいい」

買いかぶりにすぎない。ただ、人を撃つ度胸がなかっただけだ。

ストーンが続ける。

「しかしいつかは、だれかを撃たなければならない。撃たなければ自分がやられる、と分かるときがくる。その見極めがついたとき、きみは一人前の賞金稼ぎになれるだろう。それがいつのことか、だれにも分からないがね」

＊

サグワロが、ウィルコクスから連れて来た医者は最善を尽くしたが、あまりに失血の量が多すぎた。

ベティ・ノートンは、あの浅瀬のほとりで起きた出来事を保安官に告げ、わたしたちに非難すべき点がないことを保証するまで、気丈にも生きていた。

翌日までわたしたちは町に残り、ベティとローダボーの合同葬儀に立ち会った。

だいじな娘と息子を、いちどきに失ったローダボー夫人の悲嘆は、とても正視できるものではなかった。

サグワロとわたしは、丘の上の墓地にストーンと参列者を残して、町にもどった。

ホテルの前の、板張り歩道に置かれたベンチにすわって、ストーンの帰りを待つ。

だいぶたってから、わたしはサグワロに言った。

「あなたは、わたしの命を救ってくれたのよ。ローダボーを殺したことを、気に病む必要はないわ」

サグワロは、無表情にわたしを見返した。

「気に病んでなんかいない。だからあんたも、気に病まなくていい」

「どういう意味。わたしだって、何も気に病んでなんかいないわ」

「そうかね。ローダボーに乱暴されたのを、なんとも思っていないのか」

わたしは真っ赤になって、サグワロにつかみかかった。

「あなたって、どうしてそう無神経なの」

サグワロは、わたしの手首を握って放さなかった。

「気に病んでなければ、それでいい」

わたしは泣き出し、サグワロの足を蹴った。

そのとき、ストーンがメインストリートの角を曲がって、やって来るのが見えた。

馬に乗っている。

MEAT MARKET
DRY GOODS AND CLOTHING
CITY MEAT MARKET

サグワロもわたしも、ベンチから飛び上がった。

そばに来たストーンは、そっけない口調で言った。

「わたしは出発する。ついて来るか来ないかは、きみたちの勝手だ」

「どこへ行くの」

わたしが聞くと、ストーンは馬首を巡らした。

「トゥサンだ。金になる仕事がある、と電信で知らせが届いた。喧嘩をしていたければ、ここに残って続けてくれ」

馬に拍車をくれ、でこぼこ道を去って行く。

サグワロは、何も言わずに通りに飛びおりると、厩舎に向かって走った。

「待ってよ。待ってってたら」

わたしはその背中に呼びかけ、あとを追って駆け出した。

新しい道が、わたしたちの前に開けようとしている。

解説

堂場瞬一

エンターテイメントの世界には、様々な「お約束」がある。特に小説の出だしにおいてそれは顕著で、書いている方は、分かっていて敢えて「お約束」から始めたりするものだ。読む方は、「このパターンか……さて、どう捻《ひね》ってくれるかな」とニヤニヤしながら読み始めることになる。

ハードボイルドなら、探偵事務所に美しいが陰のある女性が訪ねて来る場面。警察小説なら雨の降る中（降っていなくてもいいが）まだ新しい死体を刑事が見下ろしている場面。スパイ小説なら、街中で密《ひそ》かに相手と接触して情報を受け渡しする場面――そんな感じだろうか。

本書も「いかにも」な感じでスタートする。西部の小さな街で、カウボーイたちがトラブルを起こし、流れ者が「それぐらいにしておけ」とこれまたお約束の台詞《せりふ》を吐いて、あっという間にその場を納めてしまう。

私は西部劇に関してはまったく素人《しろうと》なのだが、こういう出だしの映画は無数にあったのではないだろうか。

ここから話は快調に進んでいく。読み進めている最中、逢坂さんの笑顔が脳裏からずっと離れなかった。書いていて楽しかったんだろうなあ、と容易に想像がついたから。

本書は、西部劇の定番とも言えるロードノベルであり、バディ物（三人だからトリオ物ですかね）でもある。出だしこそ「お約束」だが、その後は微妙に捻った展開になっているのが楽しい。

ストーリーは、最初のトラブルをきっかけに知り合った三人が旅をする形式で進む。天涯孤独の身になった少女・マニータことジェニファは、賞金稼ぎの仲間に加わると宣言。行くあてもない謎の男・サグワロも同行する。「仲間などいらん」とばかりに素っ気《そけ》ないストーンの態度が、最終局面で彼の優しさを際立たせるための伏線なのもお約束だが、とにかくこのトリオのコンビネーションがいい。コンビではなくトリオの活躍を描くのは、実は至難の業なのだが、そこはさすが、「手練《てだ》れ」と言うしかない。

三人はお尋《たず》ね者の情報を得て、ある時は反発し合い、ある時は協力しながら、町から町へ旅を続けて行く。

最大の特徴は、語り手を十六歳の少女、ジェニファに委ねたことだ。これだけでも、男臭い西部劇の世界ではかなり異色なのだが、記憶喪失の日本人（らしい）サグワロが登場してくることで、全体の雰囲気が奇妙に歪《ゆが》んでいく。何しろ、日本刀と吹き針で銃に立ち向かうような、とんでもないキャラですからね。この二人の存在によって、名うての賞金稼ぎであるトム・B・ストーンだけが、まさしく西部劇の正統的な登場人物として光ってくる仕掛けだ。

これが、仮にストーンの一人称だったら、あまりにもストレートな味わいになっていただろう。若い女性が語り手になることで、少しだけ柔らかい雰囲気が加味されるし（ジェニファ自身は相当ハードボイルドかつクソ生意気なタイプだが）、サグワロの不思議な存在感が、ストーリーには直接関係ない部分でミステリー要素を膨らませる。

つまりこの小説は、何よりキャラクターが素晴らしいのだ。特にジェニファは、複雑な生い立ちを背景に持ちながら、鼻っ柱が強く、ストーンやサグワロとも平気で言い合いをするのが、微笑《ほほえ》ましくも頼もしい。逢坂さんは「悪女を描くのが好き」だそうだが、ジェニファは悪女というより、小気味のいい狂言回しという感じで好感が持てる。もちろんサグワロもストーンもキャラクターが立っているから、「キャラ小説」としても楽しめるわけだ。

……とまあ、本書の紹介はこれぐらいにしておくとして、この先、困ったな。

種明かししてしまうと、私は解説や書評を頼まれた時に、「先達」を紹介する方法をよく取る。「この本はこのタイプの話で」というやつだ。こう書くと、初見の作家の作品でも、何となく雰囲気が分かってもらえる可能性が高い。

しかし「西部劇」はどうしても映画の印象が強く、小説においてはこの「先達」が極端に少ないようだ。ここ数年の読書ノートをひっくり返してみても、私が読んだ中でそれっぽいのは、パトリック・デウィットの『シスターズ・ブラザーズ』（これは傑作）、スティーヴ・ホッケンスミスの『荒野のホームズ』ぐらいである。

記憶をさらに手繰《たぐ》ると、トレヴェニアンの『ワイオミングの惨劇』とか、ロバート・B・パーカーの『ポットショットの銃弾』なども読んでいた。パーカーの場合、舞台は現代だが、「小さな町を牛耳る無法集団と戦う」という設定が、もろに西部劇ですね。そういえばパーカーには、ダイレクトな西部劇シリーズもあったが、こちらは未読。

私が最も敬愛するジェームズ・リー・バークの作品でも、「ビリー・ボブ・ホランド」シリーズの中に、西部劇を思わせるアクションシーンが頻出する。そもそもテキサスの田舎町《いなかまち》が舞台で、主人公が元テキサス・レンジャーという設定も、いかにもそれっぽい。また、C・J・ボックスには、ワイオミング州を舞台に、「現代の西部劇」との評価も高い「ジョー・ピケット」シリーズがある。

この二つのシリーズは現代が舞台だが、「カウボーイは野性的で勇敢」という、西部開拓時代のイメージを今に引き継ぐ作品と言えよう。そう言えば、たった一人で巨悪に立ち向かおうとする主人公を、敵が「カウボーイ」とからかうシーンには、今でもしばしばお目にかかりますね。

とはいえ、パッと浮かぶのはこの程度ですかね。あちらの出版事情を調べたわけではないが、日本で歴史小説、時代小説が一大潮流になっているのに比べて、「西部劇小説」というのは少ないのではないか。やはり映画の世界であり、小説では成立しにくいジャンルなのかもしれない。いったい、アメリカでは西部劇小説はどう書かれ、読まれてきたのだろう。

こういう時、私には小鷹信光《こだかのぶみつ》さんという強い味方がいる。

名著『ハードボイルド以前　アメリカが愛したヒーローたち』によると、十九世紀に大衆向けの安価な小説シリーズ「ダイムノヴェル」（戦前の日本で言う円本みたいなものですかね）が大流行したが、ここで一躍ヒーローになった一人に「バッファロー・ビル」がいる。実在の人物であるウィリアム・フレデリック・コディが語ったホラ話を、エドワード・Z・C・ジャドスン（ペンネームはネッド・バントライン）という男が物語に仕立て上げ、ここに西部の英雄バッファロー・ビルが誕生したのである。

柳の下の二匹目のドジョウを狙って、他にも様々な西部のヒーローが誕生したが、やがてフロンティアの「消滅」とともにブームは去ったようだ。

しかし常にヒーローを求めるのがアメリカ大衆というもので、やがて都市を舞台にして、カウボーイ型の主人公が活躍する物語が全盛期を迎える――ハードボイルドの誕生である。

例えば初期の名作であるダシール・ハメットの『血の収穫』は、名前を与えられていない探偵「コンチネンタル・オプ」が、悪に支配される鉱山町に一人乗りこみ、荒っぽい手段でマフィアたちを一掃してしまうというストーリーだ。まさに悪の一派が支配する町に一人乗りこむ保安官、の雰囲気ですね。

このように「カウボーイ」は「私立探偵」となって、大都市を舞台に活躍するようになるというのが、この本における小鷹さんの結論だが、後には十九世紀の西部劇小説に回帰するように、主に西部のモンタナ州を舞台にしたジェイムズ・クラムリーの素晴らしい作品群が生まれる。まさにハードボイルドの源流には西部劇がある、と言ってもいいと思う。

再び本書である。今度は文体の話。

たぶん著者名を伏せられたら、手に取った人の大部分は、この本を「西部劇の新作か」あるいは「未訳の名作か」と思ってしまうだろう。いわゆる、翻訳物っぽい文体。アメリカ小説読みの私にとっては、非常に馴染《なじ》んだ表現が頻出するので、文章にまったく違和感がないのだが。

そう、やはりアメリカの小説にはアメリカの小説に特有の表現があるのだ。本書にも「卵を産む前のめんどりのようにうるさい人物」「デンバーまで聞こえそうな悲鳴」というような、大袈裟《おおげさ》かつユーモア溢《あふ》れる表現があちこちに出てくるのだが、ジャンルを問わず、アメリカ小説をよく読む人にはおなじみの表現だろう。

アメリカ小説の源流は「ホラ話」という説があるぐらいだが、現在の小説にも大袈裟な表現が頻出するのは、この説があながち間違っていない証拠だと思う。こういう大仰な表現を見つけると、アメリカ小説読みとしては、ついにやにやしてしまう。本書は西部劇であると同時に、アメリカ文学の伝統たる「ホラ吹き小説」の正しい系譜につながっているのだ。

さて、最後まで読み終えると——様々な謎が積み重なっただけで、「次はどうなる！」と思わず叫びたくなってしまった。シリーズとして続く作品があるので、数々の謎の解明は、後の作品に委ねられることになるだろうが……後を引く読み味は、シリーズ第一作としても完璧なものだろう。


（どうば・しゅんいち　作家）

本作品は『アリゾナ無宿』(二〇〇五年四月・新潮文庫)を加筆・修正したものです。

中公文庫

アリゾナ無《む》宿《しゅく》

2016年12月25日　初版発行

著　者　逢《おう》坂《さか》　剛《ごう》

発行者　大橋　善光

発行所　中央公論新社
〒100-8152　東京都千代田区大手町1-7-1
電話　販売　03-5299-1730　編集　03-5299-1890
URL http://www.chuko.co.jp/

ＤＴＰ　柳田麻里
印　刷　三晃印刷
製　本　小泉製本

Published by CHUOKORON-SHINSHA, INC.
Printed in Japan　ISBN978-4-12-206329-7 C1193

中公文庫既刊より

各書目の下段の数字はISBNコードです。978－4－12が省略してあります。

番号	タイトル	サブタイトル	著者	内容	ISBN
と-25-1	雪虫	刑事・鳴沢了	堂場瞬一	俺は刑事に生まれたんだ――鳴沢了は、湯沢での殺人と五十年前の事件の関連を確信するが、父は彼を事件から遠ざける。新警察小説。〈解説〉関口苑生	204445-6
と-25-2	破弾	刑事・鳴沢了	堂場瞬一	鳴沢了が警視庁にやってきた。再び現場に戻った彼は何を見たのか？ 銃弾が削り取ったのは命だけではなかった。人の心の闇を描いた新警察小説。	204473-9
と-25-3	熱欲	刑事・鳴沢了	堂場瞬一	警視庁青山署の刑事に戻った鳴沢了。詐欺がらみの連続傷害殺人事件に対峙する了の捜査は、Ｎ Ｙの中国人マフィアへと繋がっていく。新警察小説。	204539-2
と-25-4	孤狼	刑事・鳴沢了	堂場瞬一	警官の一人が不審死、一人が行方不明となった。本庁の理事官に呼ばれた鳴沢は事件を追うが……縺れた糸は、警察の内部腐敗問題へと繋がっていくのだった!!	204608-5
ほ-17-1	ジウⅠ	警視庁特殊犯捜査係	誉田哲也	警視庁の捜査一課特殊犯捜査係〈SIT〉も出動するが、それは巨大な事件の序章に過ぎなかった！ 警察小説に新たなる二人のヒロイン誕生!!	205082-2
ほ-17-2	ジウⅡ	警視庁特殊急襲部隊	誉田哲也	都内で人質籠城事件が発生、警視庁の特殊犯捜査係〈SIT〉の正体は摑めない。捜査本部で事件を追う美咲。一方、特進をはたした基子の前には謎の男が！ シリーズ第二弾。	205106-5
ほ-17-3	ジウⅢ	新世界秩序	誉田哲也	誘拐事件は解決したかに見えたが、依然として黒幕・ジウ。〈新世界秩序〉を唱えるミヤジと象徴の如く佇むジウ。彼らの狙いは何なのか？ ジウを追う美咲と東は、想像を絶する基子の姿を目撃し……!? シリーズ完結篇。	205118-8